Re:ゼロ
Re: Life in a different world from zero
から始める異世界生活

その石の青龍刀を力強く掴み、
アルは『魔女』に切っ先を向けながら――、
「ワタシは『強欲の魔女』――」

「――エキドナぁぁぁ!!」
血を吐くような憤怒の声を上げ、
我を忘れたように斬りかかっていくのだった。

『――大儀である』
絶望を映し出そうとした水鏡にも、誰もが空を仰いだ。
降ってくる。橙色の髪をなびかせ、
紅の双眸を爛々と輝かせた、剣狼の雌――。

「余計な言葉はいらぬ。――妾の名をこそ呼ぶがいい」

「そなたも余の子孫か。
確かに、そなたには余の正妃……テリオラの面影がある」
「結末へ至る道程で感極まるとは、
兄上も『茨の王』も『せんちめんたる』じゃな」

「往くぞ、俺の選んだ『将』たちよ。
――俺たちが『大災』の目に入る小さな塵だ」

Re: Life in a different world from zero

The only ability I got in a different world "Returns by Death"
I die again and again to save her.

CONTENTS

Re：ゼロから始める異世界生活38

長月達平

MF文庫J

口絵・本文イラスト●大塚真一郎

プロローグ　『パラディオ・マネスク』

1

——パラディオ・マネスクは、ヴォラキア帝国第七十七代皇帝であるヴィンセント・ヴォラキアと『選帝の儀』で争った皇子の一人だ。

歴代でも屈指の激戦となった七十七代の『選帝の儀』では、有力候補とみなされたラミア・ゴドウィンと手を結び、当時はまだ皇帝ではなかったヴィンセント・アベルクスと、プリスカ・ベネディクトをあと一歩のところまで追い詰めた。

最終的にパラディオはその能力を危険視され、結託したヴィンセントとプリスカに惜敗する形となったが、落ち度はパラディオではなく、同盟関係にあったラミアにある。

「本当に、口先ばかり達者で救いようのない愚妹であったな」

生前の『選帝の儀』でも、死後の『大災』でも無様な終わり方を迎えたラミア。

功を焦り、二度目の好機も逸した愚かな妹の醜態を冷笑し、パラディオは屍人《しびと》の証《あかし》である金瞳《こんどう》——額にある、第三の眼《め》も含めた三つの目で戦場を見据える。

眼前の戦場では、膨大な数の屍人《しびと》が列を成して前進し、目標の都市――『城塞都市《じようさいとし》』ガークラを陥落させんと、果敢でおぞましい総攻撃が続けられている。

その屍人の軍勢を指揮し、今日までの誤った帝国の歴史の是正がパラディオの役目だ。

――パラディオは、世界に祝福された『魔眼族《まがんぞく》』の血を引く存在である。

古《いにしえ》の時代、その特別な力で凡庸な人類種を導いたとされる魔眼族は、選ばれた数少ないものだけが与えられる加護を、種全体で授かった天に寵愛《ちようあい》されし種族だ。

しかし、魔眼族もまたその秀でた力を凡俗に危ぶまれ、歴史の表舞台から追いやられた悲運の種族。故《ゆえ》に証明するのだ。――魔眼族こそが、最も優れたる種であることを。

「そのためにも、貴様らの如《ごと》き奴輩《しやつばら》が作った帝国など、我が壊して作り直してやる」

波打つ緑髪を指で梳《す》くパラディオの脳裏に、ヴィンセントとプリシラの二人が浮かぶ。

生き残りは一人だけという『選帝の儀』の不文律に反し、結託して二人で生き延びた性根《さが》の卑賤《ひせん》さには、同じヴォラキア皇族として軽蔑しかない。この分だと『選帝の儀』の最中《なか》にも、しきたりを冒涜《ぼうとく》する卑劣な行いがあったと考えるのが自然だ。

「そうでなくて、どうして我が貴様らなどに後れを取るというのか」

天に選ばれた魔眼族の血を引き、その非凡な才覚を用い、パラディオはあらゆる敵を薙《な》ぎ払い、ヴォラキアの皇子として鉄血の掟《おきて》を奉じ続けてきた。

その自分が、馴《な》れ合《あ》い、奸計《かんけい》を巡らせるばかりの俗人に劣るなどありえない。

「故に、ヴィンセントとプリスカ、貴様らは我が処する」

そうして、あるべき形に整えた帝国を、相応《ふさわ》しい王器を持つパラディオが統べる。

その暁には、かねてよりパラディオが歴代最高の皇帝と評価する、ヴォラキア帝国を痛みと恐怖で支配した『荊棘帝《けいきょくてい》』――ユーガルド・ヴォラキアのやり方に倣うつもりだ。

皇帝の威光を遍《あまね》く知らしめるため、自国の民の心の臓を茨《いばら》で縛ったとされるユーガルドの執政は、まさしくパラディオの理想とするものだった。

後世の創作では、『荊棘帝』が一介の村娘への愛に生きたなどと愚かしい風説が語られているが、パラディオが即位した暁にはそれらは全《すべ》て焚書《ふんしょ》して葬り去ってやる。

「――――」

そう意気込みながら、パラディオは両目を閉じ、額にある第三の眼《め》に意識を集中する。

途端、パラディオの視界は目の前の戦場を真《ま》っ直《す》ぐではなく、天空から捉える。戦場を空から俯瞰《ふかん》するそれは、まさしく太陽の視点――これが、パラディオの魔眼の力だ。

その天の眼により、城塞都市に籠城する兵たちの配置はパラディオに筒抜けになる。

「相応の手練《てだ》れと、潤沢な備えを用意しておるな。たまさか臣下に恵まれたようだが……所詮、それが貴様の限界であろう、ヴィンセント」

城壁で防戦する兵たちの連携は見事なもので、数で勝る屍人が三枚ある都市の防壁の一枚目も崩せず苦戦している。しかし、それは相手の過剰な戦力の投入――ほとんど、都市の全防衛力をこの時点で投入しているからに他ならない。

パラディオの眼は、市内にいる大部分が無力な避難民であることを看破している。

何のことはない。相手は一枚目の壁を破られればもうあとがない。それ故《ゆえ》の死力だ。

「だが、それは脆《もろ》く儚《はかな》い幻想に過ぎぬ。そのことに気付けぬ愚昧《ぐまい》な輩《やから》に教えてやろう。貴様ら二つ目の見ている世界など、憐《あわ》れみたくなるほど狭窄《きょうさく》であると」

そう愚かな抵抗を嘲笑《あざわら》い、パラディオは手をかざし、遠く離れた場所へ声を飛ばす。

これもまた、魔眼族《まがんぞく》としてのパラディオの生得した力——髪や爪、体の一部を取得した相手の下へ、どれだけ離れていても自分の声を届かせる念話だ。

それを以《もっ》て、パラディオは城塞都市《じょうさいとし》を終わらせる決定打を放つ。

「——屍《しかばね》たる飛竜の群れを出せ。城壁ばかりに注力する奴輩《しゃつばら》に、皇帝の戦の仕方というものを教えてやる」

2

「——敵飛竜隊、要塞背後の大山を越えて上空へ侵入、敵兵が市内へ投下されました！」

指令室へ駆《か》け込《こ》んできた伝令が、息を弾ませながら状況の変化を報告する。

城壁では単純な物量による力押しという責め苦が続いていたが、そこへきて相手はこのガークラ最大の弱点というべき空からの攻撃を敢行した。

「状況が焦《じ》れてきたところで動かしにきたか。この用兵、おそらくは想定した通り、パラディオ・マネスク閣下が指揮しているな」

「皇帝閣下と『選帝の儀』で争ったヴォラキアの皇子、ですか」

報告に眉《まゆ》を顰《ひそ》め、顔の白い刀傷を指でなぞったセリーナにオットーが呟《つぶや》く。

屍人《しびと》側に与《くみ》した相手の中で、事前に要警戒対象として名前の挙がった人物だ。出自を魔眼族とする稀少《きしょう》な異能の持ち主で、その性質は嗜虐《しぎゃく》的にして冷酷。

その魔眼の特性は指揮官としても非常に適性が高く、この状況で城塞都市の唯一の弱点と言える空からの攻撃の指示は、まさに致命的な一手だった。

「――だから、セオリー通りなんですよね」

「――？　せおりい？」

「いえ、気にしないでください。それよりも……」

聞き慣れない響きに首を傾《かし》げたセリーナ、彼女に軽く手を振り、それからオットーは伝令へ指示を飛ばすのを、部屋の中央のベルステツに首肯で一任する。

それを受け、ベルステツは糸のように細い目を微《かす》かに開いて、

「彼らに指示を。――『スペシャルフォース』の出番だと」

そう、帝国の宰相は口馴染《なじ》みのない言葉も適切に使いこなしてみせたのだった。

3

――それは、城塞都市攻防戦の決定打となるべく放たれた一矢だった。

『飛竜乗り』の有用性は帝国民であれば常識だが、繰り手と飛竜の双方が蘇《よみがえ》りを果たせた屍人《しびと》の『飛竜乗り』の絶対数は少なく、運用はここぞという場面が求められた。

『──屍《しかばね》たる飛竜の群れを出せ。城壁ばかりに注力する奴輩《しやつばら》に、皇帝の戦の仕方というものを教えてやる』

指揮官からの念話──直接頭の中に響くような声に従い、数少ない屍人の『飛竜乗り』は死後も付き合ってくれる屍飛竜《しひりゆう》の翼を駆り、城塞都市《じようさいとし》の上空を舞った。

城塞都市の背後に聳《そび》え立《た》ち、隣国との国境の役割をも果たすギルドレイ山の標高を越えるのは、たとえ熟練の『飛竜乗り』であっても命懸けだ。その最も障害となり得る命懸けの部分を無視し、屍人の『飛竜乗り』は作戦目標を完遂した。

眼下、堅牢《けんろう》な壁と積み上げられた石材に守られる大要塞──そこへ、百に迫る屍飛竜によって運ばれた竜船と、それに乗船した屍人の兵たちが投下される。

運搬係も屍人なら、投下される兵も屍人──生死を問わない、冒涜《ぼうとく》的戦略。

「いけ」

短い一声を受け、嘶《いなな》く屍飛竜たちが運んでいた竜船をその場へ落とす。

落下速度や着地の衝撃を度外視した、乗客の命を顧みない軽率な蛮行。それがヴォラキア帝国に滅びをもたらすために回転し、回転し、都市の中へ──、

「本職らは──!!」

「「「最強！　最強！　最強──!!」」」

直後、山の中腹から嵐のように飛び出してきた一団が落ちていく竜船の横っ腹へ突入、その屍人の致命的戦略を内側から木端微塵《こっぱみじん》に粉砕した。

4

──『スペシャルフォース』に任命され、重責と裏腹にもどかしい時を過ごした。

しかし、もどかしくはあっても、空振りする不安はなかったと断言できる。

何故《なぜ》ならナツキ・シュバルツは、すでにグスタフ・モレロの信頼を勝ち取っていた。

彼がやると決めたことは無条件に手伝えるし、彼が起こると確信した出来事は根拠もなく信じられるし、彼が抗《あらが》うと宣言した敵には力の限り抗うと決めている。

故《ゆえ》に、城塞都市を巡る戦いが始まって以来、自分たち以外のプレアデス戦団の面々が激闘を繰り広げるのを肌で感じながら、出番を辛抱強く待ち続けられた。

もっとも、待てるということと、待つのが苦にならないというのは話が違う。

「おおおお──!!」

雄々しく吠《ほ》えながら、グスタフは己の四本の腕を振り回し、竜船の中で暴れ回った。

投下された竜船では、乗り込んだ屍人たちが己の武器を船に突き刺し、振り落とされないように体を固定していた。その分、グスタフたちの奇襲に反応が遅れる。

グスタフと共に『スペシャルフォース』に加わったのは、シュバルツの親衛隊であるヒアイン、ヴァイツ、イドラの三人ではなく、『剣奴孤島《けんど》』で剣奴として過ごした時間の長い古株――すなわち、総督であるグスタフが実力を認めたものたちだった。

「狼《おおかみ》を殺すのに兎《うさぎ》を寄越《よこ》すとはな」

「我らは風、風を囲うことは誰にもできん！」

「くははは！　ケンカだ、ケンカ！　命懸けってのが滾《たぎ》るぜぇ～!!」

一匹狼のジョズロや、フェンメルにミルザックという血の気の多い腕利きが、グスタフと共に竜船で武器を振るい、屍人《しびと》たちを次々とねじ伏せる。

プレアデス戦団を包む謎の戦意高揚現象は、戦い慣れた剣奴たちを歴戦の猛者へと仕立て上げ、転落中の竜船なんて悪状況でも遺憾なくその実力を発揮させていた。

「それでこそ、決死隊……いや、『スペシャルフォース』に選んだ甲斐《かい》がある」

この戦場において、最前線で屍人の群れを食い止める役目を負ったものたちと同等か、それ以上に命の危険があるのがグスタフたちの役割だ。

それほどの大役を任されながら、しかし、グスタフたちは死ぬわけにはいかない。

誰一人死なないでくれと、そうプレアデス戦団のボスに厳命されている。

「本職は二君に仕えることを良しとしない。それ故《ゆえ》に君を主君とは仰がないが……懸命な友人の頼みは、可能な限り引き受けたくなるものだ」

牙の収まり切らない口でそう言って、グスタフはようやく床から武器を抜いた屍人たちの頭を掴《つか》み、四体を同時に自分の頭上で激突させて砕くと、吠《ほ》える。

グスタフは多腕族《たわんぞく》の、その荒々しく野蛮な気性をひどく嫌っていた。

できるだけ自分の心を律し、怒りや闘争心に支配されないよう己を強く戒めてきた。

「お、おおおお――っ!!」

その自分の主義を、このときばかりはグスタフは忘れる。

忌々《いまいま》しいと思っていた多腕族の気性、その本能の訴えるままに暴れ回るときだと。

「本職らは――!!」

「「「無敵！　無敵！　無敵――!!」」」

グスタフたち『スペシャルフォース』は特命を遂行する。

その湧《わ》き上がる熱量こそが、帝国の勝利のためにシュバルツたちが奮戦している何より の証《あかし》なのだから。

5

物量による力押しで城壁に注目を集め、手薄になった要害へ切り札を投入する。

パラディオ・マネスクの採択した策は、うまく嵌《は》まれば都市の防衛戦略を粉々に打ち壊す一手となり得た。――あくまで、うまく嵌まればの話だが。

「屍人を用兵するのなら、最初に考えるのが死者の特性を活《い》かした戦術だからな。死を厭《いと》わぬ形でギルドレイ山を越えようとするのは必定だ」

「その考えがあって、なかなか物量で壁が押し切れん～ってなったら、ちょうどお空の手札が切りたなって当然やろねえ」

「とはいえ、こうも読み通りになるとは思わなかったね」

『スペシャルフォース』が出動し、上空から都市を狙った屍人《しびと》の強襲部隊を迎撃、相手の必勝の策を未然に阻止できたことに、指令室の一同が頷《うなず》き合う。

前述の通り、屍人の用兵策としては適切な戦略だったが、その邪道な状況の活《い》かし方としては順当で、正攻法すぎる策だった。

「聞き及んだ話によれば、『選帝の儀』で命を落とされたのも正攻法に拘《こだわ》り過ぎたのが原因だったとか。良くも悪くも、屍人の時は止まったままということか」

待機させていた自前の飛竜隊を出し、上空に現れた屍人の『飛竜乗り』の撃破を命じたセリーナが、策を読み切られた相手――パラディオ・マネスクをそう評する。

要警戒対象として名前の挙がった彼だが、それは魔眼族《まがんぞく》としての特性を活かして、他者の補佐に当たった場合の警戒だ。実際、連環竜車ではラミア・ゴドウィンの襲撃に彼の協力があったと考えられ、危うく帝国は滅びの一歩手前だった。

しかし、不幸中の幸いというべきか、相手は自分の能の活かし方を知らないでいる。

「まるで相手の手札が見えていれば、絶対に賭け事で負けないと思っているかのようだ」

「普通、相手の手札が見えてたら相当有利なはずなんですけどね」

「そうか？　同じ条件でお前と賭けをしてやってもいいぞ。ただ、私と勝負すればお前の家族にも危害が及ぶが」

「これだからヴォラキア流ってやつは！」

「勝利に貪欲であることは美徳だ。——お前も、私と同じ手合いだろう？」

性格が悪いとでも見込まれたようなセリーナの眼差《まなざ》しに、オットーは心底渋い顔。

ともあれ、指揮官の質ではこちらが相手を上回ったと言える。面目ごと必勝策を潰された以上、敵は次なる手段を講じてくるしかない。

そしてそれは——、

「とっておきの切り札を出してきたか。——戦力の逐次投入は負け戦の華だな」

6

「「「——————ッッ!!」」」

空を割る雷鳴のような咆哮《ほうこう》を上げ、黒い鱗《うろこ》を纏《まと》った三つ首の龍《りゅう》が飛ぶ。

広げた翼をはためかせて屍人の軍勢を飛び越え、放たれる無数の矢を浴びながらビクともせず、怒れる漆黒の邪龍《じゃりゅう》は再び帝国の空に顕現した。

一度は『礼賛者《らいさんしゃ》』の手で殺《あや》められた『三つ首』バルグレンの威容は、他の屍人たちとは比較にならない脅威であり、まさしく屍人の軍勢の切り札に相違ない。

ギルドレイ山越えの強襲作戦の失敗を受け、すぐさま立て直しを図ろうとした敵の指揮官の判断は正しい。――だが、それもやはり正攻法の域を出ない。

「はぁぁぁ――!!」

勇ましい声と共に邪龍《じゃりゅう》に迫ったのは、空へと伸び上がった膨大な量の茨《いばら》だ。

それは城壁の上に立ち、空へ両腕を伸ばしたカフマ・イルルクスの攻撃――数百を超える屍人《しびと》を一度に縛れるカフマの茨が、バルグレンの全身に絡みつき、翼を縛る。

無論、龍の膂力《りょりょく》にかかれば、茨はほんの数秒で引き千切られることだろう。

「だが、自分の役目はこの一秒だ！」

全身に斑《まだら》模様の血管を浮かび上がらせ、鼻血をこぼしたカフマが凄絶な覚悟で告げる。

その矮小《わいしょう》な存在の宣言に、邪龍は怒りを覚えたように吠《ほ》えた。あらゆる生命を竦《すく》ませる龍の咆哮《ほうこう》――しかし、その雄叫《おたけ》びに竦む臆病者などこの戦場のどこにもいない。

故《ゆえ》に――、

「――アル・クラウゼリア」

茨に絡みつかれ、中空で動きの止まったバルグレンの首が、虹の極光に射抜かれる。

輝きは鮮やかに、バルグレンの三本の首の一本を捉え、その付け根から吹き飛ばした。

優美にして壮麗な、眩《まばゆ》い『最優』なる魔法の一撃だ。

「狙ってくださイ！」

次いで、残った邪龍の首の一本の双眸《そうぼう》が神速の矢に貫かれる。

針の先のような小さな的を射抜いた『シュドラクの民』の族長は、傍《かたわ》らの二人――一人が照準を目測し、一人が常人十人がかりの巨大な弓を引く姿に声を鋭く言った。

「や……っちまエ!!」

「ぶっちめるノー!!」

二人が力を合わせた強弓が、空を穿《うが》つような大音を伴い、目を潰された邪龍の頭部を直撃、その顎《あご》から上を吹き飛ばし、二つ首になった三つ首を一つ首にしてやる。

「――――ッッ!!」

瞬時に二本の首を失い、残された最後の首でバルグレンが吠える。

その邪龍の体内で凄《すさ》まじい熱が生まれ、龍の代名詞である破壊の息吹が都市へと向けられる。――瞬間、破壊衝動に支配された龍と、要塞から龍を見る何者かとの目が合った。

そしてその窓辺に立つ何者かは、天空で茨を引き千切る邪龍に手を向けて――、

「――エル・フーラ」

最小限の労力で目的が果たせれば、派手な魔法も常識外れの怪力も必要としない。

そんなあらゆる物事のお手本のような正確さで、邪龍に残された最後の首を風の刃《やいば》が容赦のない鋭さで斬《き》り飛ばしていった。

「――――」

三つの首をそれぞれ落とされ、邪龍が落ちる。

それが屍人側の投入した切り札、『三つ首』バルグレンの呆気《あっけ》ない敗着だった。

7

「馬鹿な、馬鹿な馬鹿な馬鹿な馬鹿な馬鹿な馬鹿な馬鹿な……！」

わなわなと震え、乱暴に髪を掻《か》き毟《むし》りながら、パラディオは自らの魔眼で目の当たりにした現実を前に、自分の魔眼を初めて疑った。

そのぐらい、ありえないことが立て続けに起こったのだ。

「何故《なぜ》だ！　何故、奴《やつ》らは我が策を読み切れた！　あまつさえ邪龍《じゃりゅう》が落ちるだと⁉」

屍人《しびと》の『飛竜乗り』を用いた強襲作戦も、かつて憎《に》っくき隣国であるルグニカ王国で恐れられた死したる邪龍の投入も、紛《まぎ》れもなく完璧な打ち筋だったはずだ。

にも拘《かかわ》らず、このような形でパラディオの策が覆されるなどと――、

「何ゆえ、貴様らはそうも愚鈍なのだ！　何ゆえに我の手足の務めを果たせぬか！」

不甲斐《ふがい》ない手勢へと声を荒らげ、パラディオは愚昧《ぐまい》な輩《やから》に足を引かれる己を哀れむ。

落ちた邪龍、失敗した強襲部隊、いまだに一枚目の壁を破れずにいる屍人の群れ――思えば、ヴィンセントにもプリスカにもラミアにも、有能な下僕がいた。

つまるところ、パラディオと彼らとの違いは有能な下僕に恵まれたかどうか。当人の実力ではなく、付属品の差で勝敗が左右されるなど、全く正しくない。

「『荊棘帝《けいきょくてい》』の、孤高の在り方こそがヴォラキア皇帝の本懐であろうが、恥知らず共め」

かつての『選帝の儀』でも、ヴィンセントたちはパラディオの講じた策を躱《かわ》し、あるい

はこちらの想定の裏を掻くようなやり口で勝利を掠《かす》め取《と》ってきた。

それと同じことが起きている。──その暴挙を、これ以上見過ごすなどできない。

「誰ぞ、献策せよ！　今ならば我が取り立ててやる！」

屈辱に身を焦がしながら、パラディオは屍人の陣で声高に呼びかける。

本来なら、パラディオは他者の意見など求めぬ孤高の皇帝像を貫き通したかった。しかし、相手はそうしたパラディオの高潔さにつけ込み、悪意の矛《ほこ》を振るう。

ならば、パラディオもまた苛烈さで以《もっ》て皇帝の威を示すのみだ。

「誰ぞおらぬか！　声を上げよ！　さもなくば……」

「──では、僭越《せんえつ》ながら私が」

首を巡らせ、血色の悪い顔ぶれを見渡していたパラディオに一人が声を上げた。

見れば、それは屍人の群れの中からゆっくりと歩み出てくる細い人影──その、他の屍人たちと一風異なる雰囲気に、パラディオは三つの眼《め》を細めた。

佇《たたず》まいは凡庸と一線を画す。あとは能力がその印象に見合うかどうか。

「貴様は何ができる？」

「そうですね。……まずは、お目にかけましょう」

そう言って、パラディオの前に立った白髪の女は微笑《ほほえ》み、空へ手をかざした。

そして──、

8

「──アナ!!」

出現を予期されていた『三つ首』の邪龍《じゃりゅう》、それが都市の上空で三つの首を落とされ、黒い巨体を塵《ちり》に変えながら墜落したとき、アナスタシアの心中には安堵《あんど》があった。

予想されていたとはいえ、相手が大物であることに変わりはない。

相応の備えがあったとしても、敵がそれを上回ってくるか、横に回り込んでくる可能性は常にあるのだ。それを回避し、強敵を潰せた安堵は彼女にもある。

──そのアナスタシアの安堵を、首元のエキドナの声が引き裂いた。

跳ね起きた白い狐《きつね》の姿の精霊が、その黒目で大要塞の空を呆然《ぼうぜん》と見つめている。

「あれは、星……?」

その相方と同じ空を見上げ、浅葱色《あさぎいろ》の瞳《ひとみ》を見開くアナスタシアが呟《つぶや》く。

自分の見たものに確信が持てない。少なくとも、それはアナスタシアの生涯で見たことのない景色で、想像したことさえなかった光景だった。

ギルドレイ山を越えてきた屍飛竜《しひりゅう》の群れよりも、そのさらに上を取った『三つ首』の邪龍よりも、もっとさらに上から都市へ降り注いでくる光──星が落ちてくる。

その規格外の光景にアナスタシアが目を見張る横で、オットーやベルステツも絶句する中、同じ光景を見るセリーナが顔の刀傷を歪《ゆが》めて笑い、

「空気が変わる。――勝つにせよ負けるにせよ、決着が近いぞ」

9

「はは、ははははは！　よいぞ、そうだ、これだ！　我が欲した光景は！」

戦場の空に展開したその光景を見て、パラディオが狂喜乱舞する。

降り注ぐ光が地上へ到達すれば、堅固さで知られた城塞都市《じょうさいとし》の防備など何するものぞ。ちっぽけな愚民たちの抵抗など、星の光の前には塵芥《じんかい》も同然。

「よくぞ我の下へきた！　貴様を我が臣下に加えてやろう！　名はなんと申す！」

三つの金瞳《こんどう》に喜悦を滲《にじ》ませ、その光景を作り出した白髪の女にパラディオが問う。その問いかけに振り向く女、それを改めて正面から捉え、パラディオは息を呑《の》んだ。

美しい白い髪と背筋に震えが走るほど整った顔貌《かおかたち》、何より、その顔と瞳に屍人《しびと》の証《あかし》である外見的特徴が見られない。――生者か、と見紛《みまが》う姿かたちだ。

そう疑問を抱いたパラディオに、女は深々と腰《こし》を折り、一礼した。

そして、問いの答えを返す。――自らが、何者かを名乗ったのだ。

「何を名乗るのが正解か、少々難しい立場です。ですから今はただ……『強欲の魔女』と呼んでいただければ」と。

第一章　『唇《くちびる》に奇跡を含んで』

1

――その全身を燃え上がらせ、『魔女』が塵《ちり》へと変わってゆく。

ついにヴェールを脱いだ『陽剣』の威力は凄《すさ》まじく、掠《かす》めただけで魂まで焼き尽くす焔《ほのお》は斬《き》られた『魔女』だけでなく、他の二体の『魔女』をも延焼させた。

しかし、その結果も驚くべきものだったが、真に驚くべきはアベルの策だ。

「ここまでやり切るとか、正気と思えねぇ……」

そう呟《つぶや》いて、スバルは『魔女』に『陽剣』を届かせたアベルの執念に脱帽する。

彼は今日に至るまでのあらゆる戦場、あらゆるピンチで一度として『陽剣』を使わないことで、スピンクスから――否《いな》、全《すべ》てのものからその選択肢を消したのだ。

その策を成立させたアベルは、スバルがまじまじと自分を見るのに眉《まゆ》を顰《ひそ》めると、

「――貴様、その不敬な面構えは何のつもりだ」

「不敬な面構えってなんだ！　こっちゃ驚いてんだよ！　ここまで一緒にやってきて、まだお前の人間性に文句付ける部分がホイホイ出てくるから……！」

「まさか、手札を伏せていたことへの文句か？　貴様も同じ策に乗じたであろうが」

「俺の方は性格じゃなく、知恵と勇気とカンニングの結果だからいいの！　つか、思い返したらお前、最初の『血命の儀』から始まってこれまでずっと温存してやがったな!?」

「そうだが？」

「そうだが!?　あでででっ」

「スバル！　無茶《むちゃ》するんじゃないかしら！」

真紅の宝剣を手に、悪びれもせずに肯定するアベルに仰天した直後、スピンクスに見せしめに折られた腕の痛みがぶり返し、スバルが悲鳴を上げる。

そこへ駆け寄るベアトリスが、涙目で腕を抱えるスバルに治癒魔法を発動しながら、

「いくら言ってもその男には響かないのよ。たぶん、ロズワールと同じで、罪悪感を感じる機能が死んでるかしら。――ほら、これでちょっとマシになるのよ」

「ん、だいぶ楽になった。……ありがと、ベア子」

自分的に最大限の罵倒でアベルを評したベアトリスに、スバルは治療の礼を言う。

まだ痛みは残っているが、かろうじて腕は動かせるようになった。無理をさせるのはおっかないが、今は治療の優先順位が違う。

文字通り、スピンクスたちとの戦いでは無傷の勝利とはいかなかったのだから。

「ジャマル・オーレリーは助かるのか？」

「息の根さえ止まってないなら何とかするのがベティーの役目かしら」

そう言って、倒れているジャマルへとベアトリスが治癒魔法をかけ直す。

最初に現れたスピンクスを倒したあと、追加で現れた三人のスピンクスを挑発し、一番痛めつけられたのがジャマルだ。そのやり方は聞くに堪えない罵声を浴びせ続けるなんて稚拙なものだったが、それも皇帝への忠義が為《な》せる業《わざ》だった。

「うあう」

「おお、スピカ、よく頑張ってくれたな。体は？　ヤバいとこないか？」

「あう！」

大きく頷《うなず》いて、自分の健在ぶりをアピールするスピカ。その土埃《つちぼこり》で汚れた頬《ほお》を手で拭ってやり、頭を撫《な》でて彼女の奮闘をスバルもねぎらった。

まさしく、全員で一丸となって勝ち取った勝利だ。

「それでも、俺はお前の切り札のことを一生根に持つからな」

「貴様にそこまで言わしめたとあれば、献策したあれも満足していようよ」

涼しい顔でそう答えるアベルに、スバルは自分の恨み節が通用しないと嘆息する。

――アベルが『陽剣』を使えるのに使わずにいたことは、スバルもスピンクスとの戦いが始まってしまったあとのループ内で知ったことだった。

最終的にアベルの策に便乗し、スピンクスに『陽剣』の切っ先を届かせて勝利したが、下手すれば戦犯物の秘密主義だ。手放しに褒《ほ》められたものではない。

元々、ヴォラキア帝国を滅ぼそうとする『大災』を止める切り札は、スピカの『星食』

しかない見込みだったが、アベルが『陽剣』を使えるなら話が変わってくる。

『陽剣』と『星食』の二枚看板で、屍人《しびと》の攻略を進めることができるのだから。

「お前、さては先にそれに気付いてたから俺たちと一緒のグループに入ったな？」

「うー？」

「あのな、スピカ、この陰険皇帝は『陽剣』が使えるのを隠してた。で、代わりに俺たちに積極的に『星食』でゾンビ狩りをさせてたんだ。そうするとどうなる？」

「あー、あーあう？」

「そうだ。俺たちを止めに敵の主力がくるよな。当然、俺たちはその主力相手に『星食』を当てようと頑張る。それが届けばよし。もし届かなかったときは……」

「あうああ！」

スバルの説明の最後、目を見開いたスピカがアベルの『陽剣』を指差した。そのスピカの理解力に、「その通り！」とスバルは彼女の頭を撫でる。

それから、スバルはスピカと並んでアベルをじと目で睨《にら》むと、

「スピカ、覚えとけ。あれが性格の捻《ね》じ曲《ま》がった人間の目だ。あれぐらい真っ黒じゃないとヴォラキアの皇帝になれねぇんだよ。……やっぱり、帝国滅んだ方がよくない？」

「敵の首魁《しゆかい》を討った直後に裏切りの算段か？　これほど間の読めぬ話もないな」

「お前、頼むから帝国救ったあと、すぐクーデター起こされるとかやめてくれよ？」

わりと本気のスバルの頼みに、アベルは小さく鼻を鳴らす返答に留《とど》めた。

必要に迫られてとはいえ、帝国はスピカの情操教育に悪すぎる。アベルはその代表格みたいなものなので、こんな状況でなければ傍《そば》にいさせたくない筆頭だ。スピカが見習うべきはエミリアやレム、ベアトリスやタンザといった善良な子たちだろう。

「そうなると、オットーとロズワールも遠ざけないとダメだな。姉様は好きだけど、二人以上になると辛《つら》いな。ガーフィールの可愛《かわい》いとこも見習ってほしいし……」

「スバル！　こっちの治療もひと段落するのよ」

そのベアトリスの呼びかけに「おう」と考え事を中断し、ジャマルの下へ。地べたに横たわる彼の呼吸は安定しているが、依然として意識は戻っていないようだ。

「ひとまず峠は越したかしら。でも、これ以上はベティーの余力に不安があるのよ」

「ベア子の余力……それって、マナの残り的な？」

「かしら。……ひょんなイレギュラーで動けてるけど、あまり頼りたくはないのよ」

「ひょんなイレギュラー……」

ベアトリスの答えを聞いて、スバルはじっと自分の手を見下ろす。

彼女が言うところのイレギュラーは、スバルの体内のマナ残量——スバルの契約精霊であり、スバルのマナがそのままMP残量になるベアトリスからすれば、現状のスバルから供給される異常な量のマナは警戒せざるを得ないだろう。

今のところ、スバルはそれを『コル・レオニス』で繋《つな》がるプレアデス戦団のみんなとの結束によるポジティブな影響と考えているが——、

「異常ってより、絆《きずな》の力って答えの方が嬉《うれ》しいし、熱いしな」

「スバル、真剣な話かしら」

「わかってる。この仮説が合ってる場合、みんなに負担かけることになるわけだからやりたい放題しないで温存するのに賛成だ。でも、困ったな」

　ベアトリスの判断を尊重しつつ、スバルは倒れているジャマルを前に頭を掻《か》く。

　当たり前だが、勝利の功労者である彼を道端に置き去りにはできない。ただ、ジャマルの意識が戻らないなら、必然的に誰かが彼を担いでいく必要がある。

「言っておくが、俺は運ばぬぞ」

「お前な……その剣持ってから、俺とどっこいどっこいのキャットファイトしてたのが嘘《うそ》みたいに調子よさそうじゃんか。ジャマル担いでやるくらい楽勝だろ？」

「できたとて、やらぬ。――違う役目があるからな」

　そう言って顎《あご》をしゃくるアベルに、スバルが「え？」と振り返る。すると、通りの向こうからわらわらとこちらへやってくる影――屍人《しびと》たちの姿が見えた。

　新手の敵の登場。悔しいが、ジャマルが倒れた今、敵への積極的な対処はアベルに任せるしかない。それと同時に、ああして屍人たちが現れたことでわかることもある。

　それは――、

「……スピンクスを倒しても、『不死王の秘蹟《ひせき》』が途切れてないのよ」

「クソ、術者を倒せば魔法も消えるって線は外れか。ベア子、これってつまり……」

「腐っても『強欲の魔女』を目指して造られた存在かしら。もしも自分がいなくなっても発動し続けるように組まれた術式……そのシステム自体を潰す必要があるのよ」

「自動更新するシステム……それがあるとしたら」

「――水晶宮《すいしょうきゅう》で間違いあるまい」

ベアトリスとスバルの会話、その結論を引き取るアベルの視線が水晶宮へ向けられる。

帝都の中核であり、スピンクスたちが根城にしていた場所。シンボリックなものが置かれるのに最も相応《ふさわ》しかろう城に、目的のものがあるとアベルは確信的に頷《うなず》いた。

「水晶宮、か……」

そのアベルの確信にスバルも異論はない。次の目的地は水晶宮だ。

ただ、本音を言えば、『大災』の核となる何かが水晶宮にあるとしても、他の戦場に送った仲間の安否が心配だった。特に、エミリアとタンザの二人の安否だ。

彼女たちの配置だけが、スバルが事前に確かめ切れていなかった部分になる。

目前に迫る屍人《しびと》たちを打ち破って、何とか彼女たちの無事を――、

「――なんや、みんなボロボロやねえ。皇帝さんまで泥だらけやなんて、頑張るやん」

次の瞬間、スバルたちの前に降り立った黒い影が、瞬く間に屍人たちを滅ぼしていた。

「――――」

その一瞬の出来事に息を呑《の》み、スバルの警戒心が一気にＭＡＸへ。しかし、振り返る黒い影を正面から見たことで、警戒はすぐに霧散した。

「お、でっかい声やねえ。大きい声出せる子、僕は好きやなぁ」

そう言って、漆黒の獣人――ハリベルが口にくわえた黄金の煙管《きせる》を上下させて笑う。

カララギ都市国家からの援軍で、この最終局面の重大戦力の一人であるハリベル。その彼の頼りになりすぎる実力の証明に、ベアトリスもスピカも目を丸くしていた。

当然、スバルも驚きはしたが、驚いてばかりもいられない。ハリベルには帝都を攻略する上で、最大の難敵の対応を任せてあったのだ。

全員がベストのパフォーマンスを発揮する最大の壁――『茨の呪い《いばら》』の排除である。

そのハリベルが、こうしてスバルたちと合流していることは――、

「ちゃあんと頼まれ事は片してきたから安心し。アナ坊の顔は潰せんからねえ」

「――！　助かる！　ありがとう！　立て続けに頼んでいい!?」

「んん、遠慮せん子ぉや。ええよええよ、言うてみて」

「一緒に城の方にきてほしい！　その途中で別の子たちの援護を任せたいんだ。こっちはアベルを死ぬほど働かせるから！」

「不敬な……」

スバルの提案にアベルが何か不機嫌に言っているが、意識的にそれは無視。

とにかく、ハリベルが『茨の呪い』を何とかして戻ってくれたのは僥倖《ぎょうこう》だ。不安要素の大きいエミリアたちだが、ハリベルがいれば鬼に金棒、エミリアに花のエフェクト。

「ハリベルさんがエミリアたんたちを守ってくれれば――」

「あー、それやけど、僕ならいらんと思うよ？」

「え？」

その前のめりになるスバルに、自分の顎下《あごした》の毛を撫《な》でながらのハリベルの発言。

思わず目をぱちくりさせるスバル、その反応に『礼賛者《らいさんしゃ》』は糸のように細い目を彼方《かなた》に向けると、「うまく説明できんのやけど」と説明を求める眼差《まなざ》しに苦笑して、

「愛の力は偉大、って話なんかなぁ、これ」

と、呆《あき》れと感心を等分に混ぜたような声で言ったのだった。

2

――ありえない光景が、展開されていた。

それを、自分がヨルナ・ミシグレなのか、アイリスなのかを定義できなくなってしまった彼女は、涙で視界が滲《にじ》みかけるのを堪《こら》えながら見ているしかない。

「――タンザ」

震える唇《くちびる》が紡いだ名前、それが意味する鹿人《しかびと》の少女は片目に炎を宿し、いつか一緒に選んだキモノの裾を翻《ひるがえ》しながら、猛然と斬《き》りかかる屍人《しびと》の剣士に対抗している。

それは自分の知るタンザよりもずっと力強く、自信に満ちた戦いだった。

いったい、魔都で離れ離れになってしまってから、どれほどのことがあったのだろう。

――タンザは、自信のない娘だった。

姉のゾーイと共にカオスフレームを訪れ、以来、自分はタンザの成長を一番近くで見守ってきたつもりだった。だが、今のタンザは自分の知る彼女と別人のようだ。

自分ではない誰かがタンザに寄り添い、背中を押して、強くしてくれた。

それを、タンザの眼差しに、足取りに、剣士の顔面を殴りつける拳《こぶし》に感じて――。

「タンザちゃん！」

「はい、エミリア様、畳みかけましょう！」

銀鈴の声音を響かせながら、銀髪のハーフエルフ――エミリアがタンザと連携する。

長い髪を躍らせ、氷で作られた武器を振り回して屍人の剣士を打ち払い、攻防を高い次元で実現するエミリアとタンザは見事に息を合わせていた。

その二人の連携に青い髪の剣士――『屍剣豪《しけんごう》』は砕かれながら、嗤《わら》う。

砕かれるたびに新たに生まれ、一向に数の減らない暴威として顕現しながら、

「ああ、ああ、ああ、悲しいかな、生者の限界にござんすなぁ。ずいぶんと景気よく力を振るいなさるが、いつまで力がもつ目算で？」

「もう！　ズルしてるくせにえばらないで！」

屍人特有の金瞳《こんどう》を輝かせた『屍剣豪』、その挑発にエミリアが乗った。

可憐《かれん》な顔を怒らせるエミリアが両手を地面につくと、次の瞬間、街路から氷が枝葉を伸

ばすように広がり、複数いる『屍剣豪《しけんごう》』たちの手を足を、胴を搦《から》め捕っていく。

そうして動きを封じた『屍剣豪』たちの頭上に、高々とタンザが跳躍——くるりと回転するタンザの足が、氷の下駄《げた》に履き替えている。

それは、『極彩色《ごくさいしき》』ヨルナ・ミシグレが履きこなすのとそっくりの、厚底の下駄——、

「や、あああああ——!!」

振り下ろされる氷の下駄の踵《かかと》が、身動きを封じられた『屍剣豪』の一人の頭を捉える。真ん中にいた一体が踵落としを浴び、頭から街路に叩《たた》き付けられた。そのまま屍人《しびと》の頭を中心に一帯が陥没し、広がる衝撃波が周囲の個体も一緒くたに吹き飛ばす。

「——」

そうして、一撃の爆心地で颯爽《さっそう》とキモノを翻《ひるがえ》すタンザに、見入ってしまった。

その視線にタンザが気付き、少女がわずかに目尻《めじり》を下げ、微笑《ほほえ》む。それから彼女は、「ヨルナ」と自分のことを呼ぼうとして——、

「——っ、ダメ!」

刹那《せつな》、離れた位置にいたエミリアが両手を突き出し、凍て付《いつ》く空気の悲鳴と、自分の背後で氷に貫かれ、氷像となる二体の『屍剣豪』の気配。

だが、彼女へ感謝の言葉を告げることはできない。

それよりも、振り向くタンザの背後に現れた、また別の『屍剣豪』の蛮行を止めるのが先決——否《いな》、間に合わない。——否、間に合わないでは許されない。

「わっちは……！」

たくさんのものを見落として、たくさんのことを取りこぼして、たくさんの人をガッカリさせて、たくさんの命の上にここにいる。

そのたくさんに何一つ報いてこられなかった自分でも、タンザだけは――、

「――」

伸ばした手でタンザを抱きしめ、よくぞ動いたと我が身を称賛する。

あとはせめて、かつての自分よりも背も手足も伸びたこの体が、胸の中の小さな愛し子《いとご》を、あの人が大切に守った帝国の愛し子を守れるように――。

「――余をこうまで驚かせるのは、やはりそなただけであろうな」

その柔らかな声は、耳元で囁《ささや》かれるように甘やかに、剣風が吹き荒れる戦場とは思えないほど穏やかに、今しがた死を覚悟していた心を嘘《うそ》のように溶かし、響いた。

――『屍剣豪』の剣撃は、差し込まれた真紅の宝剣によって打ち払われていた。

そして、それを為《な》した存在を目の当たりにし、彼女は息を呑《の》むしかなかった。

予想外で、不本意な再会だった。

喜べばいいのか、悲しめばいいのかわからず、あの瞬間から心はひび割れたようで。

結局、その答えが出せないまま、このときを迎えてしまったけれど。

今、この瞬間だけは、はっきりと言える。

「張り詰めた顔も可憐《かれん》だな、我が星」

そう述べて、壊れ物に触るような手つきで自分の頬《ほお》を撫《な》でる男——ユーガルド・ヴォラキアの、生前と変わらぬ血の通った肌と、心を宿した青い瞳《ひとみ》を前に、万感の愛《いと》おしさを堪《こら》えることなど、ヨルナにもアイリスにも、できなかったから。

「閣下……っ」

3

斬《き》り上げる刃《やいば》を斜めに浴びた瞬間、生涯——否《いな》、生前と死後を合わせて、初めての敗北を味わったものとユーガルド・ヴォラキアは覚悟した。

自分と剣を交え、対等に渡り合い、あまつさえ競り勝ったものは初めてだ。

その技量を見事と称賛する一方で、敗れてはならない勝負に敗北した事実が、もはや鼓動を打つことのない心の臓を収めていた胸を疼《うず》かせる。

望むべくもない望みが叶《かな》い、奇跡のように再び巡り合えたアイリスと、まだほとんど言葉も交わせていない。触れ合えていない。愛《いと》しさを伝え切れていない。

それでも、ユーガルドはアイリスとの再会が叶った。

ユーガルドとアイリスが望みを叶えるため、同じように愛するものと言葉を交わし、触れ合い、愛を伝えたくとも叶わなかったものたちがいるだろう。

それと同じことが、ユーガルドとアイリスの星の巡りにも起こった。

——そう、自らを納得させようとしたものを。

「この刀の使い手として僕は全然素人やし、なんぼなんでも一振りするだけでごっそり気力持ってかれすぎてえぐいなぁって感じなんやけど」

その胸に呪いの証《あかし》である茨《いばら》を宿し、禍々《まがまが》しい力を纏《まと》った『邪剣』を振り切った漆黒の狼人《おおかみびと》——ハリベルが何事か告げる。

そうする彼の表情が、同族というだけでまるで似つかない見知った狼人と重なった。

ユーガルドが最も深く関わった狼人、彼も時折、こんな風に自分を見ていた気がする。

「持ってった気力の分、ちゃぁんと仕事はするんやから憎めん刀やねえ」

ユーガルドの刹那《せつな》の感慨を余所《よそ》に、ハリベルは感心したようにそう続ける。

それが手にした刀——『邪剣』ムラサメに対する感想であることはわかる。だが、その物言いは『邪剣』の秘めたる力が勝利に役立った、というそれとは違って聞こえた。

まるで、『邪剣』が勝利以上のものをハリベルにもたらしたように——、

「——屍人《しびと》の、妄念か?」

斬撃を浴びた我が身を確かめて、ユーガルドはその感覚を言葉にする。

屍人の身で蘇《よみがえ》ったユーガルドには、一種の強迫観念——帝国の生者に対する、本能に訴えかけてくるような敵愾心《てきがいしん》と暴力的な衝動があった。おそらく、いずれの屍人にも共通してある衝動だが、それをユーガルドはアイリスへの想《おも》いで塗り潰していた。

それでも、蘇りを果たさせた首魁《しゅかい》には逆らえず、その思惑に最低限従うしかなかったユ

ーガルドは、ここでグルービーやハリベルと剣を交えることとなったのだ。

——その、逆らえず抗《あらが》えないはずの強制力が、鈍く禍々しい妖気を纏った『邪剣』に断ち切られたように、消え去っていたのだ。

「ずいぶん、血色のいい顔になったやないの」

そう、ユーガルドの顔を覗《のぞ》き込《こ》んだハリベルが肩をすくめて言った。

4

「——故《ゆえ》に、今や余の中には我が星への想いしか存在せぬ」

片手をこちらの頬《ほお》に添え、そう柔らかに語りかけてくるユーガルドに、アイリスであり、ヨルナでもある女——アイリス＝ヨルナは声もなく魅入られるしかなかった。

熱のない青白い肌ではなく、瞳《ひとみ》も偽物ではない本来の青。屍人として蘇ったことと無関係に表情筋の動かない人だったと、その真顔が思い出させてくれる。

それは紛《まぎ》れもなく、アイリス＝ヨルナの知るユーガルド・ヴォラキアその人だった。

「御免状《ごめんじょう》なしに割り込んで眼中にないたぁひでえ御仁《ごじん》だ」

その二人の再会を、威勢のいい嗄《しゃが》れ声《ごえ》が邪魔をする。

言葉の内容と裏腹に、声は突然の乱入者を歓迎するように上擦《うわず》っていた。舌なめずりするような『屍剣豪《しけんごう》』の眼光、それをユーガルドは表情を小揺るぎもさせず見返し、

「そなたの一芸には目を見張るものがあるが、生憎《あいにく》と時機が悪い。余の限られた時間の全《すべ》ては我が星のために費やしたい」

「そうつれないことを言うもんじゃあござんせ——」

「離れなさい！」

淡々と望みを伝えるユーガルドに、『屍剣豪《しけんごう》』は聞く耳を持たなかった。が、屍人《しびと》が答えを言い切るより早く、アイリス＝ヨルナの腕の中のタンザが吠《ほ》える。

少女は鋭く身を回し、氷の下駄《げた》を履いた足で強烈な蹴りを屍人にぶち込んだ。

「なんの！」

その少女の蹴撃に腰《こし》の鞘《さや》を合わせ、直撃を免れる屍人の全身にひび割れが生じる。しかし、『屍剣豪』の顔にはそれ以上の凶笑が刻まれ——、

「ていや！」

かけていたのが、豪快に振り下ろされる氷槌《ひょうつい》で叩《たた》き潰《つぶ》された。

後ろから飛びかかった一撃を浴び、その『屍剣豪』の個体は木端微塵《こっぱみじん》に砕け散る。だが、これで滅ぼし切れるなら、『屍剣豪』を五十回は滅ぼせているはずだ。

このやり方では滅ぼせないと、『屍剣豪』の脅威は依然健在で——、

「——童とは思えぬ気持ちのこもった一打だ。その将来性を鑑み、無礼を許そう」

「ヨルナ様から離れてください」

そう、屍人の脅威を余所《よそ》にユーガルドとタンザが視線と言葉を交わしていた。——ユー

ガルドが『陽剣』の柄《つか》で、タンザの氷の下駄の蹴りを受け止めながら。

タンザの蹴りの標的は『屍剣豪』だけでなく、見知らぬ皇帝も含まれていたのだ。

「た、タンザ！　閣下になんてことを……閣下、わっちのタンザが申し訳ありんせん！　この子はわっちを守ろうとしただけで、悪気は……」

「そう悲痛な顔をするな。余はそなたであればどのような顔も愛《いと》おしく思うが、懸命に訴えるそなたを愛《め》で続けたいと思うのは心が咎《とが》める」

「こ、こういう人でありんした……っ」

タンザを庇《かば》おうと弁明に努めるアイリス＝ヨルナに、ユーガルドの返事は芯を食っていない。だが、こんな悪戦苦闘はユーガルドとの日々では日常茶飯事だ。

そう、ユーガルドと過ごす時間で、これは日常茶飯事だった。

「……ヨルナ様」

そのアイリス＝ヨルナの顔を胸の中から見上げ、タンザの黒目が戦意を落ち着かせる。

彼女にも伝わったのだ。細かな関係性はわからなくても、アイリス＝ヨルナとユーガルドとの間にあるのは敵意ではなく、もっと別の感情であるのだと。

あとは――、

「ねえ！　まだゆっくりお話するのは早いかもしれないの！」

そこへ駆け寄ってくるのは、タンザと一緒に『屍剣豪』と戦っていたエミリアだ。

後ろから容赦なく氷槌で屍人を叩いた彼女は、アイリス＝ヨルナとタンザの傍《そば》にいるユ

ーガルドを紫紺の瞳《ひとみ》で見つめると、

「あなたは私たちの味方でいい？」

「それで構わぬ」

「よかった！　あなた、すごーく強そうね！　頼りにさせて！」

「承知した。任せるがいい」

ユーガルドの即答を受け、エミリアがホッと胸を撫《な》で下《お》ろす。

一瞬で敵味方の見極めを終えた彼女にアイリス＝ヨルナは目を瞬かせるが、ハーフエルフである彼女の境遇を思えば、一般的な感性の話などするのもおこがましい。

ともあれ――、

「閣下、そのお体は……」

「残念だが、燃え尽きるまでの残り火に過ぎぬ」

「――――」

そう告げるときさえ、ユーガルドはアイリス＝ヨルナから目を逸《そ》らさず、表情を悲しみや寂しさで歪《ゆが》めることをしなかった。

アイリス＝ヨルナも、そうして一切容赦なく言ってくれるのを期待していた。

そうやってアイリス＝ヨルナを真《ま》っ直《す》ぐ見つめたまま、ユーガルドは続けるのだ。

「だが、燃え尽きるまでのわずかな時は、余の全《すべ》てはそなたのものだ」

「――はい、閣下」

ただアイリス＝ヨルナを悲しませ、寂しがらせて終わるだけのことをしないために。この誰からも恐れられた優しい『茨《いばら》の王』は、いつだって自分が茨以外で誰かを傷付けることがないように、その心を静謐《せいひつ》に波打たせているのだから。

「全然、全然……幸せなことでありんす」

たとえ限られた時間でも、ユーガルドと触れ合い、言葉を交わせる。

あの日々の最後、自分には――アイリスには果たせなかったことだ。そしてそれを果たせなかったせいで、とてもたくさんの犠牲を出してしまった。

その後悔を、過《あやま》ちを償うために、アイリスはヨルナとして帝国に――、

「――その手の宝剣、『陽剣』ヴォラキアとお見受けいたす」

熱を抑えた嗄《しゃが》れ声《ごえ》に、アイリス＝ヨルナたちは顔を上げた。

集った四人から少し離れた位置に、ゆっくりと一体の屍人《しびと》が現れる。その屍人の顕現は次々と連鎖し、いずれも妄執に支配された『屍剣豪《しけんごう》』が一斉に並び立った。

無数の『屍剣豪』は一糸乱れぬ凶気を湛《たた》え、刀を構えて金瞳《こんどう》を輝かせる。

「世界に名だたる伝説の刀剣、ドラ息子が持っていやがる『夢剣』と『邪剣』に並ぶ理外が鍛えた魔具神器……目にはしても、交える機会にはとんと恵まれんでござんして」

「……ここまでして、武人の血が騒ぐとでも言うでありんすか」

「お恥ずかしい話……その通りでござんす」

恥ずかしいなどと、口先だけなのがありありと伝わってくる剣気。

他の屍人《しびと》と比べても明らかに異常な『屍剣豪《しけんごう》』の鬼気と妄執、それにアイリス＝ヨルナは実力以外の部分で気圧《けお》され、情けなさに自分の手を握りしめた。

その握りしめた手が、腕の中のタンザの手で優しく包まれる。

「童よ、そうして我が星の手を取り、寄り添い続けることを許そう」

「……お許しいただかなくてもそうさせていただきますが」

憮然《ぶぜん》としたタンザの答えは、ユーガルドの怜悧《れいり》な横顔を崩せない。が、ユーガルドがその返答を快く受け止めたことが、彼を深く知るアイリス＝ヨルナにはわかった。

そのまま、十、二十と数を増やす『屍剣豪』へユーガルドが歩みを進める。その傍《かたわ》らに並ぼうと、エミリアの前に踏み出しかけたが――、

「助力の意思やよし。だが、余に任せよ」

「でも、あなただけじゃ……」

「――ユーガルド・ヴォラキア、それが余の名だ」

「ヴォラキア……それって」

視線で自分を引き止め、そう名乗ったユーガルドの家名にエミリアが目を丸くする。その名前にはエミリアの足を止めさせ、『屍剣豪』の好奇を煽《あお》る効果があった。

「ユーガルド・ヴォラキア……もしや、『荊棘帝《けいきょくてい》』じゃございませんか？」

「自称したことはないが、余をそう呼ぶものもいる。帝位にあった余を端的に言い表したよい表現だ。後世の歴史書にも残しやすかろう」

「はは、ははは！　なんとなんと！　神聖ヴォラキア帝国歴代皇帝最強！　そんな御方《おかた》とお会いできるとは……やはり、某《それがし》は持ってござんす！」

十メートルほどの間合いで向かい合い、『屍剣豪』が狂喜に声を弾ませる。

相対したのが『荊棘帝』と知ってなお、『屍剣豪』は恐れおののくどころか尋常ならざる理屈で己を鼓舞し、ユーガルドが腰《こし》に携える『陽剣』へ熱い眼差《まなざ》しを向けていた。

「某が皇帝閣下に勝った暁には、『陽剣』はいただけるんで？」

「相応《ふさわ》しきと剣が認めればそうなろう。しかし、易々《やすやす》とは譲れぬ。――この剣を余の手の内で真のものとするため、多くの臣下が命を懸けたのだ」

そうユーガルドが口にした多くの臣下、その全員を共有できるアイリス＝ヨルナだけが、誰よりも恐れられた優しい『茨《いばら》の王』の情熱を理解できる。

――勝負は合図なく一瞬で始まり、刹那《せつな》の決着を見た。

「――し」

短く鋭い呼気と、閃光《せんこう》のような踏み込みが彼我の距離を消滅させた。

二十の同一人物が四手に分かれ、閃《ひらめ》く剣光がユーガルドへ迫る。一級品の剣技を束ね、超級へ至らせんとする凡庸なる蛮行――それにタンザとエミリアが息を呑《の》んだ。

しかし、アイリス＝ヨルナはユーガルドの勝利を欠片《かけら》も疑わなかった。

剣風を凌駕《りょうが》する『屍剣豪』の剣嵐《けんらん》、全方位から己に迫ったそれを、『茨の王』はただの一振り――眩《まばゆ》い一閃で焼き払い、真紅の切っ先が『屍剣豪』の首を薙《な》いでいた。

「この程度――っ」

首を抉《えぐ》られ、致命傷を受けたのは二十の内の一体。

残る十九体の自分が、あるいは次々と溢《あふ》れる他の自分の剣は折れていないと『屍剣豪《しけんごう》』が嗤《わら》う。――だが、それは思い違いというものだ。

「おしまいでありんす」

瞬間、斬《き》られた『屍剣豪』の全身が燃え上がり、それが他の十九の『屍剣豪』たちにも延焼、一斉に全員が業火に呑《の》まれる。

ユーガルド・ヴォラキアの『陽剣』、その焔《ほのお》が『屍剣豪』の魂を燃やしたのだ。

――奇《く》しくも、それはヴィンセント・ヴォラキアの『陽剣』が、『大災』の担い手となった『魔女』スピンクスの魂を燃え上がらせたのと同じ結末だった。

「――オオオ！」

業火に揉《も》まれ、『屍剣豪』が次々と灰燼《かいじん》と帰す。

燃える個体が滅びるたびに新たな個体が蘇《よみがえ》る。だが、それもまたすぐ炎に呑まれ、何度も何度もそれを繰り返し、『屍剣豪』は消えぬ炎に焼かれているのだと理解する。

そして――、

「ああ、ああ、チクショウめ。ここで、終われるものかよ……っ！」

焼けた喉から不明瞭な声をこぼし、屍人《しびと》の剣士が燃える頬《ほお》を歪《ゆが》める。

一瞬、それは敗北を認めない最後の悪足掻《わるあが》きを想像させたが、その懸念は炭屑《すみくず》となって崩れ去る『屍剣豪』が、それ以上の増殖を断念したことで否定される。

ボロボロと、『屍剣豪』は両手を天に伸ばして形を損ない——、

「——消えて、なくなった？」

同じものを目にしながら、確信を持てないでいるタンザの声。

彼女に手を握られるアイリス＝ヨルナは、その小さな手を空いた自分の手で包み返してやることで、タンザの不安に大丈夫だと答えを与える。

「……あの人、全員燃えちゃったの？」

「いささか適切な表現を探すのが困難だが、そうだ。『陽剣』の焔は所有者の望んだものを焼き尽くす。魂であれ、例外はない」

「そう。……ありがとう、すごーく助かった」

そう感謝を口にしながら、エミリアは燃え尽きた『屍剣豪』のいくつもの炭屑に憂うような目を向けていた。たとえ相手が屍人であろうと、敵であろうと、その命が失われたという事実にエミリアの紫紺の瞳《ひとみ》は揺れている。

そうしたエミリアと同じ感覚は、かつてアイリス＝ヨルナにもあった。——幾度もの生を重ねるうちに、手放さざるを得なかったものの一つだと思う。

ただ、手放せなかったものもある。

「——我が星」

改めてそう呼ばれ、アイリス＝ヨルナはユーガルドを正面に迎えた。

屍人《しびと》として蘇《よみがえ》り、その忌まわしい頚木《くびき》から解き放たれたユーガルド。彼の優麗な顔立ちも、声量と比べて胸に響きすぎる声も、熱をもたらす眼差《まなざ》しも、あの日の続きだ。

しかし、それだけでは説明のつかないことがあった。

「閣下、茨《いばら》は……」

他者を縛め、心の臓へと棘《とげ》を突き立てる『茨の呪い』。

ユーガルドを孤独にし、彼がアイリスと特別な時を共有する切っ掛けとなったそれは、死してなお彼の魂に絡みつき、逃れることを許さない呪縛だったはずだ。

それが今、感じられない。アイリス＝ヨルナだけでなく、タンザやエミリアにも。

それはすなわち、ユーガルドが『茨の呪い』から解放されたということだ。

「呪いは、解かれたでありんすか？」

「――そうではない。『茨の呪い』は解かれず、残ったままだ。ただ、余の内ではなく、別のものがその身に移し替え、引き取っている」

「引き取った……？　そんな、そんなことができるでありんすか？」

「あのものは可能とした。余の生前の時代では成し遂げられなかったことだ。あれより時が流れ、数多《あまた》の叡智《えいち》が生まれ出《い》でた。――見事な世だ」

そう、静かに顎《あご》を引いたユーガルドの言葉には強い敬服の念が込められていた。

元よりユーガルドは、他者を称賛し、認めることを厭《いと》わない性格だが、そこには皇帝や皇族として以上の、一個の命としての感銘があった。

「閣下の、呪いが……」

一方で、アイリス＝ヨルナはユーガルドの答えに言葉が出なくなる。

あくまで、『茨の呪い』は消えたわけではないと、物事を正確に表したいユーガルドの性分はわかっていても、それはアイリス＝ヨルナにとっての悲願の成就なのだ。

たとえ死後であろうと、ユーガルドの魂が『茨の呪い』と離れられたのなら。

「ヨルナ様、この方は……」

「タンザ、こちらの御方《おかた》はユーガルド・ヴォラキア皇帝閣下……わっちの、わっちの愛する、困ったお人でありんす」

そのアイリス＝ヨルナの紹介に、タンザが微《かす》かに目を丸くする。それから顔を上げる彼女はユーガルドと見合い、しばしの躊躇《ちゅうちょ》のちに、

「タンザ、と申します。ヨルナ様の侍従を務めさせていただいております」

「そうか、タンザ。余の不在の間、我が星がそなたの世話になった。大儀である」

おずおずと、そう述べたタンザにユーガルドが頷《うなず》く。

互いの顔と顔が見える距離で、声と声が届く距離で、手を伸ばして触れ合おうとすれば触れ合える距離で、ユーガルドとタンザが、言葉を交わした。

かつて、痛みを覚えずにそれができたものは、アイリス以外誰一人いなかったのに。

「私はエミリア、ただのエミリアよ。ユーガルド、まだ手伝ってくれる？」

そのアイリス＝ヨルナの感慨の傍《かたわ》ら、エミリアがユーガルドに躊躇なく話しかける。そ

の彼女から協力を求められ、ユーガルドは「無論だ」と頷《うなず》くと、

「長く、余を苦しめた茨《いばら》を引き受けたもの……グルービー・ガムレットに託されている。

余は、彼奴《あやつ》の代わりを果たさねばならぬ。――我が星」

「は、はい」

恩人の名前の発覚に気を取られ、急な呼びかけに村娘のような声が出てしまった。

それを聞いたユーガルドの空気が柔らかくなった感があって、アイリス＝ヨルナは恥じらいを覚えつつもそれには触れない。

ただ、ユーガルドはその青い瞳《ひとみ》にアイリス＝ヨルナを捉えたまま、

「余の全《すべ》てはそなたのために費やしたい。その言葉に嘘《うそ》はない。故《ゆえ》に――」

「言われずとも、ご一緒するでありんす。――もう、片時も離れたくありんせん」

あなたが失われてしまうその瞬間まで、この奇跡を唇《くちびる》に含んでおきたい。

それが、アイリス＝ヨルナの偽らざる心からの答えだった。

5

――魂の、焼け焦げる臭いが鼻をつく。

痛みは感じない。全身が炎に焼かれ、焼け爛《ただ》れていく熱もそよ風のようだ。

ただし、このそよ風は振り切ることもできず、新たに作り出される己をことごとく炭屑《すみくず》

へと変える逃れ得ない終局――そう、終局の炎だった。

「ああ、ああ、嗚呼《ああ》、なんてこったい……」

自らに刃《やいば》を浴びせ、屍人《しびと》の身に堕《お》ちてまで究めようとした剣の道。

その道の行き着く先の道中で出くわした『陽剣』の焔《ほのお》が、ロウアン・セグムントという天剣に魅入られた男の魂を焦がし、焼き滅ぼそうとしている。

それ故に、ロウアンは走る。魂の一片までも、灰に成り果てるその前に――、

「なんてこったい……某《それがし》は、やっぱり、持ってる」

体中炎に包まれ、口から火を噴きながらロウアンは凄絶な笑みを浮かべる。

屍人と化すことで己の魂の在り方を理解し、『天剣』へ至るための階《きざはし》に爪先《つまさき》をかけたロウアン。これは、その次の一段を踏むための試練、試練なのだ。

――ロウアン・セグムントにとって、『天剣』に至ることは生涯の悲願だ。

そしてその悲願は、たとえ叶《かな》うのがほんの一秒だろうと構いはしない。自分の魂が燃え尽きる寸前のほんの一秒、たったの刹那《せつな》でも至れれば十分だ。

そのために、この身が灰となる前に欲するのは――、

「――おやおやおや、誰かが猛然と走ってくると思えば燃えて登場とは！　これはこれはなんともド派手な演出じゃありませんか」

聞こえてきた威勢のいい声、燃え尽きる前に辿《たど》り着《つ》きたかった舞台。

辿り着きたかった場所にはこられた。あとは、辿り着くだけだ。

そう、燃えながら嗤《わら》うロウアンの視界、褐色の肌の少女を腕に抱いた少年も笑う。

当然であり、皮肉でもあるが、ロウアンとよく似た笑みを浮かべ、少年は言った。

「今、初めて父さんに思いました。——嫌いじゃないです、むしろ好き」と。

6

——ロウアン・セグムントという人物は、父親には全く不向きの男だった。

いわゆる一般的な感性なんてものは花形役者には不要と考えているセシルス・セグムントをして、ロウアンが当たり前の家族像からかけ離れた父親なのはわかる。

理想的な父親というものは、子どもが自分の望んだ通りに『育たなそう』という理由で我が子を斬《き》り捨てたりしないものだ。およそ父性愛とは無縁の一本気の通った異常性、それがロウアンがセシルスの兄たちを赤子のうちに殺した理由の全《すべ》てである。

おそらく、世界中を見渡しても有数の父親落第者だと思われるロウアン。その尊敬も家族愛も抱けない父親の息子に生まれ、セシルスは心から思っていた。

——ロウアンの息子として生まれた自分は、やはり持っている、と。


「——」

夢の鞘《さや》より引き抜かれ、現《うつつ》の空を奔《はし》った『夢剣』の一閃《いっせん》――それは世界の崩壊さえ誘発させかねなかった光の爆裂を斬り払い、血涙を流す美しい少女へ切っ先を届かせた。

その超常の一刀を浴び、少女――アラキアの細身は命ごと両断される、とはならない。

何故《なぜ》なら、この世非《あら》ざる理《ことわり》で鍛えられた魔剣は、その斬撃の結果すらも常識に寄り添うことをしないからだ。

――四大に連なり、帝国の大地を支える大精霊『石塊《いしくれ》』ムスペル。

セシルスが『夢剣』マサユメで調伏したのは、アラキアであってアラキアではない。感覚的にそれがわかっていても、その正体までは知らないセシルスだ。もっとも、知っていたところでセシルスの覚悟も行動も変わりはしなかった。

たとえ、ムスペルを滅ぼすことで帝国の大地が大精霊諸共《もろとも》崩れ落ちると知っていても、セシルスが『夢剣』を振り抜くことは必然だった。

帝国の大地より、ヒロインの存在を優先するのは花形役者として当然ではないか。

「――――」

アラキアの体を取り巻いていた無数の光の帯――金剛石のそれが眩《まばゆ》い粒子となり、赤い帝都に溶けていくのを満身創痍《まんしんそうい》でセシルスは見届ける。

全身に多くの裂傷を負い、血みどろのキモノは破れてほつれ、勝負衣装というには攻めすぎたデザインだ。だが、意識のないアラキアを抱きかかえるセシルスの双眸《そうぼう》に一切の陰りはなく、痛々しさなど誰にも微塵《みじん》も感じさせないだろう。

「本当に人騒がせなものですよ、アーニャ」

腕の中、アラキアの寝顔を見下ろしながらセシルスはそう呟《つぶや》く。

戦いの最中《さなか》にぼんやりと蘇《よみがえ》った記憶、その大半はビフォア・セシルスをアフター・セシルスの姿に縮めた友人との夕暮れの中での会話だった。

しかし、それを除いた大半以外の部分に、一番多く足跡を残していたのが彼女だ。

他人に尻を拭かせることに定評のあるセシルスにここまでフォローさせるとは、もしかすると彼女は帝国で一番手のかかる人間と言っても過言ではないかもしれない。

「……片付いた、って思っていいんだよな？」

と、そのアラキアを抱いたセシルスの背に、やや緊張気味の声がかかった。

警戒心強めの様子でやってくるのは、セシルスに負けず劣らずボロボロのアルだ。

頂上決戦の端を消し炭にならずに生き延びただけでも大したものだが、最後にセシルスへ武器を投げ渡した助演ぶり、キラリと光るいぶし銀な活躍だった。

「あそこで僕の意図を汲《く》んで武器を投げ込んでくれるとか実にポイント高いですよ。あれがあるのとないのとでは見せ場のクオリティがガラッと変わったでしょうから」

「何のポイントだよ、お前の好感度？　……それより、アラキア嬢ちゃんは」

「死んではないです。むしろ死なせて終わりにしないためにそれはもう限界を二枚も三枚も破り捨てる無茶《むちゃ》をさせてもらいましたからね。殺して止めるだなんてとんでもない！　期待には応えて無粋な予想は裏切るのがセシルス・セグムント流です」

「……殺さねぇで済むんなら、オレもその決着にやいやい言わねぇよ」

兜《かぶと》の金具を指でいじりながら、アルもまたアラキアの寝顔に肩から力を抜く。

アルの懸念はもちろんわかる。アラキアを生かした場合のリスクは、殺しておいた場合の安心感と引き換えにして見合うものなのか、という話だ。

「ですがそういうややこしい上に胸の躍らない話し合いでしたら僕がいないところでしかめっ面の似合う賢い方とどうぞ。僕の答えはアルさんの見ている通りですので」

「……元からお前の説得とか論破とか無茶、無理、無謀の三拍子ってわかってたよ。その嬢ちゃんのこと、責任取れんだろうな」

「どうやら元々そのつもりだったみたいですよ。初めてアーニャを負かしたときから責任は背負ったつもりでいたみたいです」

我が事ながら他人事《ひとごと》のようでもあるふわふわ感覚でそう答え、セシルスはアラキアの寝顔に、今より幼い彼女の顔が重なるのを見て取る。その感慨の理由を知るため、もう少し本腰《ほんごし》を入れて記憶を叩《たた》くべきなのかもしれないが——、

「でもそのエピソードを掘り下げる前に僕の別の責任を果たす必要があるみたいですね」

不意に呟いたセシルスに、アルが「あ？」と意表を突かれた声を上げる。が、セシルスは疑問に言葉ではなく、ただ視線を向けることで答えとした。

アラキアとの戦いの余波で、建物も街路も何もかもが溶けてしまった赤く染まる地獄のような帝都——その光景に、相応《ふさわ》しい姿の凶気が立っている。

メラメラと、その男は全身に消えぬ炎を纏《まと》わりつかせていた。

焼け焦げ、黒く炭化した肌は特徴の一つを隠しているが、爛々《らんらん》と光り輝く金瞳《こんどう》の存在感はその男が屍人《しびと》であることを一目で万人に知らしめる。

そしてセシルスには、そこらの万人以上の一個の事実を知らしめていた。

「──おやおやおや、誰かが猛然と走ってくると思えば燃えて登場とは！　これはこれはなんともド派手な演出じゃありませんか」

闇雲に走っていたわけではなく、ちゃんと目的があって走っていたのだろう。

生き急ぐような足取りがこの場で止まったのは、その目的がこの場所に──否《いな》、他ならぬセシルス・セグムントにあったからだ。

──『天剣』を目指し、あらゆる全《すべ》てを蔑《ないがし》ろにしてきた剣客、ロウアン・セグムント。

ついには己の命さえも不要と捨てたのか、変わり果てた姿でこの場に辿《たど》り着《つ》いた父に、セシルスはうんうんと何度も頷《うなず》き、笑った。

ロウアンも焔《ほのお》に呑《の》まれながら嗤《わら》っている。セシルスも、血みどろの姿で笑った。

剣に生きて、死ぬしかない親子が嗤い笑い──、

「今、初めて父さんに思いました。──嫌いじゃないです、むしろ好き」

そう言って、皮肉にもアフター・セシルスは忘れてしまった、ビフォア・セシルスが交わした約束を果たす機会を言祝《ことほ》いだのだ。

7

「――いざ、尋常に」

「勝負――!!」

刹那《せつな》、親子――否、二人の剣士は同時に稲光となる。

それは『青き雷光』たるセシルスの領域に、ロウアンが死域で至った証《あかし》だった。

「驚きました」

素直な感嘆が、セシルスの内からこぼれた。

数時間前、まだ生きているロウアンと別れたとき、父はこの領域に至れていなかった。

しかし、屍人となって再会した今、ロウアンの剣才は死後の満開を迎えている。

それは速度の向上でも技の練熟でもない意識の変化による変革――フィーリング以上の説明が難しいが、ロウアンは『一歩』深く踏み込めるようになったのだ。

生前は越えられなかった一歩、それを生を手放して初めて越えられたとは。

なんと馬鹿な話だと、なんと皮肉なことかと人は言うだろう。

だが、他ならぬセシルス・セグムントだけは――、

「嫌いじゃないです、むしろ好き」

消えぬ焔に魂を焼かれながら、死域に踏み込んだロウアンの放つ剣閃《けんせん》にセシルスは惚《ほ》れ

惚《ほ》れする。剣光で目がチカチカした。『天剣』まっしぐらの一途さだ。

ロウアンは最低最悪の父親として評されるだろうし、セシルスもそれは否定しないが、自分の配役に全霊を注ぎ続ける精神性、そういうところは愛している。

「――――」

燃え尽きる寸前の命を燃料に、生前と死後、合わせて最高の剣を放ったロウアン。研ぎ澄まされた剣撃は、セシルスをして死を思わせる剣気を孕《はら》んでいた。――その一心不乱が生み出す悪夢のエンディングを、『夢剣』マサユメは許さない。

『邪剣』ムラサメはあらゆるモノの芯という概念を断ち切る魔剣。

対して、夢を鞘《さや》とする『夢剣』マサユメの真価は――、

「――夢を喰《く》らい、夢を叶《かな》える」

叶えたい願いのモチベーションと引き換えに、願いを叶える剣力を宿す矛盾の魔剣。

故《ゆえ》に『夢剣』は夢を現《うつつ》にする『正夢』の名を与えられ、所有者次第でナマクラにも、世界すら断つ魔剣にもなり得る一刀として謳《うた》われ続けてきた。

願いを叶えた代償に、願いに焦がれた理由すら忘れた人々の手を渡り幾星霜。幾度も所有者を変えながら、今、『夢剣』はセシルスの手に収まっている。

それはセシルスにとっても『夢剣』にとっても、運命的な巡り合わせだ。

「なにせ僕の夢やモチベが枯渇することなんてありえませんからね！」

それが、セシルス・セグムントが『夢剣』の主《あるじ》である理由。

抱いた夢への規格外の渇望が、『夢剣』マサユメのポテンシャルを最大限発揮する。

――刹那《せつな》、放たれた一閃《いっせん》は夢現《ゆめうつつ》の境界さえ一緒くたに斬《き》った。

「――――」

直前の、セシルスとアラキアの頂上決戦と比べれば、あまりにも静かな一戦だった。

帝都や帝国、世界に与えた影響は微々たるもので、放っておいても消えるだけの屍人《しびと》との一騎打ちなど、些末事《さまつじ》以外の何物でもない。

しかし、セシルス・セグムントとロウアン・セグムントの親子にだけ、意味があった。

「……嗚呼《ああ》、まったく、なんて親不孝者でござんしょう」

一合、切り結んだ刹那にすれ違い、親子は互いに背を向けていた。

もはや顔を見ることも叶わない屍人の父は、心の底から忌々《いまいま》しげな息を吐くと、

「こんなことなら産湯に浸《つ》けてるときに、サクッと斬っちまえばよかった」

「はははははは！　ええ、ええ、そうですね！　父さんの勝機はそこだけでした！」

実に潔くない負け惜しみに、セシルスは呵々《かか》と大笑い。

そのあけすけなセシルスの笑い声を聞きながら、ロウアンは空を仰いだ。形を失う刀が塵《ちり》と化し、その燃ゆる指先から存在をほつれさせながら、剣客は目を細め――、

「次だ、次。――死んだぐらいで諦める某《それがし》じゃござんせん」

最後の最後まで、父親らしい言葉なんて一個も残さずに魂から灰になる。

それが『天剣』を目指し続け、死してなおもその願いを手放すことのない、ロウアン・

セグムントという凶気の剣客の、最期だった。

8

嗚呼《ああ》、嫌だ嫌だと、消えかけながらロウアンは思う。

生涯、歩みを止めずに歩み続けて、結局『天剣』には至れなかった。

歯痒《はがゆ》い。歯痒すぎる。このままなら、『天剣』へ至るのはセシルスになるだろうか。

自分ではなく息子とは、実に底意地の悪い剣神の計らい。無念と失望、落胆と悲嘆、言い出し始めれば負の想念は尽きないし拭い去れない。

「……まぁ、他の誰に至られるよりマシではござんすか」

最後の立ち合い、セシルスに勝れていれば『天剣』へ至れただろうか。

勝れなかったのだ。究極、実現しなかったもしもを考えても意味なんてない。意味がないことをロウアンは考えない。ましてや、消える寸前だ。

しないことはすべきではないと、他のことを考えようとして、ふと気付く。――人生で『天剣』への執着を手放したのは、これが本当に初めてのことだったと。

「ふむ」

その感覚はロウアンに解放感よりも、喪失感とある種の居心地の悪さを感じさせた。その魂のこそばゆさの中で、ロウアンは生まれて初めて他人を、息子を慮《おもんぱか》る。

——自分が生涯を費やして至った魂の一閃《いっせん》は、息子の道行きを照らす蝋燭《ろうそく》の火くらいにはなっただろうか、と。

9

灰と塵《ちり》だけを残し、ロウアン・セグムントの姿が消えてなくなる。

それが正しく、父の死を意味することをセシルス・セグムントは魂で理解した。この手でセシルスが、『天剣』を望むロウアンの夢を命ごと斬《き》り捨てたのだと。

「アルさん、いきなりアーニャを預けてすみません。腕一本だと抱えるのも簡単じゃないでしょうし僕の方でまた引き取らせてもらいますよ」

役目を果たしたマサユメを鞘《さや》に納め、振り向くセシルスがアルに声をかける。

ロウアンとの戦いに臨むにあたり、無理やりアラキアを押し付けられたアル。片膝《かたひざ》をついて彼女を支えているアルは、しかしセシルスに返事しなかった。

代わりに、アルは力なく首を横に振りながら、

「なんで……平気なんだ？」

「と言いますと？」

「わかるだろうが！　今のは、てめぇの親父《おやじ》さんじゃねぇか！　別れたときはちゃんと生きてて、なのに死んで敵に利用されて、それを！」

「待った待ったストップです、アルさん。ちょっと勘違いされてるのでそこだけ訂正させてください。父さんは確かに死人になってましたけど利用はされてないです。父さんが斬りかかってきたのは正気をなくしたからじゃありませんよ」

「な……」

「ああ、ちなみに普段通りって意味で正気と言ってますのでもしかしたら父さんは普段から正気とは程遠いかもしれません。そこはあしからず」

ひらひらと手を振り、セシルスはロウアンの精神性についてそう付け加える。

なんにせよ、ロウアンの精神が屍人《しびと》になったことで捻《ね》じ曲《ま》がったなんてひどい誤解だ。

「子の親殺しなんて『マグリッツァの断頭台』でもあるメジャーな作劇ですよ。──もっとも、僕と父さんがこうなることはだいぶ前から運命に予約されていたことですが」

「運命の、予約……？」

「なので、その時がきたというだけです」

それはセシルスもロウアンも、お互いにいずれ来るとわかっていた決着だ。

誰も、ロウアンを理解できない。──息子のセシルス以外には。

反面教師としてこれ以上ないほど優秀だった父は、しかし理解できない怪物ではないのだ。それは十分に、セグムント親子が一般的ではない健やかな親子関係にあった証《あかし》。

「およそ大概の方々は僕と父さんの関係を否定されるでしょうが──」

剣に連なるもの以外、あらゆるものを些事《さじ》とみなしたロウアン。

そのロウアンと違い、セシルスは世界のあらゆるものを些事《さじ》とは思わない。ちゃんと歓声と雑音の区別を付ければ、見渡せば見渡すほど世界は祝福に満ちている。

日の光や涼やかな風、滴る雨粒に踏まれた草の芳香、そしてロウアン・セグムント——いずれも、セシルスに与えられた祝福だ。

「父さんは親不孝者なんて言ってましたが僕ほどの孝行息子はそういないと思いますよ。なにせ僕の父親というだけで僕をこの世に生み出したという功績が大きすぎる」

「——」

唖然《あぜん》と、絶句するアルの様子にセシルスはやれやれと苦笑する。

アルが立ち直り次第、また次の舞台へ急がなくてはならない。眠っているアラキアを安全な場所に運んでおきたいが、はてさて今の帝都のどこにそんな場所があろうか。

それこそ、セシルスの傍《そば》以外に安地などないとすら言えそうだ。

「かといってアーニャをずっと抱えて駆け回るのもおかしな話……そろそろ戻らないと呪いの足止めしてくれてるグルービーさんに盛大に怒鳴り散らされかねませんし。そう言えば持ち帰るのが『邪剣』じゃなくて『夢剣』だとグルービーさん的にNGですかね？」

元々、アラキアとの戦いは突発的な強制イベントだったのだ。

セシルスとアルの本来の目的は、呪いを斬《き》れる『邪剣』ムラサメの回収であり、しかもその目的は果たせていない。今頃、足止めに残ったグルービーは厄介な『茨《いばら》の呪い』の術者と戦っているはずなのだが、まだ生きてていてくれているだろうか。

「ひとまずどうでしょう。ここはアーニャは頑張ってアルさんに抱えてもらいつつ僕が道を切り開く形の役割分担でいくというのは……」

「──いや、そいつは頷《うなず》けねぇ」

首を横に振って提案を拒まれ、セシルスは目を丸くする。その間、片膝《かたひざ》をついていたアルは立ち上がり、片手で支えていたアラキアをセシルスへ押し付けた。

思わずアラキアを抱きとめるセシルスに、アルは疲れた息を吐きながら、

「言っただろ。オレはオレでやらなきゃならねぇことがある。アラキア嬢ちゃんは助かってよかったが、とんだ寄り道だったんだ。……グルービーにも、悪《わり》ぃがな」

そう声の調子を落とし、アルの鉄兜《てつかぶと》越しの視線がセシルスの『夢剣』に向いた。

「その腰《こし》の刀がやべぇもんだってことはオレでもわかる。グルービーが欲しがってたのとは違うかもしれねぇが、それで何とか頑張ってきてくれ」

「それでアルさんは別行動と。僕が言うのもなんですけど武器もない状態で一人歩きしてアルさんが無事で済みますかね？　無駄死にされるのが関の山では？」

「──。無駄死にはしねぇ。それだけはしねぇよ」

「ええ、みたいですね。それは何となくわかりますとも」

確信めいたアルの物言いに、セシルスも顎《あご》を引いて肯定する。

ここまで行動を共にしていて、セシルスはアルがシュバルツと同じ類《たぐい》の『物見』のような特性を持っていると考えていた。やたらと先を見通すようなその『物見』があれば、確

かにアルは無駄死にをしないのかもしれない。

「でもアルさんが僕から離れたがる理由はそれじゃないでしょう？　どうやらよっぽど僕と父さんの決着がお気に召さない様子……アルさんも親子関係で思うところが？」

「……関係ねぇだろ」

「関係はなくても的は外してないって感じですね！　はてさてしかし……」

どうしたものか、とセシルスは単独行動したがるアルの考えに困り顔。

彼を一人にするのは気が進まない。何故《なぜ》ならセシルスはアラキアを助けるのにアルの手を借りてしまった。――すなわち、セシルスはアルに借りを返さなくてはならない。

アルが助け出したい誰かがいるというなら、その救出に協力するのが筋だろう。

最悪、昏倒《こんとう》させたアルを担いでグルービーのところに戻り、『夢剣』で問題を一切合切薙《な》ぎ払《はら》ったあと、全員でアルの『姫さん』とやらを迎えにいくのも手だ。

と、そう考えたときだ。

「――彼女の命を奪おうとしないとは意外でした。要・再考です」

不意に、セシルスとアルの会話に第三者の声が割って入った。

それが聞こえた方に顔を向け、セシルスは双眸《そうぼう》をわずかに細める。――声の主がいたのは空中、飛び降りる最中《さなか》ではなく、そこに浮かんでいる状態だ。

一瞬、聞き覚えのある口癖に、セシルスは一度は殺した『魔女』の存在を想起したが、そこにいたのは件《くだん》の『魔女』ではなく――、

「――いえ、同じ方ですね。見てくれは違っていますが中身は同じ……ううん？　もしかして中身もちょっと違います？　そんなことあるんですかね」

「魂の形質が変われば外身は変わる。逆もまた然《しか》りですが……一目でそれを見抜かれるのはどのような原理なのでしょうか。要・回答です」

「ははははは、言われてみればなんでわかったんでしょうね」

おちょくったり挑発する意図はなく、本当にわからないのでセシルスは笑った。

ただ、何となく一目でそうだと確信したのだ。頭上、空中で白髪をなびかせながら浮かんでいる女性が、あの幼い姿の『魔女』と同じ存在だと。

「さすが僕の直感と自画自賛したいところですがどうしてここに？　一度倒された僕にリベンジですか？　そういう負けん気の強さは敵役度的に好ましいですが……」

「端的に言えば、目的遂行のためです。ワタシは二つの大目的の一つを達成しました。あとはもう一つを達成すれば、本来の造物目的に専念できる想定です」

「ほうほうなるほどわからない！」

「簡潔に説明したと思いますが。要・説明です」

「ではこちらも簡単に珍しく短く僕にしては簡潔にお答えしましょう！　――目的を果たそうとして僕のところにやってきたならその目的は果たせないでしょうに」

単純明快、至極当然、これ以上ないほどわかりやすく明瞭な答えだろう。

目的がなんであれ、『魔女』とセシルスの方針は相反するはずだ。ならば何度でも、セシルスは『魔女』の企てを挫《くじ》いたやり方を再演する。

「もちろん内容が同じ再演は芸がないと不評でしょうからひねりは加えたいですけどね」

ウインクし、セシルスは『魔女』へとそう挑発する。その答えを聞いた『魔女』は、長い睫毛《まつげ》に縁取られた黒瞳《こくどう》を細め、「ああ」と頷《うなず》いた。

「そういうことですか。でしたら回答は容易です。あなたではワタシを殺せない」

「ほう？」

「帝国でワタシを殺すことができるものは把握しました。そのいずれにも決して近付きません。ですから誰にも、ワタシを殺すことはできない」

淡々とした口調で告げる『魔女』、その周囲の空間が異様な圧迫感に支配される。尋常ならざる奇跡が自然現象を捻《ね》じ曲《ま》げる予兆——そこへ一歩、人影が進み出る。

アルだ。『魔女』の登場以来、一言も口を利いていなかった彼が前進する。

彼はなおも異質な圧迫感を放つ『魔女』を見上げ、その隻腕をバッと真横に伸ばした。

——直後、溶けた地面が盛り上がり、不細工な石製の青龍刀《せいりゆうとう》が作り出される。

その石の青龍刀を力強く掴《つか》み、アルは『魔女』に切っ先を向けながら——、

「ワタシは『強欲の魔女』——」

「——エキドナぁぁぁぁ!!」

血を吐くような憤怒の声を上げ、我を忘れたように斬《き》りかかっていくのだった。

第二章　『星降る帝都』

1

――魂の変質による、『強欲の魔女』としての器の再構成。

それが『魔女』スピンクスが、ヴォラキア帝国の『大災』として此度《こたび》の厄災をもたらした理由――三百年以上の時を費やして果たさんとした造物目的である。

ヴォラキア帝国にのみ現れるとされる『星詠み』の理屈に沿うなら、これはスピンクスが生まれながらに与えられた天命であると言えるだろう。

その天命を果たすためなら、王国だろうと帝国だろうと滅ぼすことを厭《いと》わない。

事実として――、

「――貴様が帝国を死者で溢《あふ》れさせたのは、それが狙いであったか」

牢《ろう》に鎖で繋《つな》がれ、両腕を拘束されたプリシラが紅《くれない》の瞳《ひとみ》を細める。

彼女の双眸《そうぼう》に驚きはなく、目の前の現実に対する静かな理知の赫炎《かくえん》が宿っているのみ。

その赫炎に照らされ、『強欲の魔女』と成ったスピンクスは唇《くちびる》を笑みに歪《ゆが》めた。

「本来、器と魂とは不可分、それをワタシは造物された直後から理解していました。ワタシの長きにわたる探求の歳月は、その辻褄《つじつま》を合わせる旅だったと言ってもいい」

『強欲の魔女』の再現を目的とされながら、『強欲の魔女』とは異なる器に魂を入れられ、スピンクスは『強欲の魔女』として不完全な誕生を余儀なくされていた。

その不具合だらけの三百年以上の試行錯誤が、この帝国でついに完成を見たのだ。

——前述したように、本来、命にとって器と魂は不可分な代物だ。

これは精霊のような実体を持たないものも例外ではない。重要なのは触れられる肉体の有無ではなく、その魂が宿る容《い》れ物《もの》としての器の話だ。それがちぐはぐである場合、命は不自然な状態を修正し、器と魂の辻褄を合わせようとする。

無論、どんな修正力が働こうと、器が魂に合わせて変化する事例は滅多《めった》にない。

魂に合わせて器を変化させるシノビの術技や、数多《あまた》の命を犠牲に成立させた転生の呪縛といったものが稀《まれ》な実例だが、前者は適切な形に魂と器を整える技法の才能がいり、後者は多数の生贄《いけにえ》と術者との間の強い繋《つな》がりがなければ成立しない。

どちらも、スピンクスでは実現不可能な条件だった。

故《ゆえ》に、スピンクスはいずれでもない策を実行した。——『大災』の利用だ。

「帝国全土の死者を邪法で蘇《よみがえ》らせ、その過程で不可視にして不可触の魂を数限りなく観察する。貴様の目的のための検証に『大災』はもってこいだったというわけじゃな」

「『大災』が起こることは予見されていました。あとはワタシの計画がそれに見合うものと認められるかどうかが焦点でしたが……結果はご覧の通りです」

「勝ち誇るわりには、ずいぶんと綱渡りをしたようであったが？」

「否定はしません。要・挑戦でした」

　プリシラの言は正しい。確かに不確定要素の多い試みだった。

　改変した『不死王の秘蹟《ひせき》』をヴォラキアの大精霊である『石塊《いしくれ》』と接続して実現したことも、造物されたスピンクスが死んだ際に一個の命として認められたことも、屍人《しびと》の中にスピンクスの求める魂の変容を起こせるものがいるかどうかも、不確実だった。

「ですが」

『不死王の秘蹟』による屍人の軍勢の実現、スピンクス自身の屍人としての蘇り、屍人たちの中にはラミア・ゴドウィンや『巨眼』イズメイルといった魂の変化を受容するものたちも現れ、スピンクスの計画に必要な下地は整えられていった。

　そして――、

「最後の一押しとなったのが、『陽剣』の焔《ほのお》というのは皮肉ですね。あの焔に滅ぼされかけたことで、ワタシはかえって最後の無数の検討をする切っ掛けを得た」

「皮肉じゃと？　――いいや、それは違う」

「違う？」

　魂を焼かれる絶体絶命、その危機から逃れた事実の否定にスピンクスは首を傾《かし》げた。

　直前までの、不完全な複製体の器とは目線の高さから違っている。精神が屍人の頸木《くびき》を外れたことで、生者と遜色のない肌と瞳《ひとみ》の色――無論、死者である事実はそのままだが、生きた『強欲の魔女』を再現し切った姿こそ、スピンクスの正しさの証明だ。

「そのワタシが何を間違えていると？　要・説明です」

「無数の検討などと、血の通わぬ言葉で貴様の起こした物事を言い表すでない。貴様は命の燃え尽きるすんでのところで、醜く懸命に生き足掻《あが》いたのよ」

「――。ワタシは死者ですが」

「死者には生き足掻く資格がないとでも？　貴様が幾度も渡った細い縄は、いずれも悠然と構えているだけで渡り切れるものではない」

「――――」

「貴様は生き足掻き、望む結果を引き寄せた。妾《わらわ》にとっては不愉快で不都合であろうと、その事実は正しく認識せよ。――妾の敵たらんとするのなら」

唇《くちびる》を閉じたスピンクスに、囚《とら》われの身でプリシラは堂々と言い放った。

プリシラの舌鋒《ぜっぽう》、それはあくまで彼女らしさを損なわない鋭利なものだったが、同時にスピンクスの挑戦を称《たた》えているかのようにも聞こえた。

スピンクスの三百年の試行錯誤、それが実を結んだ事実を認めたような。

――それが、スピンクスの胸にわずかなささくれを生む。『強欲の魔女』らしからぬ、あってはならない感傷を。

「――。あなたの説述に付き合うのは避けるべきですね。要・自衛です」

「なんじゃ。こうして鎖で繋《つな》ぐだけでは飽き足らず、妾の言葉にも耳を塞ぐと？　であるならば、貴様がここに居続けることも、妾を生かしておくことも意味はなかろうよ。にも拘《かかわ》らず、何ゆえに貴様はこれを続ける？」

「付き合わないと言ったはずです」

「ふん、よいぞ。ならば、妾が全《すべ》てつまびらかにしてやろう」

赤い唇を弓なりにし、プリシラは取り合わないというスピンクスの意思を無視する。

彼女の言葉には、その声音には強い力がある。一度彼女が話し始めれば、それがどれほど耳を塞ぎたくなる内容だろうと、聞き入ってしまうだけの力が。

「貴様が帝国で此度《こたび》の計画を実行に移したのも、その魔女の器とやらに自らを作り変える目的を果たした今も妾の前に居続けているのも、どちらも理由は明々白々」

故《ゆえ》に、黙らせられないスピンクスに、プリシラは続けた。

スピンクスの目的、それは——、

「貴様は、妾を生かしたまま帝国の終焉《しゅうえん》を見せつけようとしておる。それは何故《なぜ》か？　故国の滅びを妾に見せ、妾の心を砕くためよ。——妾への、尽きぬ憎しみを源に」

——『大災』を率いる『魔女』スピンクスの二つの大目的。

それが『強欲の魔女』としての魂の変容と再現と、プリシラ・バーリエルへの復讐《ふくしゅう》であるということを確かに言い当てたのだった。

2

――アルデバランにとって、これはあってはならない邂逅《かいこう》だった。

「――エキドナぁぁぁぁ!!」


急造された石の青龍刀《せいりゅうとう》を握り、憤怒に吠《ほ》えるアルが空中の『強欲の魔女』へ仕掛ける。

投げつけられる青龍刀が、蜃気楼《しんきろう》の如《ごと》く空間を歪《ゆが》ませる『強欲の魔女』に迫り――、

「ワタシをその名で呼ぶものがいるのは意外でした。要・説明です」

そう淡々と言い、『強欲の魔女』は最小限の動きであっさり青龍刀を避けた。

狙いを外し、青龍刀は『強欲の魔女』に掠《かす》りもしない。――狙い通りだ。

「喰《く》らえ!」

アルが太い声で叫んだ直後、空振りした青龍刀が光り、爆《は》ぜる。

元々、投げた剣が当たってくれるなんておめでたい期待はしていない。むしろ、自分の攻撃なんて大抵の相手に通用しなくて当然だ。

だから、アルの戦いは動きの全部に布石を打っていなければお話にならない。

爆ぜた石製の青龍刀は飛礫《つぶて》となり、容赦なく『強欲の魔女』の細身に襲いかかった。

ちょっとした炸裂《さくれつ》弾となったそれは致命傷にはならなくても、無視できないぐらいのダメージが入るように割れ方を工夫してある。

少ないマナで最大の効果、貧者のやりくりはアルの得意科目だ。

「それができなきゃ死ぬって環境だったんでなぁ！」

吠えるアルの頭上、飛礫が痛々しい音を立てて『強欲の魔女』に突き刺さる。――なんて、そんな期待はもちろん実現しなかった。

「ふむ」

迫る飛礫に対し、『強欲の魔女』は何もしなかった。する必要もない。飛礫は彼女が空を飛ぶために纏《まと》った風に遮られ、届きもしない。

だが、アルにとってはそれさえも悲しいぐらい予想通りのことで。

「――っ！」

一瞬でも一分でも、『強欲の魔女』の注意が余所《よそ》に向いたならそれでいい。

その隙間を使い、アルは自分の走る足下に魔法を発動、せり上がる大地がジャンプ台になり、高々と空に上がったアルの手には二本目の青龍刀が握られている。

「おおおぉぉぉ――!!」

全身のバネを使い、振りかぶった一撃を『強欲の魔女』にお見舞いする。

飛礫と違い、これは風でオートガードできない。その目鼻立ちの整いすぎた憎たらしい顔面に、アルの渾身《こんしん》がぶち込まれ――、

「足りない実力を創意工夫で補う姿勢は評価しますが、要・実力です」

無感情な評価の声と、アルの胴を強烈な蹴りが打ち抜いたのは同時だった。

『強欲の魔女』は細腕でアルの青龍刀《せいりゅうとう》を受け流し、返礼の蹴りを一発。驚愕《きょうがく》も束《つか》の間《ま》、くの字に体の折れるアルを、そのまま地面へ蹴り落とす。

「ごぁがっ！」

とっさに体を丸め、落下の衝撃で首が折られるのは防いだ。が、全身をしたたかに打ち据えられたダメージは大きい。そして、アルにダメージを与えたのはその物理的な衝撃だけではなかった。

「今の、動きは……」

「以前の敗北を糧に、足りない能力を補うための研鑽《けんさん》をした成果です」

蹴りを放った足を下ろす『強欲の魔女』、その言葉が脳に浸透し、アルは瞠目《どうもく》した。

おかしい。それはありえない。アルの知る限り、彼女はなんにでも節操なく手を出す性分だったが、運動神経だけは壊滅的だった。いくら理論立てても全く身にならなかった彼女に、あんな芸当は逆立ちしてもできない。そもそも逆立ちもできない。

「お前、先生じゃ……エキドナじゃ、ない？」

「その驚き方は興味深いですね。普通に考えればありえないことですが、あなたはワタシの造物主を知っている。——何故《なぜ》です？」

問いかけられ、アルは改めて空中の『強欲の魔女』——エキドナと瓜二《うりふた》つの容姿をした相手を見返し、その黒瞳《こくどう》にあるはずの凶気が見当たらないのを確かめる。

その見た目も声も、エキドナそのものだ。だが、これはエキドナではない。

二重の意味での驚愕と衝撃、それを味わい、アルは『魔女』の問いに言葉を継《つ》んだ。

「回答を拒否、ですか。あなたが何者なのか、プリシラ・バーリエルの従者以上の情報を知りたく思いますが――」

「――ああ、それでしたら残念ですがもう無理ですよ」

雷光一閃《いっせん》、刹那《せつな》の出来事だった。

押し黙ったアルに『魔女』が指を向けようとした瞬間だ。『魔女』の背後にアラキアを抱いたセシルスが現れ、『夢剣』の一閃が容赦なく魔女の首を刎《は》ねていた。

「んなっ」

「僕ではあなたを殺せないと仰《おお》せでしたがいかがです？　あの言われようは正直ちょっとカッチーンだったのでこれで汚名大返上できれば幸いですが！」

反応さえさせず、刃《やいば》があっさりと『魔女』の頭と胴を泣き別れ。

絶句するアルの視界、舌を出したセシルスの剣風は『魔女』さえ容易《たやす》く殺す。

それ自体は、知った顔の『魔女』の登場と、それが知った顔の『魔女』本人ではないらしいという事実に混乱するアルにも理解できた。

「――要・検討でした」

だが、次いで起こった現象の理解は、一度では不可能だった。

斬首の巻き添えで斬《き》られた白髪を宙にばら撒《ま》きながら、くるくると回転する首だけの美貌が唇《くちびる》を緩め、そう嘲笑《ちょうしょう》するのがわかった。

直後、落ちる『魔女』の周辺の空が激しく歪《ゆが》み――、

×　×　×

「回答を拒否、ですか。あなたが何者なのか、プリシラ・バーリエルの従者以上の情報を知りたく思いますが――」

「――ああ、それでしたら残念ですがもう無理で……わわわわわわわわ⁉」

白い睫毛《まつげ》に縁取られた目を細め、不服そうに呟《つぶや》く『魔女』。

その細い首を背後から狙ったセシルスが、いきなり目の前に現れた土の壁を驚きながら蹴っ飛ばし、くるっと回って着地したあと、アルを非難がましく睨《にら》む。

「ちょっとちょっとアルさん！　いきなり邪魔立てとか何するんですか！　今のはなんか出だしで安く見積もられた僕が実力を見せつけてスカッとする場面でしょうに！　オーディエンスの皆さんからもブーイングがすごいですよ！」

「見せ場奪って悪《わり》ぃが、そりゃさせられねぇよ。なんせ、それをさせると全員……かはともかく、少なくともオレは消し飛ばされちまうからな」

「――。ふむ」

地団太を踏むセシルスの抗議、それに対するアルの返答に『魔女』は吐息を挟む。

今の一言で、『魔女』はアルが自分の仕掛けた罠《わな》――空間を歪曲《わいきょく》させ、それが戻る反動

で一帯を吹き飛ばす術式を看破したと見抜いたようだ。

それはセシルスが『魔女』の首を刎《は》ね、ねじれた空間を維持する力が途絶えた途端に発動するデッドマンスイッチ——ボタンを押して起爆するのではなく、押したボタンを離したら発動するタイプの爆弾と同じ仕組みの罠だ。

その威力たるや、アルが土の壁を張ろうが石の鎧《よろい》を纏《まと》おうが耐えられるものではない。

迂闊《うかつ》に『魔女』は殺せないのだと、五十三回の挑戦で確かめてきた事実だ。

さらに言えば、その五十三回で掴《つか》めた確信はもう一個ある。

「てめぇはエキドナじゃねぇ。いったい、どこのどなた様だ」

「その回答はすでに済ませてあります。『強欲の魔女』ですよ」

「だから、それはエキドナの……」

「待った待った、アルさん、わからないんですか？　っていうかもしかしたらアルさんは一回も出くわしてなかったかもしれませんね」

押し問答になりかけたアルと『魔女』との間に、セシルスが物理的に割って入った。アラキアを抱え直しつつ、セシルスは『魔女』を顎《あご》でしゃくり、

「あちらは今帝国で起こっている大きな災いの首魁《しゅかい》……死者を蘇《よみがえ》らせている張本人ですよ。見た目は僕が前に見たときと違ってますけど今の姿の方が敵役度が高い美人だと思いますのでまさに黒幕にピッタリな出で立《た》ちですね！」

「こいつが、『大災』の首謀者……」

「あえて隠す必要もありませんので、肯定します。ワタシがあなた方の敵です」

言い逃れも誤魔化《ごまか》しもせず、『魔女』は静かに敵である事実を肯定する。それを受け、アルはようやく状況の理解度でセシルスに後れを取るという屈辱的な立場を抜けた。

ただそれでも、『魔女』の外見への疑問は解消されない。

「……ダメだ。先生が余計なことしでかした以外の可能性が浮かばねぇ……！」

「あなたが造物主の何を知っているのか、改めて要・確認したいところですが」

「ところがどっこい僕がいます」

兜《かぶと》の額に手をやり、苦悩するアルを興味深げに『魔女』が見る。その視線を遮るようにセシルスが立ちはだかるも、彼の存在は全面的なプラスには働かない。

デッドマンスイッチがある以上、迂闊《うかつ》に『強欲の魔女』を殺してはならないのだ。

「……違う。こいつは『強欲の魔女』なんかじゃねぇ」

そう言って、アルは自分の中に芽生えた考えを自分で否定する。

確かに『魔女』の外見はエキドナと瓜二《うりふた》つだが、『強欲の魔女』の名は見てくれに与えられるものではない。――『強欲の魔女』だけでなく、全《すべ》ての『魔女』がそうだ。

「そんな誰でもホイホイと『魔女』になれてたまるか」

「成果を誇示したい名誉欲はありませんが、ワタシがここまで至るのが簡単だったと言われるのはいささか心外ではあります」

「うるせぇ。ひゃっぺん死ぬのをひゃっぺんやってから言え」

こちらの言い分を『魔女』は不快に思ったようだが、アルも負けず劣らずだ。

一刻も早く囚《とら》われのプリシラの下に駆け付けたいのに、腹立たしい顔をした『魔女』の足止めを食うなど、冗談ではない。

「――思考実験再動、領域再定義」

沸々と高まる戦意に任せ、アルはマトリクスを更新する。

セシルスがいる状況でも油断はならない。それは迂闊に『魔女』を殺してはならないという敗北条件だけでなく、アルが確信を得たもう一つの事実が理由だ。

それは――、

「セシルス、アラキア嬢ちゃんをしっかり抱えとけ」

「それはもちろんポイと投げ捨てようとは思ってませんが……その言い方は単にアーニャをお姫様のように大事に扱えって意味じゃなさそうですね？」

「そうだ。――あの性格悪いツラした女の狙いは、アラキア嬢ちゃんの命だからな」

『大災』の担い手である『魔女』が自らここへ足を運んだ理由、それがセシルスの腕の中で眠っているアラキアの命にあるという事実だった。

3

「本来であれば、アラキアは喰《く》らった『石塊《いしくれ》』めを抑え込めず、爆《は》ぜて命を落としていたことであろう。じゃが、貴様の目算は外れた」

「────」

「妾《わらわ》の『魂婚術《こんこんじゅつ》』と、『青き雷光』のマサユメが想定外の原因じゃな。どちらか一方だけであればいざ知らず、アラキアにはそれが揃《そろ》った。──もっとも、それらが揃うまで、アラキア自身が耐えられなければ貴様の目算は叶《かな》っていたろうよ」

そう言い切って、プリシラはスピンクスの沈黙に己の見立ての確信を得る。

スピンクスの表情に図星を突かれたものの色はない。かといって言葉を弄して偽ろうともしない。『いれぎゅらー』な事態に際し、大した胆力である。

──アラキアの生存、それはスピンクスの計画から外れた事態のはずだ。

本来、スピンクスの企て通りに運んでいれば、アラキアはプリシラを救うため、身の丈に合わない力を取り込んだことで自滅していた。その彼女の無惨な最期は、帝国の滅亡と同じくプリシラを苦しめるための謀《はかりごと》として機能していたのだろう。

あえて、スピンクスがアラキアに『石塊《いしくれ》』を喰《く》らわせたのもそのためだ。

だが、それが裏目に出た。──アラキアが予想外に自滅を先延ばしにしたことで、プリシラとセシルスの干渉が彼女の延命を成功させた。

その上、アラキアの生存は『魔女』の計画さえ大きく狂わせたのだ。

「──アラキアの内なる『石塊』を、セシルス・セグムントめが『夢剣』で調伏した。それ故《ゆえ》に、もはやあれの命は『石塊』と同一のものとなった」

「――ええ、そうですね。ワタシも、あなたの見立てに異論はありません」

プリシラの推測、それをスピンクスもまた肯定した。

それは状況の劇的で運命的な変化――取り込んだ『石塊』ムスペルと、アラキアは存在の奥深くで同化し、両者の命運は切り離し難《がた》いほど絡まり合ったという現実。

おそらく、アラキア自身の狙いはムスペルの一部を取り込み、その自分をセシルスに殺させることで死の恐怖を大精霊に教え、『不死王の秘蹟《ひせき》』のためにスピンクスに利用される状況から逃れる選択肢を『石塊』に与えることにあった。

その目論見《もくろみ》は、まさしく『いれぎゅらー』な事態で失敗に終わった。

「ですが、依然追い詰められているのはあなた方です。彼女……アラキア一将が命を落とせば、『石塊』ムスペルも同じく死する。ヴォラキア帝国の終焉《しゅうえん》は免れません」

「一度捨てた故国が滅べば妾の瞳《ひとみ》が曇るとでも？　見くびられたものよな」

「では、座して見ていればいい。虚勢かどうかはそれで明らかになるでしょう」

紅《くれない》と漆黒、プリシラとスピンクスの瞳が真っ向から睨《にら》み合《あ》う。

そのスピンクスの黒瞳《こくどう》に宿るのは、数百年をかけて『強欲の魔女』の再現を果たした造物目的への執念と、それに匹敵するほどのプリシラへの敵意――。

「それほどまでに妾を憎む……いいや、あれを想《おも》うか、『魔女』よ」

「この胸の奥のささくれに名前はありません。それとも、あなたはワタシの中にあるこれが何なのか知っているのですか？　要・回答です」

「――それを余人が口にするような無粋、妾《わらわ》にさせるでない」

当事者が名前を付けていない感情に、プリシラは名前を付けようとは思わない。

その名前を知らなくとも、咲き誇る花は花だ。それがたとえ、積み上がった屍《しかばね》の上にしか花弁を付けない花だとしても、その花の美しさに罪はない。

「――――」

プリシラの答えに沈黙し、代わりにスピンクスは指を鳴らした。

瞬間、『魔女』の姿かたちが変わる前、杖《つえ》の先端に嵌《は》まった魔水晶に映していた遠見の映像が、空中に生じた水鏡の鏡面に映し出される。

――目の前の『魔女』と同じ姿かたちをした存在が、剣狼《けんろう》の国を終わらせるため、まだ明るい空から星を降らせる光景が。

4

「――月に叢雲《むらくも》花に風、と」

風雅かつ明媚《めいび》な言の葉を舌に乗せ、セシルスは炎の大嵐へと『夢剣』を一閃《いっせん》する。

放たれた雲切が空を覆うような炎塊を両断し、地上を火の海にするはずだった火力が解放され、一度は平常の色に戻りかけた空が再び赤く塗り潰された。

その光景はとても派手で大いに結構、しかし絶景かなと喜んでもいられない。

何故《なぜ》なら降り注いでくる炎の塊は、その一発だけではないからだ。

「ゴーア。エル・ゴーア。ウル・ゴーア。アル・ゴーア」

連続する詠唱に、おびただしい量の滅びの火が悪夢みたいに降ってくる。

一発たりとも取りこぼせない火の嵐に、セシルスは爛《らん》と双眸《そうぼう》を輝かせ——抱えていたアラキアを横に放り投げると、『夢剣』の柄《つか》を握りしめた。

「ドンドンドンドンドンドドドンドンドン!!」

スタッカートを刻みながら、『夢剣』の剣光が降り注ぐ炎をことごとく斬《き》る。轟音《ごうおん》、爆音、世界の終わる音が奏でられ、空はその危うい鮮やかさを増していく。

その爆炎に笑みを照らされるセシルスは、『魔女』との千日手の状況を歓迎しない。

アルの話が事実なら、迂闊《うかつ》に相手の首を落とせば一帯が吹き飛ばされる。目を凝らせば『魔女』の周囲の空気が歪《ゆが》んで見えるのと、アルはシュバルツと同じで『物見』できる疑惑が濃いので、信憑性《しんぴょうせい》はかなり高め。

それ故の千日手、悲しいかなセシルスが状況を動かすと滅亡一直線——、

「だからここは見せ場ですよ、アルさん」

「わかってらぁ！　あと、アラキア嬢ちゃんをポンポン投げ捨てんな！」

「捨てるなんて心外な！　僕とアルさんの信頼関係の為《な》せる業《わざ》ですよ！」

空で炎の花を満開にするセシルスに、アラキアを投げ渡されたアルがそう怒鳴る。

もちろん、アルがいいポジションでアラキアを受け止めてくれると信じて投げ渡してい

るのだが、アル目線だと適当に投げ捨てて見えているらしい。

それでも、アルは一度もアラキアのキャッチに失敗していないし、何より――、

「これも躱《かわ》しますか」

短く、そう呟《つぶや》いた『魔女』の指から白い熱線が放たれる。

それはセシルスではなく、真《ま》っ直《す》ぐにアル――否《いな》、彼が抱えているアラキアを狙ったものだが、その致命的な一撃をアルは絶妙なハラハラ加減で躱すのだ。

それはひどく不格好で、なりふり構わない必死すぎる回避だが。

「結果よいのとキャラに合っていればそれでよし！　しかしアルさんの言う通り完全にアーニャが狙われてますね！」

「なんせ、アラキア嬢ちゃんが死ぬと帝国の底が抜けるみてぇでな！」

「なるほどさっぱりわからない！」

冗談みたいなことを冗談ではなさそうに言われ、セシルスは笑いながら笑い飛ばしはしないで、すれ違い様にアルの手からアラキアをさらい、加速する。

そのセシルスを取り囲むように、空中に美しい水鏡が生じた。水鏡の鏡面は『魔女』の放つ熱線を跳ね返し、予測不可能に乱舞する光が雷光と化すセシルスを狙う。

「それなら僕は光の想像を超えてみせましょう！」

強烈な踏み込みと生まれる衝撃波が、襲いくる光を打ち返すのではなく、乱舞させる役割を果たす水鏡を木端微塵《こっぱみじん》に打ち砕いた。水鏡は水面に平らな石を投げる水切りの飛沫音

を立てて、飛び散る水滴をセシルスに浴びせながら掻《か》き消《き》え――、

「――これが世界を敵に回すという感覚です」

刹那《せつな》、空気の張り詰める音と激痛がセシルスを襲った。

割れた水鏡の飛沫が一瞬で凍り付き、セシルスの体の熱を、自由を奪ったのだ。

あの美しい水鏡さえも、二段構え三段構えの罠《わな》とするのは実に周到抜け目なし。世界を敵に回す感覚とは、これもまた雅《みやび》な名文だ。

「ですがご存知《ぞんじ》ないようで。――世界は常に僕の活躍を待っていると！」

下がる体温と裏腹に気分は高揚、途端、セシルスの体内で火の付いた稲妻が暴れ出すようなわけのわからない感覚があり、凍結は氷解、蒸発、疾走を再開する。

その勢いで氷の拘束を逃れ、セシルスは頭上を仰ぎ、破顔する。

それは空中の『魔女』と視線を交わした笑みではない。――その『魔女』の向こう、もっともっと高い空の上から落ちてくる、星の光を目の当たりにしてだ。

「――アル・シャリオ」

詠唱は、あの星の光が『魔女』の手によるものだという表明。

すごすぎる魔法使いは星さえ落とすというとんでもない事実を前に、セシルスの腰《こし》に収まっている『夢剣』が弾むように脈打った。

呼応しているのだ。持ち主の、膨れ上がった『夢』を喰《く》らいたいとマサユメが。

「――面白い」

星を斬《き》れと、落ちてくる光が言っている。

星を斬れと、腰《こし》の愛刀が言っている。

星を斬れと、数多《あまた》の観客たちが総立ちしながら言っている。

星を斬れと、セシルス・セグムントの魂が言っている。


「――――」


ほんの一欠片《ひとかけら》の意識まで星に集中するため、セシルスの心は儀式を求めた。

できるだけ平らな地面を選び、羽織りを敷いて、その上に腕に抱いた少女を寝かせる。

最大限に配慮した。以降、申し訳ないが、彼女の存在さえ意識野から排する。

「は」

掠《かす》れた吐息、一拍ののちにセシルスは腰の『夢剣』を静かに抜く。

抜刀された刀がセシルスの熱量を吸い上げ、震え出し、眩《まばゆ》い光を帯び始めた。

――所有者の『夢』を喰《く》らい、『夢物語』を正夢とする魔剣。

このとき、星光へと集中するセシルスは瞬《まばた》きも、呼吸も、心の臓の鼓動さえも忘れ、ひたすらに手にした魔剣と一体になることだけに心血を注ぐ。

己を確立する色も音も匂いも味も、世界を形作る地水火風のいずれも、今は不要――。


「――――」

地上へ落ちてくる星の光、それが宿した破壊の力は直接大地に触れずとも、その圧迫感だけで地面を割り、空気を燃やし、眩さを痛みに変換する。

それを迎え撃たんと空を仰ぎ、セシルス・セグムントは感謝していた。

森羅万象への感謝を胸に、この一振りで言祝《ことほ》ぐ。

「――――」

こぼれる吐息、その響き方が変わったと誰が気付けよう。

この瞬間のセシルスが必要としたモノ。手にした『夢剣』を憂いなく存分に振るうために欲したモノ。その答えはひどく淡く、血生臭い情がもたらしていた。

父と交わした最期の一合が、セシルス・セグムントに教えたのだ。――魂の在り方を。

生と死を冒涜《ぼうとく》したロウアン・セグムントの剣に、学んだ。

故《ゆえ》に――、

「――剣客、セシルス・セグムント」

厳かに名乗り、『青き雷光』セシルス・セグムントは、ヴォラキア帝国で最も強い存在として、花形役者に相応《ふさわ》しい手足の長さで『夢剣』を振り抜いた。

5

――雷光が、星の光を断ち切る。

起こった出来事を描写するなら、その表現以上に適切なものはない。

ただ、実際に起こったそれを目にしたとき、自分の見たものが現実のものと信じられるかどうかという問題だけが横たわっている。

しかし——、

「どんだけ馬鹿げたことだろうと……！」

セシルス・セグムントは星を斬《き》ってみせた。

『強欲の魔女』の似姿で、彼女が得意とした禁忌の魔法を行使した黒幕が、アルと同じ現実を目の当たりにして目を見張っている。

星を落とすのは容易《たやす》いことではない。本物の『強欲の魔女』だって、一日一個より多くは落としたくないと言っていたほどだ。——つまり、連発はできない。

「おお——っ！」

断たれた星の光が空を白く染め上げ、音さえ掻《か》き消えた世界で自分を鼓舞するためだけに声を張り上げ、アルは生み出される石の柱を足場に中空へ迫る。

星を落とし、その星を斬られ、驚きに動きの止まっている『魔女』へと——、

「驚かされたのは事実です。ですが——」

飛びかかったアルの叩《たた》きつける石製の青龍刀《せいりゅうとう》、それが『魔女』の掌底に砕かれる。その掌《てのひら》に纏《まと》った風を超振動させ、対象を粉砕する魔と武の合わせ技だ。

規格外の一刀を放ったセシルス、『魔女』は彼への対処を急ぐため、その魔技で以《もっ》てア

ルを手早く排除すべき小石とみなし、打ち砕こうとした。

だが、彼女は知らない。――小石だって、時には躓《つまず》いた相手を殺すのだ。

「要・工夫でし――」

ご丁寧に、敗因を告げようとした『魔女』の頭がアルの左腕――石と土で作られた即席の義手に手加減抜きに打ち据えられる。

「――星が悪かったのさ」

普段使いと意味合いを変えて、そう言ったアルに『魔女』の瞳《ひとみ》が揺れる。

それは次なる行動を思案する刹那《せつな》だ。――しかし、その刹那はすでに準備を終えていたアルの前では、永遠ぐらい遠い刹那だった。

「――オル・シャマク」

鉄兜《てつかぶと》の内側、アルの唇《くちびる》が紡いだ詠唱に呼応し、世界が変質する。

それは思いがけない一撃を浴びて、刹那の思考停止を得た『魔女』の全身を包み込み、その身動きと、体内のゲートの活動を停止させる。

――オル・シャマク。アルが習得している、対『魔女』用の切り札だ。

「――ぁ」

弱々しい吐息をこぼし、自由を奪われた『魔女』が地面に落ちる。

黒い光というべき矛盾した現象に雁字搦《がんじがら》めにされ、その姿はまるで虫の蛹《さなぎ》のようだ。実際、そのぐらい動けなく固めた。――世界で最も恐ろしい『魔女』と同じように。

「けど、これで……おぶっ」

落ちた『魔女』の傍《かたわ》らに着地し、虚脱感に襲われたアルがその場に膝《ひざ》をつく。即席の左腕はすでに崩れている。とっさに右手で兜の顎《あご》を持ち上げ、露《あら》わになった口から込み上げた胃液を吐き出し、すさまじい消耗に全身の軋《きし》む音が聞こえた。

しばらく、まともに動けそうにない。幸い、『魔女』の拘束は済んでいるが——、

「——要・修正です」

「あ？」

声に、口の端を胃液と涎《よだれ》で汚したアルは顔を上げた。

今のは『魔女』の一言だ。だが、自由を封じられた立場で、何を言ったのか。

ゲートを強制的に閉じられ、魔法を練れないはずの『魔女』が、何を——。

その直後だった。

——帝都の最北で、世界で最も美しいと称《たた》えられる城が淡く発光したのは。

6

——水晶宮《すいしょうきゅう》が瞬き、帝都ルプガナの最終兵器たる魔晶砲が放たれる。

それは、龍《りゅう》や『魔女』が我が物顔で闊歩《かっぽ》していた古《いにしえ》の時代、そうした強大な存在と渡り合うために作られたとされる、人の手に余る超級の『ミーティア』だ。

その照準が自分たち――否《いな》、地べたで黒い塊になっている『魔女』に向けられているのだと、さすがセシルス・セグムントは瞬時に気付いた。

あれは『魔女』自身をロックオンし、確実に標的を巻き込む自爆戦術――思いついた人間は嫌がらせの天才、邪悪で狡猾《こうかつ》、まさしく悪役の所業。

「マサユメ」

魔剣の感触を確かめ、セシルスは星を斬《き》った直後の我が身を動かそうとする。

大金星を果たしたアルにこれ以上の見せ場は過剰、背後には守らなければ物語的にも花形役者的にも筋の通せない眠れるヒロイン、そして父の死をぼんやり糧にして復活したパーフェクト・セシルス――いわんや、奮い立つ。

星、次いで帝国の至宝、立ち向かう自分は『青き雷光』――と、そのときだ。

「――――」

一歩、踏み出そうとした足を上げたまま、セシルスは青い双眸《そうぼう》を見張った。

見張って、それから上げた足を下ろした。下ろして、やれやれと首を横に振り――、

「――アル・シャマク!!」

魔晶砲の光が迫ってくる寸前、帝都の空に大きく声が木霊する。

直後、赤や白やと好き放題に染められた空の色が黒に覆われ、光さえ呑《の》み込《こ》む底知れない大きさの穴が天空に開く。

それは、自らを犠牲にこの場の勝利を掠《かす》め取《と》ろうとした『魔女』の思惑を、それはそれ

は痛快にぶち壊していったド派手な横槍《よこやり》。

ここ一番を見逃さず、それをやってのけたのは——、

「そろそろ出てきてくれなきゃ出番がなくなるところでしたよ、ボス」

光を呑み込んだ大穴、それを作り上げた小さな小さな人影を空に捉え、セシルスは手を繋《つな》いだ黒髪の少年とドレス姿の少女に笑んだ。

その笑んだセシルスの声が聞こえたわけではないだろうが、少年が叫ぶ。

「やらせると思うな！　——運命様、上等だ!!」

7

——時は、セシルス・セグムントが星斬りを果たす前に遡る。


「それやから、僕よりやる気満々のお人が飛んでっとるんよ。相手がまぁ、僕より強いんでもない限りは問題ないんちゃうかな」

「ハリベルさんより強いってなると……」

「絶対僕より強いんは、王国の『剣聖』だけやねえ。それ以外は相性と状況」

やんわりとしたハリベルの答えに、スバルは頼もしさと戦慄を一緒に覚える。

セシルスもそうだが、強者が堂々と自分の強さを誇ってくれるのは味方として心強い以

外の何物でもない。それが世界最強クラスならなおさらだ。

だからこそ、その世界最強クラスが『絶対』と強さを保証するラインハルトの規格外さには、大きく喉を鳴らさずにはいられなかった。

「貴様ら、雑談とはずいぶんと余裕だな？」

そのスバルとハリベルのやり取りに、アベルの不機嫌な声が割り込んでくる。

『陽剣《ヴォラキア》』を手に、一行を先導する彼は真紅の宝剣で炎の線を引きながら、途上に現れる屍人《しびと》を斬り払い、その存在を発火させる切り込み役を果たしている。

元々、子どものスバルとキャットファイトするのが関の山だったアベルに、一流の武芸者と遜色のない動きをさせるのだ。『陽剣』の力、恐るべしである。

正直、俊敏に地を蹴って剣舞するアベルの姿の違和感に脳がバグりそうだ。

「不敬者めらが、皇帝ばかりを戦わせるな」

「うるせぇ、切り札隠してた罰だ。ハリベルさん、真に受けなくていいから」

「皇帝さん相手にずいぶんな言いようやねえ。でも、そこまで僕に気ぃ遣わんでもええよ。せめて寝てる子ぉの代わり分ぐらいは働かんとやから」

売り言葉に買い言葉、アベルに噛《か》みつくスバルにハリベルが苦笑する。

その狼人《おおかみびと》の腕には意識のないジャマルが担がれているが、都市国家最強がその代わりを務めてくれるなら、ジャマルの抜けた穴を埋めて余りある助《すけ》っ人《と》だ。

どうやら同じことを思ったらしく、スバルと手を繋《つな》いで走るベアトリスが嘆息し、

「まったく、ジャマルの代わりなんかで満足されたら困るのよ。お前みたいな外れた存在にはもっとキリキリ働いてもらわなきゃならんかしら」

「狼使《おおかみつか》いが荒い子や。でもそのぐらい期待されてる方がやる気出るわ。張り切りすぎて僕が死んでまうと、うっかり狼人が滅んでしまいかねんのやけど」

「こう言っちゃあれだけど、ハリベルさんが死ぬような状況だったら、どのみち、狼人だけじゃなくて世界も滅んでる疑惑があるから……」

大げさではなく、そういう規模の戦いに参加しているのだと改めて実感する。

常々そうなのだが、スバルはあくまで目の前に立ちはだかる問題に必死に抗《あらが》い、何とか味方と一丸になって乗り越えようと頑張っているだけなのに。

「こんな小市民を世界の敵と戦わせるんじゃねぇよ……なに、スピカ、その目」

「うーあう……？」

「ベティーのパートナーでエミリアの騎士なのに、今さらってスピカは言いたいのよ」

「そんな細かい世界情勢、スピカが知ってるわけないじゃん！」

ベアトリスの恣意的な通訳に物申すが、「うー……」と唸《うな》るスピカの反応は大枠ではベアトリスの通訳が間違っていなさそうだった。無念。

「戯《たわむ》れ合《あ》うのもそこまでにせよ」

足を止めたアベルがそう告げたのは、ちょうどそんなタイミングだった。

真剣な表情の彼に並び、スバルたちも目の前にした目的地を見上げ、頬《ほお》を引き締める。

「──水晶宮《すいしようきゆう》」

聳《そび》え立《た》つ威容、遠目からでも圧倒されるもののあった城だが、こうして間近で見上げてみれば、その印象は薄まるどころかますます強まる一方だった。

世界で最も美しい城と、そう称《たた》えられているというのも伊達《だて》ではない。

「……なんてとんでもない城かしら」

「ベア子？」

ベアトリスの呟《つぶや》きには、静かな恐れのようなものが込められていた。その理由を問うスバルの目に、彼女は特徴的な紋様の浮かんだ瞳《ひとみ》を揺らし、

「希少な上に純度の高い魔水晶を、これだけふんだんに集めるなんて現実的な話じゃないのよ。仮に帝国をひっくり返したとしても、こんな城は作れないかしら」

「そうは言っても、現にここにあるんだぞ？」

「……だから、足りない分の魔水晶は探したんじゃなく作ったのよ。道理で、帝国には人に手を貸す精霊が極端に少ないわけかしら」

「──！　それって……」

つんと不機嫌な顔をしたベアトリス、彼女の言葉にスバルはゾッとする。

早い話、魔石というのは凝縮したマナの塊であり、その純度の高いものが魔水晶と呼ばれているのだ。それをふんだんに使われた城に、今のベアトリスの説明──、

「無色のマナを大量に用意し、それを凝縮すれば魔晶石は人工的に作り出せる。この水晶

宮を完成させるのに、そうした工程があったことは否定はせぬ」

「スバルだけじゃなく、ベティーも言ってやるのよ。――大嫌いかしら、帝国」

アベルの言いようとベアトリスの反応に、この城の完成に多くの精霊の犠牲があったことが察せられた。精霊術師の端くれであるスバルも、いい気分はしない。

そんなスバルとベアトリスの様子を、スピカが不安そうに覗《のぞ》き込《こ》んでくる。

「ああう、うあう？」

「――。心配いらんのよ、スピカ。ベティーもスバルと同じで帝国なんて大嫌いかしら。でも、ここで暮らしてるニンゲンには、世話になった相手も、嫌いじゃない相手だっているのよ。だから、ちゃんと戦ってやれるかしら」

「えあおぅ……」

「……今、ベティーのことをベア子って呼んだ気がするのよ。その呼び方を許してるのはスバルだけだから、お前はダメかしら」

水晶宮を見たとき以上に不満げに言って、ベアトリスがそれから微笑《ほほえ》む。その微笑にスピカが「うー」と安堵《あんど》し、スバルも大きく息を吐いた。

一方、諸悪の根源である城で暮らすアベルは、我関せずで城を眺めていたが。

「お前じゃなくてもお前の先祖の所業の話だぞ。ちょっとは悪びれろ」

「皇帝とは容易《たやす》く頭を下げぬものだ。本気で当時の責を追及したいのであれば歩いて回るがいい。あるいは城の建築に関わったものがいるやもしれん」

じと目のスバルの宣言に、アベルは鼻を鳴らして面の皮の厚さを証明した。

その反応に、スバルはこれ以上言い合っても別の戦争が起こるだけだと割り切って、

「アベル、術式があるとしたら城のどこだ？」

「禁術とやらのために『石塊《いしくれ》』を利用する以上、水晶宮《すいしょうきゅう》の核たるモグロ・ハガネの本体がある上層か、あるいは『石塊』を留《とど》めるための生贄《いけにえ》を捧《ささ》げる地下の聖堂だ。聖堂の傍《そば》には地下牢《ちかろう》も……いや、それはいい」

「お前な……」

言いかけた言葉を引っ込めたアベルが、スバルの一声に「なんだ」と強がる。だが、彼がちらりと触れた話題——地下牢には、プリシラが囚《とら》われている可能性が高い。

帝都に残って以降、行方のわからなくなっているプリシラだが、先ほど倒したスピンクスはアベルを彼女と会わせようと、城へ連れ去る目的があった。

「だから、お前がプリシラのこと心配しててもグダグダ言ったりしねぇよ」

「帝国の弱味《よわみ》を握れたつもりか？」

「うるせぇ、シスコン野郎！　お前の妹は性格最悪だけど、あいつも俺の死なせないリストに入ってるからついでに助けちゃおうぜって言ってんの！」

その出会いから始まり、プリシラには振り回されてばかりでいい思い出がない。

でも、彼女の従者であるアルはスバルと同郷だし、二人には助けられたことも何度かあ

った。あと、たまには完全にピンチのプリシラを助けて、彼女がどんな顔で感謝の言葉を口にするのか見てやりたいという野望もある。

「あの娘のことだから、くるのが遅いとか大儀だとか言いそうなもんなのよ」

「目に浮かぶけど、それを確かめるためにもだ。アベル、それが俺の方針」

「――。好きにするがいい」

何となく、礼を言わないプリシラの予行演習みたいな返事だなと思いつつ、スバルはアベル以外の面々と顔を見合わせ、頷《うなず》き合う。

一瞬、ハリベルが見送ったという過去のヴォラキア皇帝――こちらの味方になってくれた屍人《しびと》が合流したはずの、エミリアたちを待ちたい気持ちはあるが。

「ぞろぞろと出てきよった。城の守りやし、腕っこきみたいやね」

水晶宮の正面、糸目で見据えるハリベルの言う通り、到着したスバルたちを出迎えるためなのか、続々と屍人たちが防衛線を築こうとするのが見える。

時間をかければかけるほど、攻略難易度は上がるだろう。

だから――、

「恋しい気持ちで勝負所は逃せねぇ！　みんな、いくぞ！」

「かしら」「う！」「そうしよか」「遅れるでないぞ」

「バラバラ!!」

8

──『腑分《ふわ》け』のヴィヴァにとって、蘇《よみがえ》りを果たした今生は夢心地だった。

屍人《しびと》として蘇った多くのモノは、故国を滅ぼすための尖兵《せんぺい》となることに忌避感があり、自我のほとんどを剥奪《はくだつ》される形で『大災』の手勢に加えられている。

しかし、そうすることで生前の能力を極端に発揮できなくなるモノも一定数おり、それらの屍人は最低限、術者に従う暗示だけをかけられ、戦争に参加していた。

ヴィヴァも、精神への作用を最低限で済まされた一人だ。

ただし、ヴィヴァが精神操作を受けずに済んだのは能力面だけの理由ではない。ヴィヴァと『大災』の担い手の思惑の一致──魂の変容を探求する同志だったためだ。

かつての帝国の『将』だったヴィヴァは、自らの領民を数千、数万と解体したことが理由で『腑分け』と呼ばれるに至った。虐殺はヴィヴァの異常な嗜好《しこう》が理由ではなく、あくまで探求心──血肉ではなく、魂の在処《ありか》を知ることが目的だった。

悲しいかな、生涯を費やしたヴィヴァの探求は数万の屍《しかばね》を積み上げただけに終わった。

だが、蘇ったヴィヴァは、その無念の先を辿《たど》る機会を得た。

ヴィヴァを蘇らせた『魔女』は、その『腑分け』の飽くなき探求心を肯定し、思う存分に魂を調べていいと、数多《あまた》の検体まで提供してくれたのだ。

──この探求心のためならば、どれほど多くの命が失われても構わない。

むしろ死ねば死ぬほどに、何度でも使い倒せる素材の種類は増えるのだ。ならば、殺せば殺すほどヴィヴァの望みには近付く。そのためにもまだまだ犠牲が――、

「――『腑分け』のヴィヴァ」

「――――」

「貴様の所業は生前も死後も直視に堪えぬ。故《ゆえ》に、名前がわかっていようと、貴様には焼かれる以外の選択肢は与えぬ」

赤い剣閃《けんせん》、気付けば視界がくるくると宙を舞っていた。

それが自分の首が刎《は》ねられた結果なのだとヴィヴァが気付いたのは、回転する視界の端で、頭を失った自分の体が燃え上がるのを目にしたから。

その直後に、斬《き》り飛ばされた頭部も眩《まばゆ》い焔《ほのお》に包まれる。

一度、自分を殺した幼い少年を思い出させる圧倒だが、それと決定的に違うのは、真紅の宝剣がもたらした焔は、死の向こう側にも届くこと。

それが魂を焼く感覚を味わい、ヴィヴァは蘇ってから一番の歓喜を得た。

「ああ、見えたのダゾ、魂の在処が――」

肉体を、命を、魂を燃やされながら、ヴィヴァはその結果に満足する。

大勢を殺し、その体を解体し、命を弄ぶようなことを繰り返し続けたのに、自分でやってみるのが一番手っ取り早いなんて、回り道をしたものだと嗤《わら》いながら。

9

――水晶宮《すいしょうきゅう》への突入組、その戦いは熾烈《しれつ》を極めるものだった。

生者の来訪を拒むように立ちはだかる死者の群れ、無尽蔵に湧《わ》き上がってくる屍人《しびと》たちのその姿は、おそらく多くのものに二の足を踏ませるおぞましさだった。

先だって出くわした『巨眼』イズメイルという名の屍人が、本来の姿からかけ離れた状態で帝都を徘徊《はいかい》していたが、テイストはそれに近い。

違いがあるとすれば、その死者たちの異形ぶりにはコンセプトがあった。

より攻撃的に、より先鋭的に、より前衛的に、好奇心の赴くままに粘土をこねる。

ただし、その存在がこねたのは粘土ではなく、命だ。その上、その好奇心をどうするのが一番適切に発揮できるか、考える知識とセンスがあった。

故《ゆえ》に――、

「――『腑分《ふわ》け』のヴィヴァ」

アベルが名前を呼ぶとき、それはスピカの『星食』の準備が整ったことを意味する。

にも拘《かかわ》らず、アベルは名前を呼んだその相手の首を刎《は》ねた。当然、『陽剣』の力は容赦なく発揮され、斬《き》られた屍人の体が燃え上がる。

それは紛《まぎ》れもない処刑だ。――アベルの怒りの理由は、想像がついた。

「怖い怖い。でも、皇帝さんの気持ちもわかるわ。――命で遊んだらあかんよ」

同じ光景にコメントしたハリベル、その長身が滑るように敵中を抜ける。

すべらかに動くハリベルの進路を塞いだのは、手長足長をモデルにしたような異形の屍人たちだったが、それらではカララギ最強を一秒も止められない。

その長い腕を、足を、容赦なくへし折られ、十数体がまとめて溶けるように柔らかくなった地面に腰《こし》まで埋まり、行動不能になる。

土遁《どとん》の術のようなものだろうが、魔法と何が違うのかわからない。

さらに言えば――、

「あんまり無理せんでええよ」

「ここまで元の姿から変えられると、名前もようようわからんと思うし」

「そうでなくても子ども戦わせるん好きやないしねえ」

同じことができるハリベルが、同時に四体もいるのだから規格外にも程がある。

分身の術ができるとは知っていたが、改めて見れば反則技すぎた。ただでさえ分身の術は強力なのに、それを最強格の存在がしてくるのだからチート同然。

「味方でよかったって本気で思うのよ」

広げた手から紫矢を放ち、それで接近してくる屍人の足を止めながら、ベアトリスがスバルと同じ感想をハリベルに抱く。

そのハリベルの言う通り、大きく姿かたちを歪《ゆが》められすぎ、元とかけ離れてしまった屍人相手だとスピカは有効打を打てずにいる。

「わかってる、もどかしいよな。けど、焦るな逸《はや》るな慌てるなだ。あんまり狭い城の中に入ってから囲まれるより、ここで数を減らしときたい」

唸《うな》るスピカを宥《なだ》めながら、スバルは異形とされた屍人《しびと》たちに目を凝らす。

ベアトリスとハリベルが足止めし、アベルが名前を挙げられるものは『星食』で倒し、そうでないものは『陽剣』で倒すという形で数を減らしている戦い。

幸いというべきか、その姿かたちを歪《ゆが》められたものたちも、ひっきりなしに次から次へとシステマチックに生み出されるわけではなさそうだ。

逆を言えば、彼らは屍人として蘇《よみがえ》らされたあと、手作業であの形に作り変えられていることになるため、胸の悪さに関しては大きく変えようがないが。

「それでも、一度倒せばその状態から抜けさせてやれるってのは……」

救いだと、そうスバルが言おうとした瞬間だ。

「――スバル!!」

「――っ」

ベアトリスの血相を変えた声に、スバルは身を硬くした。

丸い目を見開いたベアトリス、彼女が何に反応したのか、それはスバルにもわかる。そのぐらい、はっきりとわかる異変が起こったのだ。

「ううあう！」

同じ異変を目の当たりにしたスピカが、驚きの原因――ゆっくりと、その全景を淡く白い光で輝かせ始める水晶宮《すいしょうきゅう》を指差して叫んだ。

光輝を纏《まと》っていく城、しかしその美しさを褒《ほ》め称《たた》えている場合ではない。

この水晶宮が輝くということは――、

「――魔晶砲を起動したな！」

素早く身を回し、正面と背後の二体の屍人を斬《き》り伏せながら、水晶宮の輝きを視認したアベルがそう声を上げる。

魔晶砲――直前に話題に挙がった、水晶宮の全体にちりばめられた魔晶石と、それが貯《たくわ》えた力を使ってぶっ放される対軍レベルの威力の兵器。

それが放たれる予兆の光に、スバルは息を呑《の》む。

「狙いは俺たちか!?」

「違う！　魔晶砲で城の足下を薙《な》ぎ払《はら》うのは、いくら奴《やつ》らが無尽蔵に蘇れる屍人だろうと後先を考えていなすぎる！　狙いは別だ！」

「――――」

アベルの叫びを聞いて、スバルの思考が熱を帯び、加速を始める。

狙いが自分たちではないというアベルの推測は、安堵《あんど》どころかむしろよくない。いっそ狙いがスバルたちであれば、消し飛ばされたとしても対処は容易《たやす》かった。

スバルにとって取り返しがつかないのは、自分の手の届かない範囲で味方に死人が出てしまうことなのだ。

これまで一度も、魔晶砲が撃たれたケースは経験していない。

この魔晶砲が誰を、何を狙っているのか、現時点で的中させるのは困難だ。つまり、これを撃たせてはならない。味方の、誰かが失われる。

この光が魔晶砲のチャージなのは間違いない。だが、止めるための前提が全くクリアされていない。ダメだ。ダメだダメだダメだダメだダメだダメだ。

あれを撃たせては――。

「――発射を止めるのは、無理かしら」

「――――」

猛然と、思考を回転させるスバルに、ベアトリスがそう言った。

目を瞬かせ、スバルはベアトリスを見る。すると、無理だと口にしたベアトリスは、言葉とは裏腹に欠片《かけら》も力の衰えていない目でスバルを見返した。

その、世界一愛らしくて頼もしい相棒に、スバルは無理やり頬《ほお》を歪《ゆが》め、

「ベア子、一緒に無茶《むちゃ》してくれるか？」

「まったく、スバルはベティーがいないと何にもできないのよ」

「ああ、実はそうなんだ」

そう言って、今はほとんど大きさの変わらない手を確かめるように握り直した。

10

振るわれる真紅の宝剣が地表をなぞり、水晶宮《すいしょうきゅう》の正面の広場が炎上する。

その吹き荒れる赤々とした焔《ほのお》は獣のように猛《たけ》り、生と死の狭間《はざま》を飛び越えたモノたちの行方を阻み、それ以上を進ませず、妨害を許さない。

「最前線に皇帝のみ残すとはな。――不敬者め」

その悪態を背後に、輝きを増していく水晶宮から猛然と影が遠ざかる。

遠目に黒い影が行き過ぎるようにしか見えないそれは、漆黒の獣毛をした狼人《おおかみびと》、それも世界で最強と名高い一人の本気の疾走だ。

そうして走る狼人は、疾走で十分なほどの加速を得ると――、

「そしたら、全力でいっといで――！」

猛然と走ったハリベルが地を蹴ると、その先で待ち受けていたもう一体のハリベルが組んだ手を足場にし、その体を勢いよく空へ放り投げる。

矢のように、弾丸のように飛び上がったハリベル、しかしまだ終わらない。

次いで、左右の建物から挟み込むように跳躍して追いつく二体のハリベルが、放物線を描く最初のハリベルの足裏にそれぞれの片足を合わせ、

「まぁだまだ」

「気張らんとアナ坊に怒られてまうからね」

二体目と三体目のハリベルの蹴りが、最初のハリベルをさらに上空へ蹴飛ばした。

ぐんぐんぐんぐんと、斜めに吹っ飛んでいくハリベル、その勢いが最も高い位置へと達したところで、彼は空中で姿勢を制動すると、

「僕が稼げるんはここまでや。頑張れそう？」

「――ああ、めちゃめちゃ助かった！」

その答えに、スバルたち三人を抱えていたハリベルが喉を鳴らした。そして、彼は思い切りに背を逸《そ》らすと、そこからさらにスバルたちを投げ飛ばす。

分身の術を用いた、ハリベル四人の協力プレイで一気に距離と高度を稼いで、スバルは両手にベアトリスとスピカを抱きしめ、飛んでいく。

そうして達した高空で、猛烈な風を浴びながらスバルは水晶宮《すいしょうきゅう》を見た。

白い光を極限まで高めつつある城、その魔晶砲の照準がどの方角を向いているかをしっかり目視し――、

「――スピカ！」

「うあう!!」

魔晶砲の向いた方角に首を傾け、次の瞬間、スピカの『転移』が発動する。

そのまま、スピカはスバルとベアトリスを巻き込んで『転移』――それを何度も何度も重ねて、魔晶砲の射線上まで一気に迫り、迫り、迫る。

そして――、

「えあお！」

「その呼び方はダメって言ったのよ！　──ムラク！」

スピカの懸命な声に、ベアトリスが発動した陰魔法がスバルたちを軽くする。

その究極的に軽くなったスバルとベアトリスを、空中で身をひねったスピカが最後の一押しとばかりに思い切り蹴飛ばした。

くるくると、回転しながら離れていくスピカの姿を目の端に、スバルはベアトリスと繋《つな》いだ手をしっかりと握りしめる。

「アベル、ハリベルさん、スピカ……！」

ここまで、スバルたちを届けるために連携してくれた仲間の名を呼び、スバルはぐっと奥歯を噛《か》みしめて目を見開く。

次の瞬間、水晶宮の光がひと際強く瞬いて──、

「ベア子、愛してる！」

「言われずとも、かしら」

ぎゅっと抱き合いながら、スバルとベアトリスが光に向き合った。

そして──、

「──アル・シャマク」

魔晶砲の光は、空に生じた大きな大きな割れ目に呑《の》み込《こ》まれていった。

第三章『惚《ほ》れた男』

1

「――『大災』の担い手たるスピンクスの計画は、大きく狂い始めていた。

業腹だが、プリシラの言う通りだ。自滅させるはずだったアラキアが生き残り、あまつさえ『石塊《いしくれ》』と同化したことで、スピンクスは方針の転換を余儀なくされている。

しかし、あくまで方針転換であり、計画の放棄ではない。

スピンクスの設定した二つの大目的、その内の『強欲の魔女』の再現には成功した。あとはこの魂と器が馴染《なじ》み切り、造物主の復活が果たされる前に、残りの目的――あえて復《ふく》讐《しゅう》と言い切ろう。プリシラ・バーリエルへの復讐を完遂する。

そのために、最善手を打ち続けているつもりだが――、

「――またあなたですか」

立て続けに起こる計算違い、その最大の障害となった少年にスピンクスは目を細める。

地下牢《ちかろう》に浮かべた水鏡の鏡面には、帝都ルプガナの各所でヴォラキア帝国の滅亡を遅ら

せる要因となっているものたちが映し出されている。

とりわけ、魔晶砲の一撃を食い止めた少年と精霊の組み合わせは見過ごし難《がた》い。

あの少女の姿をした精霊は、スピンクスが『大災』として死者を率い、帝国に本格的な攻撃を仕掛ける前にも同じ方法で魔晶砲を防いでいる。だが、スピンクスの見立てでは、あれは精霊自身が消滅しかねなかった挺身《ていしん》のはずだった。

それを、ほんの二、三日で同じことをして無事に済むなど道理に合わない。

その道理を捻《ね》じ曲《ま》げているのが、抱き合った精霊と契約関係にあるだろう少年だ。この少年の介入は、確かに一度、スピンクスの三百年以上の執念を終わらせかけた。

そしてその脅威は、『強欲の魔女』へと至れた今も消えていない。

「――『陽剣』ヴォラキアと、『暴食』の権能」

悲願だった『強欲の魔女』の再現に成功しても、依然死者であるスピンクスにとって、その二つが致命的な弱点であることは変わらない。

それ故《ゆえ》に、魂を同じくする同一の存在を複数発生させながら、スピンクスは『陽剣』の所有者と、あの精霊術師の少年には自分を近付けないよう留意する。

その上で――、

「ワタシは、ワタシの持てる手札の全《すべ》てで勝利してみせる」

スピンクスのその呟《つぶや》きに、水鏡越しに見えるプリシラの表情が変わる。

「ふ」

彼女は、わずかに微笑《ほほえ》んでいた。――その微笑みを、不愉快さや不快感ではない、哀切の一片でも交えたものに歪《ゆが》めさせるため、スピンクスは持てる全《すべ》てをなげうつ。

そのために切れる手札はまだ、尽きてはいないのだから――。

2

彼方《かなた》の空に生じた穴が、ヴォラキア帝国の破滅の火を呑《の》み込《こ》んでいく。

発射された魔晶砲の途上に割り込み、ナツキ・スバルはその目的を果たした。『礼賛者《らいさんしゃ》』ハリベルとスピカ、ベアトリスらも各々の役目を果たしたということだ。

「大儀である。――だが」

その功績を認める一方で、皇帝であるヴィンセントは頭の隅で危惧《きぐ》する。

帝国の決戦兵器である魔晶砲が、こうもたびたび無力化されるのは問題だ。――国家とは常に、他国の侵略を躊躇《ためら》わせる抑止力がなくてはならないのだから。

「そういう意味では、貴様たちは鉄血の掟《おきて》に守られた帝国の秩序をすでに殺している」

忸怩《じくじ》たる思いを噛《か》んだ奥歯に込めて、ヴィンセントは『陽剣』を構える。

その眼前、横一線に引かれた炎の防衛線を乗り越え、これまでと毛色の違う屍人《しびと》――ヴィンセントの、見覚えのない兵たちがやってくるのを迎え撃った。

「忌々《いまいま》しき『魔女』めが、滅びる前に学びを得たか」

戦場となる水晶宮《すいしょうきゅう》前の庭園で、ヴィンセントと切り結ぶのはいずれも帝国史に名を刻んだだろう古《いにしえ》の屍人――すなわち、名前を特定できない強敵だ。

ここまでの肌感だが、『大災』が蘇《よみがえ》らせる死者は現代に近いものの比率が高い。あくまで推測の域を出ないが、死者の魂にも鮮度というものがあるのかもしれない。

あるいは年代を遡った死者ほど蘇らせるのは困難で、対価を多く必要とするなどだ。

「いずれであれ、『暴食』の権能の通用せぬ相手ならば――」

倒し切るには『星食』ではなく、『陽剣』ヴォラキアの焔《ほのお》を頼るしかない。

それを、魂を焼き尽くされる前に『魔女』は理解し、置き土産として残していった。目下、この古強者《ふるつわもの》たちを倒す手立てはヴィンセントの『陽剣』しか――、

「――プリシラ」

我知らず、そうこぼしたヴィンセントは屍人の古兵との剣戟《けんげき》を開始する。

――プリスカ・ベネディクト。現在はプリシラ・バーリエルを名乗る不肖《ふしょう》の妹だ。

帝国を去り、名を変えた彼女がルグニカ王国の王選候補者の一人となったとき、事実関係を確かめたヴィンセントは卒倒しかけたものだ。堪《こら》えたが。

その彼女が故国の窮地に駆け付けたのは、兄を助けるためなんて健気《けなげ》な理由ではなく、自らに差し向けられた刺客、その刃《やいば》の持ち主を黙らせるのが目的だった。

もっとも、推定されるその命知らずはすでに命を落としているが。

「チシャめ、味な真似《まね》を」

ヴィンセントすら欺き、『大災』という世界の宿命に抗《あらが》うことを決めていたチシャは、プリスカがプリシラとなって生き延びていたことを知る数少ない一人だ。

チシャならばプリシラとプリスカ時代から知る彼女の気性を利用し、『大災』と戦うヴィンセントに並ぶ一人として、彼女を呼び寄せるための過激な手も打つだろう。

そんな真似《まね》をして、戦後、帝位をどう処理するつもりだったのかは知れないが——、

『そこまでお膳立てが必要とは。当方の閣下への評価を改めざるを得なくなる次第』

その、再現性の高すぎるチシャの残響に思わず舌打ちがこぼれた。

彼の思惑がどうあろうと、置き土産であるプリシラの処遇はヴィンセントの責だ。今、プリシラの生存は確認されている。足りない『陽剣』の数合わせなど、ヴィンセントが剣《けん》狼《ろう》の国の頂として範を示せば事足りるというもの。——そう思った瞬間だ。

「——奮戦、見事である。余も先達として誇らしい」

低く、よく通る声が剣戟《けんげき》の中でヴィンセントの鼓膜を打った。

それと同時に、視界を斜めに両断した超越的な剣光が、畏れ多くもヴィンセントの玉体に傷を負わせる古兵たちを薙《な》ぎ払《はら》い——魂を炎上させる。

それはすなわち、『陽剣』の一撃であった。

「——」

今しがた、その真紅の宝剣の援軍は望めないと見込んだばかりだった。

それ故《ゆえ》のありえざる助力の登場に、自分と背中合わせに立った相手の横顔をちらと見た

ヴィンセントは息を詰めた。——見覚えがある。ただし、古い絵画の中で、だ。

「——『荊棘帝《けいきょくてい》』か？」

「すでに皇帝の冠は次代に継がれ、今はそなたのものであろう。余が『荊棘帝』などと名乗るのは道理に合わぬ。——ユーガルド・ヴォラキアだ」

「——」

「ふむ。聡明《そうめい》そうで整った容貌だ。思い返してみれば、余は自分の子や子孫の顔を近くで目にしたことがなかった。できるなら多く言葉を交わし、長く顔を見たいものだが」

そう続けるユーガルド・ヴォラキアを名乗った屍人《しびと》に、ヴィンセントは沈黙する。

彼が纏《まと》った清涼な雰囲気と、理性と生気の宿った瞳《ひとみ》と肌の色は、これまで目にした数多《あまた》の屍人と一線を画する。現に、彼は『陽剣』を手にヴィンセントに味方していた。

何故《なぜ》、他の屍人と違い、生者への敵愾心《てきがいしん》を持たず、自由意思を奪われていないのか。

「我が星への愛だ」

「なに？」

「余がこうしていることの答えを欲していると思ったが、違えていたか？」

一瞬、ヴィンセントはその言葉の真意を探ろうとし、すぐに放棄した。

考え直したのだ。ユーガルド・ヴォラキアが、古《いにしえ》より語られる『アイリスと茨《いばら》の王』の物語通りの人物なら、その戯言《たわごと》を疑うのも馬鹿らしいと。

故に——、

「今代のヴォラキア皇帝、ヴィンセント・ヴォラキア」

「承知した。では、征《ゆ》くとしよう。——我が子の子らよ」

名乗るヴィンセントにユーガルドが応じ、二人の皇帝が並び立つ。

それはヴォラキア帝国の鉄血の掟《おきて》——死と共に帝位を引き継ぐ『選帝の儀』の形式上、ありえるはずのない剣狼《けんろう》の頂同士の共闘だった。

3

——世界の行く末を決める激闘が続く帝都ルプガナ。

各頂点を巡る超越者たちの戦いが次々と決着し、生者と死者の陣営はいずれも己の最善を尽くしながら、あるものは倒れ、あるものは前へ突き進む。

夢を手放さぬ剣客が星を斬《き》り、無数の精霊の命を束ねた破滅の火が虚空へ消えた。

阻止されたそれらは、どちらも帝国を滅びへ押し出す致命的な一手だった。だが、帝国を滅ぼす『大災』の手札はなおも尽きていない。

そしてこのとき、誰もが気付けず、気付いたとしても届き得なかった次なる一手の阻止に単身で辿《たど》り着《つ》けたのは——、

「——これがワシの最後の裏切り時じゃったのによぉ」

辿り着いた魔晶砲の砲台、僅差で発射されてしまった砲撃の余波に白い眉毛《まゆげ》をなびかせながら、オルバルトは空に開いた穴が破滅の火を呑《の》み込《こ》むのを見届けていた。

――オルバルト・ダンクルケンには野心があった。

歴史の陰で暗躍することを求められるシノビ、その頭領である自分が派手に盛大に帝国史に名前を刻み、シノビの概念を根底からぶち壊すという野心だ。

そのため、皇帝への謀反《むほん》や暗殺といった手軽な暴挙の魅力にたびたび駆られもした。

だがそれも『大災』の登場でご破算、オルバルトは裏切る時機を完全に逸した。

故《ゆえ》に、水晶宮《すいしょうきゅう》が輝き始めたとき、オルバルトはこれが最後の分水嶺《ぶんすいれい》だと考えた。

もしも、魔晶砲が『大災』の勝利を決定付けるような使われ方をしたなら、そのときはオルバルトは帝国の『将』ではなく、ただ一人のシノビとして野心を叶《かな》えると。

そうなっていたなら、オルバルトは未練なく帝国を裏切れたのに――、

「かかかっか！　あのチビ、魔都だけじゃなくてここでもやらかすかよ！　本気で敬老精神の欠片《かけら》もねえんじゃぜ、最近の若ぇ奴《わけ》ら《やつ》はよう！」

彼方《かなた》の空に黒髪の少年と精霊の小娘、それを見たオルバルトは呵々大笑《かかたいしょう》。

これで、オルバルトがあの少年に思惑を外されるのは、カオスフレームに続いて二度目。

だが、それをされたことに対する怒りや憎しみはない。

「相手がワシより上回ったんならしゃーねーじゃろ、それ」

百年近く生きてきて、オルバルトが叶えられなかった夢は数え切れない。無論、力ずく

で叶《かな》えてきたものもたくさんあるが、それが物の道理というものだ。

それ故《ゆえ》に、オルバルトはやけっぱちで皇帝を暗殺して歴史に名を遺《のこ》すという、帝国的には『アイリスと茨《いばら》の王』でアイリスを殺した狼人《おおかみびと》ばりの暴挙の悲願を手放せた。

そうして、オルバルトは悲願を手放して空っぽになった左手を手刀に構え――、

「――ってわけで、ワシの次の救国の英雄って夢に付き合ってくんね？」

カラッと笑ったオルバルト、その眼前に白髪の美しい女が立っている。

大小様々な魔晶石が使われた水晶宮《すいしょうきゅう》、その最上層の魔晶砲の発射台には、城の心臓部である『魔核』の嵌《は》め込《こ》まれた台座があり、女はそのすぐ傍《かたわ》らにいる。

そして――、

「あなたがここにいるのは望ましくありません。――要・排除です」

「いけない、オルバルト。相手、『魔女』」

微笑《ほほえ》む女――『魔女』の周囲で風が渦を巻き始め、それに対する警戒を促すように台座の魔核がモグロの声で喋《しゃべ》った。

その同僚の『鋼人《はがねびと》』からの律儀な警告にオルバルトは嗄《しゃが》れ声《ごえ》で笑い、

「言われなくてもわかってるっつの。この歳《とし》でもボケちゃいねえんじゃぜ」

床を蹴る『悪辣翁《あくらつおう》』は自らの夢を終わらせ――そして、この瞬間にあったはずの帝国の滅びを遅らせるため、シノビとしての百年近い研鑽《けんさん》の全《すべ》てを費やさんと動いていた。

4

「やらせると思うな！　──運命様、上等だ!!」

抱き合ったベアトリスのアル・シャマクが、魔晶砲の放った一発を異次元へ飛ばした。

ぎゅんぎゅんと、そのための力が自分から引き出されるのを感じながら、しかし、スバルにはベアトリスに頼んだ無茶《むちゃ》を支え切れる根拠のない確信があった。

──いや、成功した今、それは根拠のある確信だったと言い直せる。

「みんな、ありがとう！　たぶん、絆《きずな》の力だ！」

仲間の負担を引き受け、分散したりもするスバルの『コル・レオニス』は、離れに離れた場所にいる『プレアデス戦団』のみんなと今も繋《つな》がりっ放しでいる。

それは一丸となった全員の力を引き上げ、置いていかれそうになる誰かに肩を貸し、『一人はみんなのために、みんなは一人のために』を実現する力だ。

なのでおそらく、たぶん、かなりの確率で、この瞬間、城塞都市《じょうさいとし》で戦ってくれているみんなにいきなりでかい負担がいったと思うのだが、きっと大丈夫と信じたい。

なんであれ──、

「あれを防いだのがでっかいのよ！」

「ああ！　てっきり、狙いはガークラかと思ったけど……」

空の穴が閉じるのを見届け、声を大きくしたベアトリスにスバルはそう応じる。

魔晶砲を止めなければならない一心で、無我夢中でその射線上に割り込んだスバルたちだったが、砲門はてっきり城塞都市《じようさいとし》へ向けられるものと思っていた。

魔晶砲で個人を狙うのは、スバルにとっては致命的でも敵にとってはそうではない。

『大災』の目的が帝国の滅亡なら、城塞都市の戦いを終わらせにかかるものとばかり。

「けど、狙ったのは帝都の南だった。何が狙われてたんだ？」

「――。南で連中が厄介に思うとしたら……ガーフィールが狙われたかしら？」

「確かにうちのガーフィールはどこにお出ししても恥ずかしくない頼れる弟分だが……」

帝都の最南である第一頂点には、最も広範囲に攻撃してくる『雲龍《うんりゆう》』メゾレイアが配置されており、スバルはガーフィールにその単独撃破を託した。

正直、無茶《むちや》振りどころか無茶無理無謀振りぐらいの大役だが、ガーフィール以外には任せられない役目だった。なので、ベアトリスの疑惑もないではないが。

「そもそも、誰が撃った？　スピンクスをやっつけた今、次は誰が仕切ってる？」

「……生き返ったヴォラキア皇帝とか、次のボスかもしれないのよ」

「この期に及んで帝国を助けたくなくなる理由を増やさないでほしい……！」

苦労してスピンクスを倒したのに、歴代のヴォラキア皇帝が現代の帝国の不甲斐《ふがい》なさを儚《はかな》んでラスボスに繰り上がる、なんて展開はやめてほしい。

第一、そのパターンを許したが最後、皇帝ラッシュが始まりかねないではないか。

「でも、今の攻撃の組み立てにははっきりした狙いを感じたかしら。だから……」

「──ベア子！」

自由落下の風にドリルツインテールをバタつかせるベアトリス、その柔らかいほっぺを両手で掴《つか》んで、「んにゃっ」と悲鳴を上げる彼女を強引に振り向かせる。

その二人の視線の重なる先、猛然と空を切り裂く威容──連環竜車で遭遇し、一度はハリベルに落とされた『三つ首』の邪龍《じゃりゅう》が蘇《よみがえ》り、スバルたちへ迫っていた。

「ヤバいマズい身動きできねぇ！」

「──！　くるのよ！」

明確な敵意を持って、三本の首を持つ邪龍の三対の金瞳《こんどう》がスバルたちを捉える。

それに対し、抱き合うスバルとベアトリスは空中で、自由落下中で、スピカやハリベルとついでにアベルといった頼れる面々とはかなり離れた位置にいて──。

「──っ」

瞬間、世界がスローモーションに感じられる中、スバルは必死に手札をめくる。

超速で回転し始めるスバルの思考が熱を持ち、全身が発火するような熱い感覚の中、とっさに奥歯を噛《か》んでベアトリスを抱き寄せた。

そして、その一瞬の思いつきを口にしようとし──、

「──やーぁれやれ、私と違って君たちは自由に空を飛べるわけじゃないんだ。あんまり驚かせないでもらいたいものだーぁね」

呆《あき》れと笑みを孕《はら》んだ声が、スバルとベアトリスをかっさらった。

直後、邪龍《じゃりゅう》の放った息吹が三条の黒い死となって帝都の空を薙《な》ぎ払《はら》ったが、その射線上に狙われたスバルたちはいない。細く長い腕に、揃《そろ》って抱きかかえられていた。

その腕の主は――、

「ロズワール！　ナイスタイミング！」

「屈辱かしら！　こんな抱え方、ベティーは許さないのよ！」

「おーぉやおや、左右で両極端な反応だ」

スバルとベアトリス、左右の小脇に抱えた二人の反応に苦笑するのはロズワールだ。

自由自在に空を飛んでみせるロズワールは、スバルたちを両脇に抱いたまま、翼をはためかせる邪龍――『三つ首』バルグレンを翻弄しにかかる。

「よくぞ魔晶砲を止めてくれたーぁね。状況は？」

「――。スピンクス倒した！　たぶん城にゾンビの原因！　今の魔晶砲が何狙ったかは不明！」

「――。スピンクスを倒した、か。それはそれはありがたさと申し訳なさがあるが……」

「――？　何か気掛かりか文句があるのかしら？」

いちいちロズワールの言動に厳しいベアトリスだが、今回の彼女のじと目は穿《うが》ったものではなく、確かにロズワールは思案げにしていた。

その、化粧をしていない素顔のロズワールの様子はスバルも気掛かりだ。

そんなスバルたちの視線に、ロズワールは「いや」と小さく前置きして、言った。

「帝都決戦への横槍《よこやり》から始まり、相手の用意は周到だった。君たちが止めてくれた魔晶砲もそうだが……本当に、これで手札は出し切ったのかーぁな」と。

5

——ヴィンセントとユーガルド、本来なら背を預け合うことなどありえない二人のヴォラキア皇帝が剣舞を舞い、炎を伴う紅《くれない》の剣閃《けんせん》が嵐の如《ごと》く荒れ狂っていた。

「すごい……」

その、目を焼かれる錯覚を覚える光景に、タンザは呆然《ぼうぜん》とそう呟《つぶや》いた。

増え続ける『屍剣豪《しけんごう》』をようやく退けたあと、ユーガルドは水晶宮《すいしょうきゅう》の方から剣戟《けんげき》が聞こえると先行し、タンザたちが追いついたときにはこの共闘を始めていた。

閃《ひらめ》く二本の『陽剣』の輝きに照らされ、その魂を燃やされていく屍人《しびと》たちはいずれも手練《てだ》れで、あの『屍剣豪』と大きな実力差があるようには見えない。

それなのに、真紅の剣風は屍人たちを圧倒し、寄せ付けもしなかった。

「……閣下が、ああして誰かと剣を振るう姿なんて、初めてでありんす」

ふと、タンザと同じ光景を見つめるヨルナが、万感の思いを込めてそうこぼした。

込められている感情の複雑さはタンザには計り知れない。揺れる瞳《ひとみ》も震える声も、その全《すべ》てがタンザには寄り添う以上のことができない年月が作ったもので。

その、タンザの知らない絆《きずな》の積み重ねが、自分とユーガルドとの優劣に思われて。

「タンザも閣下も、愛しておりんす。どちらもわっちの大切な存在で、わっちの胸の中、愛し方が違うだけでありんす」

途端、不安を見透かされた恥ずかしさでタンザは顔を伏せたくなる。

が、タンザは握ったヨルナの手の感触を頼りに、自分がここに立っている理由を胸に、これ以上、自分を憐《あわ》れむのも惨めにするのもやめた。

顔は、上げていないといけない。

それがタンザが、これまですごいと思った人たち全員に共通していたことだ。

「――っ」

きゅっと強く歯を噛《か》んで、タンザは自分の神経を鋭敏に尖《とが》らせた。

『屍剣豪《しけんごう》』との戦いの後遺症か、本調子でないヨルナを守るのが自分の役目。戦っているユーガルドはもちろん、くる途中で別れたエミリアにも今は頼れない。

だからせめて、周囲の異変にはいち早く気付こうと注意を張り巡らせて――、

「――ヨルナ様！　あれを！」

そのタンザの呼びかけに、弾《はじ》かれたようにヨルナも顔を上げた。

見れば、水晶宮《すいしょうきゅう》の最上層にある半球状の塔――タンザは知らなかったが、それは水晶宮の切り札である魔晶砲の発射台のある塔だ。その塔が内側から光り、刹那《せつな》、爆音と共に壁が吹き飛んで、破片をばら撒《ま》きながら半壊する。

その半壊し、濛々《もうもう》と噴煙の立ち込める爆心地には小さな人影が――、

「オルバルト翁《おう》？」

タンザと同じものを目にしたヨルナ、その声には明らかな動揺があった。

驚いたのだ。吹き飛んだ塔から姿を見せた怪老——超然と、飄々《ひょうひょう》とした態度を一貫していたオルバルトが、ボロボロの装束を血に染めて立っていたから。

そのまま、らしくない姿のオルバルトはさらなるらしくなさを続ける。

それは——、

「閣下！　このままだとやべえ！　まだ『魔女』の仕掛けが終わってねえんじゃぜ！」

6

血染めのオルバルトの叫びと同刻、エミリアはその場所に立っていた。

直感を理由に、予定にない行動に走ったことはとても反省している。一生懸命、これが一番いい考えだとスバルやアベルが頭を悩ませたのに、それに背いて自分の勘を頼り、タンザやヨルナたちと別行動を選んだのは完全な独断だった。

「もし私の勘違いなら、急いでタンザちゃんたちのところに戻るつもりだったけど……」

ほんの些細《ささい》な、錯覚だと見逃してしまいそうな不自然なマナの流れ——それがエミリアを水晶宮よりも北の、貯水池の止水壁前へ誘《いざな》った。

そしてそこでエミリアは、いるはずのない相手を見つけてしまったのだ。

ただそこにいるだけなら、誰が相手でもいきなり悪さをしてるなんて決めつけてはいけない。でも、この相手はちょっと例外だった。

だって——、

「すごーくビックリしたわ。——どうして、エキドナがここにいるの？」

そのエミリアの呼びかけに、背を向けていた白髪の女性——見知った顔が振り返る。彼女はその黒瞳《こくどう》にわずかな驚きを交え、エミリアを見返しながら、

「その驚きはワタシの方が適切かと思います。——『嫉妬の魔女』」

「——」

見知った顔に聞き覚えのある声でそう言われ、エミリアは二個ビックリした。

一個は、『嫉妬の魔女』扱いされたのがとても久しぶりだったことで、もう一個は『嫉妬の魔女』扱いされて自分が傷付かなかったこと。

王選が始まってから一年以上が経《た》って、ルグニカ王国では銀髪に紫紺の瞳《ひとみ》のハーフエルフが候補者の一人であることを知らない人はもうほとんどいない。

スバル風の言い方をするなら、エミリアはエミリアとして顔が売れているのだ。

なので、普段のエミリアが認識阻害ローブを着る機会も減った。帝国で久しぶりにちゃんと着ているのは、エミリアであることがバレないようにだ。

だから、『嫉妬の魔女』と呼ばれるのは久しぶりだった。そして、そう呼ばれても自分は動じていない。——違うと、はっきりそう言える芯がある。

エミリアをエミリアだと認め、好きだと言ってくれる人がいるという芯が。

「私はエミリア、ただのエミリアよ。『嫉妬の魔女』じゃないわ」

その芯に支えられて、真っ直《ま》ぐ《す》立ったままエミリアはそう言い返せた。

そう返事をしてから、エミリアは目の前の女性をまじまじと見つめて――、

「あなたも……すごーく似てるけど、エキドナじゃなさそう？　もしかして、ラムたちみたいにエキドナの双子？　エキドナのお姉さん？　妹さん？」

「――。想像力が豊かなご様子ですね。ただ、ワタシは造物主の被造物であって、血縁者ではありません。要・訂正です」

「ゾウブツ、ヒゾウ……」

あまり耳馴染《なじ》みのない言葉に眉《まゆ》を寄せ、エミリアは相手がエキドナの姉妹であることを否定したことだけ理解する。

落ち着いて考えてみれば、エキドナは四百年前の子なので、彼女本人もその姉妹もここで会うのはとても変だ。もちろん、死んでしまった人が起き上がってくる状況なので、もしかしたらエキドナとその姉妹もと思わなくはないが。

「でも、あなたはぴんしゃんしてるみたいだし、死んじゃってないみたい」

エキドナとよく似た彼女は、屍人《しびと》たちのように顔色も悪くなければ瞳《ひとみ》の色も普通だ。エキドナと比べると、ちょっとだけ表情が硬いかもしれない。

エミリアの知るエキドナは、たびたび意地悪な顔をした。――最後に見せた泣きそうな

顔は、今も強くエミリアの心に残っていて。

「あの、あなたがエキドナじゃないのはわかったんだけど、名前を聞いてもいい？」

「そうですね、造物主の名前で呼ばれるのはワタシも気が咎《とが》めます。どうぞ、ワタシのことは『強欲の魔女』と呼んでください」

「……もうちょっと呼びやすい名前はない？」

「――。要・対応です。それ以外なら、スピンクスと」

「そう。……スピンクス⁉」

ようやく言いやすい名前が聞けたと思った途端、エミリアはそれが『大災』を引き起こしている敵の中心人物と同じ名前だと気付いた。

ただ、エミリアの認識だと、スピンクスはリューズとそっくりだったはずなのだが。

「リューズさんにエキドナって、『聖域』と関係ある人とそっくりなの？　じゃあ、次はガーフィールかフレデリカそっくりになるのかしら……」

「『聖域』のこともご存知《ぞんじ》とは、思った以上にあなたとワタシには縁がありそうですね。同時に、エミリアというのはプリシラ・バーリエルと同じ、王国の王選候補者では？」

「え？　ええ、そうよ。プリシラを知ってるの？　もし居場所を知ってたら――」

「――要・排除です」

瞬間、小首を傾《かし》げた女性――スピンクスの指から白光が放たれ、それを「え」とエミリアは脊髄反射で張った氷の鏡で斜めに逸《そ》らした。

もし、エミリアが得意なのが火属性でなく土属性だったら、土や石の壁を貫通されて死んでいた。そう思わせるほど、ゾッとする殺意に満ちた攻撃だった。

しかも――、

「もう！　すごーくいきなり始めるんだから！」

放たれた白光に追われながら、世界を切り刻む『魔女』との戦いが始まってしまった。

相手はやる気満々だ。だったら、エミリアにも考えがある。

「そっちがその気なら、私も全力でいくわ！　動けなくして、スバルたちのところに連れてっちゃうんだからね！」

「彼らとは二度と会いたくありませんね。ですので、あなたの命をここで奪い、プリシラ・バーリエルがどのような顔をするか確かめます」

「――！　やっぱり！　プリシラの居場所を知ってるのね！」

縦横無尽の光の攻撃を、鏡みたいにピカピカにした氷剣で切り払いながら、エミリアは行方不明のプリシラの居場所がわかる期待に紫紺の瞳《ひとみ》を輝かせた。

これでますます負けられないと発奮するエミリア、その様子にエキドナと同じ顔をしたスピンクスは微《かす》かに眉《まゆ》を顰《ひそ》めながら、

「この地点をワタシが確保しておけないのは困ります。――要・撃退です」

そう、静かに呟《つぶや》いたのだった。

7

──時は一瞬、魔晶砲の発射台が吹き飛んだ直前の攻防へ戻る。

「────」

本来、そこはシノビにとって有利すぎる戦場だった。

空間の目的を考えれば広すぎる部屋だが、一騎打ちの戦場としては狭い──ましてや、魔法使いにとってはなおさらだ。

「狭《せめ》ぇとこじゃと、魔法使いは窮屈でしんでぇじゃろ？」

戦いというのは、相手の不得意に自分の得意を押し付けること。

それがオルバルトのシノビとしての戦い方の基礎だ。そうしてあらゆる相手の不得意を突くため、オルバルトはあえて尖《とが》った得意分野を持たなかった。

オルバルトが頭領になる以前、シノビは原則一芸特化が推奨されていた。

だが、理想とされる一芸特化とはセシルスやアラキアのような、本当に誰にでも通用する一芸を持つ者だけの特権で、そうでない凡才は応用力がなければ死ぬだけだ。

だから、オルバルトは自分が頭領になったとき、最初にその教えを破棄した。

自分の特技を無思慮に磨くより、相手の長所を潰す戦闘頭脳を徹底的に鍛え、その状況を作れるよう誘導する術を仕込む。もっとも、それもなかなか実は結ばなかった。

真っ当に形になったのは数えるほどで、四、五年前に里を出た天才少女が最後だ。その天才少女もどうやら死んだらしいので、人材の育成というのは損ばかり。

——本当に、我が生涯に悔いばかりだ。

「だからせめて、ワシが老いぼれるまで生きた意味をくれよ」

床を蹴りつけ、砕いた石材の破片を飛ばして『魔女』の頭を壊しにかかる。

同時、オルバルトは腕のない右手と腕のある左手を左右に振って、時間差で届くクナイを投じ、その上で後ろ足の踏み切りを爆発させた。

飛礫《つぶて》を躱《かわ》せても、左右から迫るクナイを撃ち落とせても、オルバルトの手刀を避けられても、そのどれかが『魔女』の行動力を削《そ》ぎ、命に喰《く》らいつかせる。

「——要・熟考です」

そのシノビの強襲を、白髪の『魔女』は何もしないで全部喰らった。

飛礫に額を割られ、クナイを首と大腿部《だいたいぶ》に突き立てられ、胸の中心をオルバルトの手刀で貫かれるまで、『魔女』は一歩も動こうとしなかった。

オルバルトに反応できなかったのか。そこまで鈍重な女とは思わない。つまり、『魔女』は何かできたのに何もしなかった。——否《いな》、何かは今からするのだ。

「オルバルト！」

瞬間、台座に嵌《は》められている魔核——モグロが叫んでいた。

「——」

密着したオルバルトと『魔女』、その周囲に拳《こぶし》大の光球が無数に浮かび上がっている。

その狙いは明白――オルバルトを巻き込んだ、数百の光球での自爆だ。

刹那《せつな》、オルバルトは選ぶ。――自分の命よりも『魔女』の命よりも、目的の阻止を。

全身に致命傷を負い、胸を貫かれてもなお、手を乗せたままの台座――水晶宮《すいしょうきゅう》の魔核へと注ぎ込まれる、『魔女』のマナを断つ方を。

「誰かに嫌がらせして九十年、これがシノビの真骨頂なんじゃぜ」

歯を見せて笑い、跳ね上がる爪先《つまさき》で台座に触れる『魔女』の手首を吹き飛ばす。

無数の光球が逃げ場なく殺到し、『悪辣翁《あくらつおう》』を呑《の》み込《こ》んだのはほとんど同時だった。

8

「――ヨルナ・ミシグレ！」

異変を察した直後、ヴィンセントは戦場を一歩離れて俯瞰《ふかん》するヨルナへ叫ぶ。

頭上、半壊した魔晶砲の砲台から降ってきたオルバルトの声は、あの『悪辣翁』をして普段の飄々《ひょうひょう》とした態度を守れない切迫したものだ。

「ゆくがいい」

短く、ヴィンセントの意図を察したユーガルドがその場を引き受ける。

そのまま駆け寄ってくるヴィンセントを迎え、一瞬、呆《ほう》けかけたヨルナはすぐに表情を引き締め、傍《かたわ》らの鹿人《しかびと》の少女――タンザと繋《つな》いだ手を離し、

「タンザ、ヴィンセント閣下を頼むでありんす！」

「──！　はい、承知しました」

頷《うなず》くタンザが両手を組み、わずかに腰《こし》を落とす。その構えたタンザの手に、地面を踏み切ったヴィンセントが足を乗せ──次の瞬間、一気に上へと放り投げられる。

「──っ」

足りない飛距離、届かない勢いを城の壁を蹴って稼ぎ、ヴィンセントは五十メートル近い高さにある最上層へ到達。まるで階段の上り下りを横着するセシルスのような真似《まね》をしたと自嘲《じちょう》するが、そんな感慨はすぐに霧散した。

間近にしたオルバルトが、ヴィンセントの初めて見る姿だったからだ。

「かかかっか……！　あれでワシが死ぬとか思ってんの、笑えね？」

半壊した砲台の隅で、片膝《かたひざ》を立てて座り込むオルバルトが嗄《しゃが》れ声《ごえ》で笑う。

しかし、怪老は全身血塗《ちまみ》れで、特徴的な長すぎる眉《まゆ》も力なく垂れていた。中でも一番の重傷は、右腕に続いて左腕も吹き飛んでしまっていることだ。

オルバルトがこれほど苦戦するなど、どれほどの強者がここにいたというのか。

──否《いな》、今は余計な思考は後回しだ。

「死ぬ前に話せ。『魔女』の企てとはなんだ？」

「かかっ、本当に年寄り使いの荒いことじゃぜ。……モグロ見りゃわかんじゃろ」

「モグロ・ハガネ……」

文字通り、血を吐くオルバルトの言葉に振り向き、ヴィンセントは荒れ果てた砲台の奥に設置された台座、そこに嵌《は》まった緑の宝珠──魔核を見る。

魔晶石を惜しみなく使って作られた水晶宮《すいしょうきゅう》、言うなれば尋常ならざるマナの凝縮体である城は、すさまじく巨大な爆弾も同然だ。それが帝国の中心たる帝都に堂々と鎮座していられる理由が、それらを制御している魔核の存在にあった。

魔核、すなわちこれこそが水晶宮の心臓部である。──その心臓部である魔核の緑の輝きが、ヴィンセントの黒瞳《こくどう》に異常に高まっているのが見えた。

それの意味するところは──、

「──魔核に過負荷をかけ、水晶宮諸共《もろとも》に帝都を吹き飛ばすつもりか！」

「オルバルト、阻止した。『魔女』、途中で、止めた。でも」

オルバルトの口にした『魔女』の仕掛け、その真意を察して戦慄するヴィンセントに、魔核──モグロ・ハガネの声がそれを裏付ける。

前述の通り、水晶宮の魔晶石を安定させているのは魔核だ。だが、『魔女』はその魔核に大量のマナを注ぎ込むことで処理能力を暴走させ、制御機能を失わせた。

今や、水晶宮は爆発までを秒読みしている爆弾状態だった。

「──────」

身を挺《てい》したオルバルトのおかげで、水晶宮が即時爆発するのは免れた。しかし、すでに魔核には火が入ってしまっている。爆発は、避けられない。

「──モグロ・ハガネ、これまで大儀であった」

その事実を確信したとき、ヴィンセントはモグロにそう声をかけていた。

『鋼人《はがねびと》』モグロ・ハガネとして、この水晶宮《すいしょうきゅう》そのものである『ミーティア』はヴィンセントによく仕えた。はっきり言って、実力以外は問題ばかりだった『九神将』の中で、モグロとグルービーの存在をどれほど重宝したことか。

その忠臣であったモグロに、ヴィンセントが報いる術《すべ》は一つだけだ。

「貴様の望みである、ヴォラキア帝国の安寧は必ずや果たそう」

「──。閣下、感謝する。閣下、嘘《うそ》をつかない」

「たわけ、必要ならばいくらでも他者を欺こう」

「人、騙《だま》す。私、騙さない」

確信めいたモグロのその言葉に、ヴィンセントは微《かす》かに息を抜き、唇《くちびる》を緩めた。

この血の通わない石の人形であるはずの『ミーティア』は、権謀術数が渦巻く世界である帝国において、まやかしかと思うほど貴重な存在だった。

「……どうするつもりなんじゃぜ、閣下」

「魔核を台座より外そうと、それを持ち出す術がない。ならば、魔核の崩壊と水晶宮そのものの崩壊、どちらも『陽剣』で以《もっ》て燃やし尽くす他あるまい」

オルバルトに問われ、ヴィンセントは自身の『陽剣』を見下ろす。

ユーガルドを呼び、二振りの『陽剣』で──というのは意味がない。ここから先、求められるのは手数ではなく出力だ。魔核と、それが内包する力を『陽剣』で焼き尽くし、帝都を、ひいては世界が崩壊するのを防がなくてはならない。

「それとも、他の案があるのか？」

「んーや？　案どころか、降参したくても両手もねえのよ。閣下が思いつかねえなら、帝国どころか世界中見渡しても誰も思いつかねんじゃね？」

「――ふん」

腕のない肩をすくめた怪老に、ヴィンセントは小さく鼻を鳴らした。

世界中でヴィンセント以外に対策は思いつかないなどと、買い被《かぶ》ってくれたものだ。もしも、この場にいたのがヴィンセントではなく、スバルやチシャ、プリシラなら――。

「詮無いことを思うな、愚かなヴィンセント・ヴォラキアよ」

そう、自分自身の愚かさを吐き捨て、ヴィンセントは両手で『陽剣』を構えた。

輝きを増していく魔核を正面に、ヴィンセントは『陽剣』の輝きに、ヴォラキア帝国の至宝たる真紅の宝剣に、当代のヴォラキア皇帝として真価を発揮するよう希《こいねが》う。

次の瞬間、『陽剣』の眩《まばゆ》さが一段深くなり、空間が熱により歪《ゆが》み、白み始める。

「こりゃ、やべえのな」

その場に居合わせるオルバルトが、『陽剣』から迸《ほとばし》る力の余波に感嘆する。

そもそも、『陽剣』とは軽々しく抜かれるものではない。存命の間に三度は皇帝の代わりを見ただろうオルバルトも、こんな機会に恵まれたことはなかったはずだ。

ヴィンセント自身、『陽剣』の力をここまで解放したのは初めてのことだった。

しかし――、

「――足りぬ」

かつてない力の高まりを感じながら、ヴィンセントは出力不足を確信する。

高まり続ける魔核の圧と、水晶宮《すいしょうきゅう》の建造に使われている魔水晶の割合から計算して、今の『陽剣』の出力では発生する爆発の威力を燃やし切れない。いくらか減衰させればいいという話ではない。求められるのは、完全なる力の焼失なのだ。

そしてそれは、ヴィンセントの不完全な『陽剣』では困難だった。

――何故《なぜ》なら、ヴィンセント・ヴォラキアの『陽剣』は、その真価を発揮できない。

何故なら、プリスカ・ベネディクトを生かしたヴィンセントは、正式に『選帝の儀』を終えていない。全《すべ》ての帝国民を欺いて帝位に就いた、偽りの皇帝だからだ。

故《ゆえ》に、『陽剣』ヴォラキアはヴィンセントにその真の力をもたらそうとしない。

躊躇《ちゅうちょ》する。不完全な『陽剣』で魔核に挑むか、あるいは――、

「――俺の命と引き換えに」

対価を捧《ささ》げ、『陽剣』の真なる焔《ほのお》の招来を求める。

今しがた、モグロと交わしたばかりの約束を反故《ほご》にしかねない選択だが、それが必要だというならばヴィンセントはそれをする。

あらゆることは、ヴィンセントが選んできた道筋の結果だ。

あらゆる選択の結果を積み重ねた果てに、今、ヴィンセントは立っている。

故に――、

「俺には果たすべき責務が――」

「――そんなのないよ、アベルちん」

握りしめた『陽剣』に希《こいねが》い、命さえ燃える対価に差し出そうとしたヴィンセント。そのヴィンセントの手が、隣に立ったものの白い手に押さえられる。

集中のあまり、余所《よそ》に割かなかった意識の隙間に寄り添ったのは背の高い女だ。横顔を覗《のぞ》き込《こ》んでくる青い瞳《ひとみ》に、ヴィンセントは目を見張った。

「ミディアム・オコーネル……」

「えへへ、きちゃった」

はにかみ、そう答えるミディアムにヴィンセントは言葉を見失う。

『陽剣』の熱が高まり続けるこの場所は、もはや只人《ただびと》が呼吸するのにも適していない。そんな場所に唐突に乗り込んできて、しかし、彼女は笑みを浮かべていた。

笑顔で、ミディアムはヴィンセントの手を押さえたまま、

「アベルちんがでっかい責任を抱えてるのはわかるよ。でも、自分で死んじゃうとかダメ。あたし、そういうの一番好きじゃないから」

「事の、重大さを考えよ。そもそも、貴様に意見する資格はない」

「ええ～！　あるよ！　あたし、アベルちんの奥さんになるんでしょ!?」

「それは……」

「いいって言ってた！」

「――」

「言ってた！」

そう勢いよく押し込まれ、ヴィンセントはミディアムの剣幕《けんまく》に圧される。それはヴィンセントの命を狙うものや、潜在的な政敵からかけられる圧力とは違う。

ヴィンセントの中に、抗い方を用意していない類(たぐい)の代物だった。

「現実を見よ。いくら貴様が皇妃の座を惜しもうと、肝心の帝国が――」

そう押しのけようとした瞬間だった。

不意の衝撃に頰《ほお》を打たれ、顔を弾《はじ》かれたヴィンセントは驚きに瞠目《どうもく》した。瞠目したまま振り向き、ミディアムを見た。――皇帝の頰を叩《たた》いたミディアムを。

「あたしがアベルちんを心配する理由を、二度とそんな風に言わないで」

「貴様……」

真剣な顔つきで言い放ったミディアムに、思わずヴィンセントは目をぱちくりとさせてしまった。と、その反応を目にしたミディアムが「あ」と驚く。

「アベルちんが両目つむるとこ、あたし、初めて見たよ～」

「――」

そう破顔するミディアムに、ヴィンセントは今度こそ絶句した。

目は、開けておく。両目を同時に閉じることがあれば、皇帝の命を危うくする。それがヴォラキアの鉄則で、ヴィンセントは寝るときさえそれを守ってきた。

それを、破らされた。命を奪うためでなく、ヴィンセントを案じて頬を叩く女に。

「かかかっか！　オイオイ、そんな場合じゃねえじゃろうに、傑作じゃね？」

そのヴィンセントの動揺を見て取り、瀕死《ひんし》の老体がうるさく口を出す。それに思考力と判断能力を取り戻し、ヴィンセントは歯を噛《か》んだ。

一瞬、毒気を抜かれかけたのは事実でも、状況は何も変わっていないのだ。

変わらず帝都は、帝国は、世界は終わりかけている。それを――、

「大丈夫だよ、アベルちん、大丈夫」

奥歯を噛んだヴィンセントに、なおもミディアムがそう笑いかけてくる。

根拠のない、ただの希望を口にしただけの感情論だ。議論の場において、最も生産性がないものだとヴィンセントが心から厭《いと》うものだった。

――そんな厭うた感情論に、玉座を追われてから何度苦しめられ、救われてきたか。

「――どうです、閣下？　うちの妹分はなかなか大したもんでやしょう？」

そのときだった。

ヴィンセントの沈黙の理由、それをまるで我が事のように、自分も同じ目に遭ったみたいに見透かしたような声がしたのは。

9

——結局、何をやらしても中途半端だったとバルロイ・テメグリフは自嘲《じちょう》する。

生きていたときも帝国に尽くし、帝国に逆らった。

そして死んでからも帝国に逆らい、最後には——、

「帝国に尽くして、なんてあっしのガラじゃないんですがね」

そうこぼしたバルロイの胸には穴——最悪の魔法使いの魔弾で貫かれ、開いたままになっている敗着の証《あかし》がある。

——バルロイの願いをかけた戦いは、手段を選ばない敵への完敗に終わった。

件《くだん》の魔法使いは「紙一重で、どちらが勝ってもおかしくなかったしぁよ」などと言ってはいたが、それは耳心地のいい嘘《うそ》に過ぎない。

おそらく、あの男とは百回やって百回バルロイが負ける。そういう相性だ。

一個の目的のため、どこまでも冷酷になれる。

結局のところ、やり残しや未練を理由に蘇《よみがえ》ったにも拘《かかわ》らずそれを貫けなかった時点で、バルロイは屍人《しびと》よりも血の冷たい相手には敵《かな》わなかったのだ。

ミディアムを放り捨てられ、見過ごせば死ぬとわかっている妹分を見捨てられなかった。

それがバルロイの弱さで、また負けた理由の全部だ。

「違うよ。バル兄《に》ぃは優しいからだよ」

　バルロイ自身が納得する敗着の理由に、しかしミディアムは納得しなかった。

　弱さや甘さを優しいと評するミディアムは、背丈が伸びてもその性根の真っ直《まっす》ぐさと、晴れやかな笑顔がちっとも変わらない自慢の妹分だった。

　そう、妹分だ。バルロイは本当に、出会いに恵まれた。

　セリーナも、フロップも、ミディアムも、マデリンも、みんなそうだ。

　相棒のカリヨンは言うに及ばず、『将』として駆け上がっていくバルロイと並んでくれた大勢の帝国兵、そして憎たらしくも頼もしい『九神将』たちも。

　だけど、でも、その全部の出会いへ感謝していても、手放せなかった。

　それが――、

「それでも、バル兄ぃはやめらんなかったんだよね」

　涙ぐみながら、そう微笑《ほほえ》むミディアムの姿にハッとさせられた。

　出会った頃から全然変わらないと思った彼女は、それでもちゃんと成長し、少女から女性になって、こんな風に違う笑い方もできるようになっていたのだ。

　自分だけが、変わらないままずっと、同じ場所で足踏みを。

「……『魔女』が蘇らせられる相手は、帝国で死んだ相手限定だそうで。その縛りを解くには帝国を滅ぼして、その先の、王国やら都市国家やらに魔法陣？　それの範囲を広げるしかないとか。それができてようやく、そうやってようやく……」

「――マイルズ兄ぃに会える？」

「わかるよ。だって、あたしはずっとバル兄《に》ぃを見てたんだから」

そのミディアムの言葉に、バルロイは痛切な二つの感情を得た。

片方は自分の心の内を知られていたことへの自嘲《じちょう》で、もう一個はわずかな嫉妬だ。ミディアムの初めて見せている微笑の、その意味がわかる。

「ミディ、惚《ほ》れた男がいるんで？」

「え!? い、いないよ？ ……たぶん」

「目をつむって、最初に笑った顔が思い浮かぶ相手がそうでやしょうよ」

「そんなのあんちゃんだよ！ それに、アベルちんはちっとも笑わないし……ぁ」

口に手を当てて、頬《ほお》に朱を上らせるミディアム。その妹分のまたしても初めて見る反応にバルロイは笑った。笑い、ゆっくりと体を起こす。

バルロイは本当に、どこまでも中途半端だ。

それを嫌がって、自分を負かしたあの魔法使いみたいに全部割り切れれば、もしかしたら違った自分になれるのかもしれない。

「ははっ、そんな冷血漢、願い下げでさぁ」

ああはなれない。ああはならない。

生きていた頃から中途半端だった自分は、死んでもやっぱり中途半端なままで。

そんな生き死にも、願いと恨みも曖昧な自分だから、こうも言える。

「――――」

「それじゃ、ミディの惚れた男でも助けにいきやすか」

「まだわかんないんだってば！」

顔を真っ赤にして、幼い頃とも少女時代とも違う顔で、そんな風に言い張られても説得力なんてありはしない。

ミディアムにこの顔をさせて、それでも彼女を悲しませるようなら、そんな相手はバルロイがこの手で殺してやる。自分を棚上げして、そう思った。

「——ッッ」

そのバルロイの身勝手な兄心に、一心同体のカリヨンが上機嫌に嘶《いなな》いた。

10

銀の籠手《こて》が唸《うな》りを上げ、正面に立ち塞がる屍人《しびと》の頭と胴を打ち砕く。

屍人の体内には核虫がいて、それを潰さなくては頭や心臓を吹き飛ばしても致命傷にならない。——それなら、衝撃が全身に広がるように殴ればいい。

「こォだ！」

今までは力任せに振り回した拳《こぶし》を当てるのが優先で、当てたあとの結果にまで意識を向けることはなかった。だが、その考えを改める。

拳をぶち当てて生まれる衝撃の波が、相手の全身に伝播《でんぱ》していくのを思い描く。そうす

ることで、拳《こぶし》の放ち方と、放った結果に変化が生じた。

「――ッ」

ブルッと背中が震える手応えがあり、打たれた屍人《しびと》の体が殴られた箇所に遅れ、その全身が一挙に砕けた塵《ちり》になる。衝撃が体中に伝い、核虫を殺した証《あかし》だ。

一度掴《つか》んだそれを手放さないよう、群がってくる無数の屍人を拳で迎え撃った。

一体、二体、三体と、加速度的に砕かれる屍人の数は増していく――。

「おい、ガキ！　いい加減にしろ、キリがねえだろ！」

踏みとどまり、屍人に拳を振るう背中に荒々しい声がかかる。

立派な拵《こしら》えの剣を手に、こちらが撃ち漏らした屍人に対処するハインケルは、髪も顔もボロボロにしながら懸命な抵抗を続けていた。

その泣き言めいて裏返った声に、口の端を歪《ゆが》めてガーフィールは笑う。

逃げたいなら逃げればいいものを、律儀にこの場に踏みとどまっているのだ。

一人で逃げるよりガーフィールがいた方が安全と言い張っていたが、これだけ逼迫《ひっぱく》した状況でその主張がまだ生きるとは信じにくい。

なにせここは――帝都の入口である大正門、そこから大挙して乗り込んでくる屍人の大軍を押しとどめる、帝都攻略の鍵を握る要所なのだから。

「どけねェよ。ここッを押さえとけねェと、大将たちの作戦の邪魔にならァ」

故《ゆえ》に、なんとしてもここを死守するのがガーフィールの務めだ。

胸の前で拳《こぶし》を合わせ、そう意気込むガーフィールの答えにハインケルが舌打ちした。

苦々しく渋い顔をした彼は、「だが……！」と声を怒らせ、

「お前の役目を果たすだけなら、もっと下がった方がやりやすいだろうが！　ここに踏みとどまる理由なんか……その龍《りゅう》なんて放っておけ！」

屍人《しびと》を斬《き》り払い、振りかざしたその剣先でハインケルが示すのは、ガーフィールと死闘を演じ、地面に横たわっている『雲龍』メゾレイアだ。

立場上は屍人側だったはずのメゾレイアだが、屍人たちはああして倒れ伏した『雲龍』にも容赦なく敵意を向けていて、放置すれば『龍』の鱗《うろこ》は血に染まるだろう。

「できねェ！」

「なんでだ！　敵だろうが！　共食いさせとけばいい！」

「大将をガッカリッさせたくねェんだよ！」

ガーフィールの子どものような答えに、ハインケルが顔を強張《こわば》らせて絶句する。

だが、掛け値なしの本音だ。スバルはこの戦いでも、犠牲者を少なく少なく、ゼロに近付けることを望んでいる。ガーフィールも、それを手伝いたい。

それにまだ、『雲龍』メゾレイアと言葉らしい言葉を交わせていない。

だから――、

「俺様ァどかねェ！　かかってこいや、ゾンビ共！」

大声で吠《ほ》え猛《たけ》り、ガーフィールが籠手《こて》同士を打ち合わせて大音を奏でる。

それを聞いた屍人たちが、生命力に溢《あふ》れる生者を狙ってここへ集まってくればいい。

「そォだ、それでいい。──強ェ奴《つえやつ》全部、俺様のとこにこいッ！」

そうして踏ん張れば踏ん張るほど、ガーフィールの大事な人たちが少しでも楽になるはずなのだから。

「……どうかしてるぜ」

そのガーフィールの雄叫《おたけ》びを、ハインケルは表情を歪《ゆが》めながら聞いていた。──そうするハインケルの背後、倒れ伏す『雲龍』がわずかに身じろぎしたのに気付かずに。

11

優しく寝台から抱き起こされたとき、これが最後なのだとマデリンは確信した。──そこに佇《たたず》むバルロイの胸に、痛々しく大きな穴が開けられていたから。

屍人の体だ。致命傷が単純な致命傷にならないことはマデリンも知っている。しかし、すぐに埋まるはずの傷が埋まっていないことに、バルロイの意思を感じてしまった。

マデリンの良人《おっと》──想《おも》い人は、今一度自分の手の届かないところへゆくのだと。雲を操る龍の子であるマデリンの届かぬ、雲上よりもはるかに遠い彼方《かなた》へと。

「──すいやせん、マデリン」

目尻《めじり》を下げ、そう言ったバルロイにマデリンは微《かす》かに目を見張った。

そのバルロイの表情が、屍人《しびと》として再会する前の、生前の彼のそれと重なる。無論、その瞳《ひとみ》は黒に金色を浮かべ、顔色は青白い屍人のままだ。

それでも、刹那《せつな》の命の熱が、バルロイの眼差《まなざ》しにも声にも、宿っているようで。

あの、パルゾア山の頂へ、幾度もマデリンに会いにきてくれたときと同じようで。

――その熱を、彼に取り戻させたのが自分でないことが、心から悔しかった。

「――っ」

無力感と不甲斐《ふがい》なさに声を詰まらせ、マデリンの金色の瞳が潤んだ。

その、生きているのに弱々しい目をしたマデリンを、死者であるのに力のある目をしたバルロイが、同じ色をした瞳に映しながら、

「最後の最後まで、あっしは勝手だ。そのあっしの勝手で、マデリンをずいぶんと振り回しちまいやした」

やることを定めて、別れを決めて、バルロイはマデリンの傍《かたわ》らに立っている。

これは、その最後の切り出しなのだ。この切り出しのあとに続くのは、バルロイの謝罪や感謝の言葉だと、そうマデリンには察しがついてしまった。

そう、察しがついてしまったから。

「やめる、っちゃ……」

「マデリン？」

「謝るとか、感謝とか、そういうこと全部、やめるっちゃ……！」

歯の根を震わせ、瞳に浮かんだ涙を強引に蒸発させて、マデリンはそう訴える。

半分、竜殻に繋《つな》がったままの意識が、マデリンの手足に力を込めさせない。だが、そんな理由を意思でねじ伏せて、マデリンは自分を抱き起こすバルロイの腕を掴《つか》んだ。

彼の腕が、屍人の腕がひび割れ、潰れるほど強く、握りしめる。

でも、それで伝えたいのは怒りとか憎しみとか、そういうものではない。ただただ、マデリンが抱いている、伝えたい意思だ。

「勝手だったたって言うなら、バルロイが一番勝手だったのは、勝手にいなくなったことっちゃ。勝手に竜の巣にきて、勝手に竜の大事なモノになって、勝手にこなくなって勝手に死んで勝手にいなくなって……また、勝手にいなくなるつもりのことっちゃ……！」

「――――」

「もう十分、勝手はしたっちゃ。だったら……だったら！　もう、勝手は許さないっちゃ……！　バルロイの、別れとか感謝じゃなくて……竜の、話を聞くっちゃ……っ」

腕を握り潰されながら、しかし、バルロイは黙ってマデリンを見つめた。

そのバルロイの金瞳《こんどう》を、輝きの異なる同じ色で見つめ返し、マデリンは告げる。

それは――、

「――バルロイは、竜を外に連れ出してくれたっちゃ」

「――っ」

マデリンの言葉に、バルロイが目を見開いた。

思いがけないことを伝えられ、面食らった様子のバルロイ。そんなバルロイの顔を、マデリンは初めて見た。たとえ屍人《しびと》の顔でも、想《おも》い人の新しい顔が見られるのは嬉《うれ》しい。

その全部を、竜人《りゅうびと》の強靭《きょうじん》な体の全《すべ》てに焼き付けるよう、マデリンは続ける。

「竜は、外に出てきたっちゃ。バルロイが、竜にそうさせてくれたっちゃ。バルロイが竜を、空の下に連れ出してくれたっちゃ」

「――――」

「竜は、振り回されてなんてないっちゃ。竜がこうやって、山から下りてこられたのも、こうやってまたバルロイと話せてるのも……全部、バルロイのおかげだっちゃ」

選ぶのがもっと早かったら。そんな後悔はいくらでもある。

もっと話して触れ合っておけば。そんな嘆きはいくらでもある。

だとしても、選んだことも、話せたことも触れ合ったことも、一片も手放したくない。

「バルロイのくれたものの全部が……バルロイが、竜を外に連れ出してくれたっちゃ」

バルロイが感謝と別れを告げにきた時間を、そんなことのためには使わせない。

そんなどうでもいい話を聞くために、否定するために、バルロイとの残り少ない時間を使いたくない。残された時間が十秒なら、マデリンはその十秒を――、

「好きっちゃ。バルロイが竜の全部だっちゃ。バルロイより好きなモノなんて何にもないっちゃ。バルロイが、竜の、全てだっちゃ……」

「マデリン……」

「バルロイ、バルロイ、バルロイ……っ」

——残された十秒全部を、好きな人に好きだと伝えるために使う。

応えてほしい。求めてほしい。相手にも自分と同じだけの熱量を抱いてほしい。

そういう、愛情の煩わしい部分の全部を放り捨てて、マデリンは想いの塊になる。

誰かがバルロイを貶《おとし》めようと、バルロイ自身がそれを望もうと、マデリンは絶対にそれをさせない。させたくない。

マデリンの、竜人としての命の全部で、バルロイ・テメグリフを想う。

「竜人の一生は、ニンゲンとは比べ物にならないぐらい長いっちゃ」

その長い長い時間、ニンゲンと比べれば永劫《えいごう》とも思えるぐらいの長い時間を、マデリンは魂に刻み付けたバルロイを想って、生きる。

それぐらいのものを残したのだと、バルロイ・テメグリフに伝え切る。

「——。どこがいいんでやしょうね。あっしみたいな惚《ほ》れ甲斐《がい》のない男の」

小さく、そう自嘲《じちょう》するようにバルロイが言うのに、マデリンは何も答えない。

マデリンは彼の胸に額を当てて、自分の気持ちを表すのに忙しい。自分の魅力もわからないような男の答え探しなんて、自分で勝手にやってもらう。

そのマデリンの意思が伝わったらしい。バルロイは長く、息を吐いた。

そして——、

「忘れろったって忘れられるもんじゃない。ええ、それはあっしもよくよくわかってまさあ。だから、忘れなくて構いやせん。ただ――」

「――――」

「幸せになりやさい、マデリン。あっしの愛する、可愛《かわい》い竜の姫」

マデリンは生まれて初めて、想《おも》い人にはっきり振られたのだった。

12

「――どうです、閣下？　うちの妹分はなかなか大したもんでやしょう？」

小気味よさを隠さないバルロイの一声に、砲台跡にいた全員の意識が引き付けられた。

――否《いな》、全員ではない。一人、ミディアムを除いた全員だ。

『陽剣』を手にしたヴィンセントの手を押さえる彼女の度胸は頭抜けている。

なにせ、うっかり『陽剣』を握ろうものなら、資格のない存在は燃え上がる。あれは死と隣り合わせの嘆願だ。もっとも、それぐらいしないとヴィンセントはわからないだろう。

自分の命が帝国で最も重要とわかった上で、自分の命の価値を帝国で最もわかっていない皇帝には。

「そや！」

全員に右倣えしなかったミディアム、彼女は腰《こし》の裏の蛮刀を抜くと、それで台座の緑の輝き――モグロの魔核を器用に打ち、台座から跳ね上げた。

くるくると回転するそれは緩やかな弧を描き、片手を上げたバルロイの手に収まる。その熱と重みを確かめて、バルロイはヴィンセントを見た。

ヴィンセントは『陽剣』の剣先を下ろし、じっとバルロイと向かい合っている。

「――――」

一瞬、ヴィンセントの黒瞳《こくどう》が複雑怪奇な色を織り成すのを目の当たりにし、バルロイはこの皇帝にはミディアムが必要だと思った。

選択肢を絞り、選んだものを最善にするために背中を支え、隣で笑って未来を見てくれる存在が必要だ。――チシャを奪ったバルロイに、それを語る資格はないが。

あるいはチシャ・ゴールドなら、屍人《しびと》の身となったバルロイが抱く罪悪感さえ、計算してみせてもおかしいとは思わない。

さすがにそれは考えすぎかと、そうバルロイは苦笑して、

「ミディ」

バルロイの呼びかけに、意図を察したミディアムが小走りに駆け寄ってくる。そのミディアムの腕に、バルロイはずっと片腕に抱いていたマデリンを預けた。

夢現《ゆめうつつ》の意識の最中《さなか》、バルロイへの愛を伝え続けてくれた大事な竜人《りゅうびと》の女の子を。

泣き疲れたように再び眠った、自分が永劫《えいごう》の傷となった女の子を。

「バル兄《にい》ぃ」

「なんでやしょ」

マデリンの体を大事に受け取り、ミディアムがバルロイを間近に見る。それから、彼女はバルロイのよく知った顔で、太陽のように破顔した。

「頑張れ！」

「──。ええ、頑張りやす」

屍人《しびと》の体に満ちる活力なんて、誰が信じてくれようか。

誰も信じないだろうそれに力をもらい、バルロイは勢いよく背を向ける。そうして、壁の崩壊した砲台の縁で待つ愛竜の背に跨《また が》り、翼を叩《たた》いた。

瞬間、巻き起こる風がカリヨンを空へ押し上げ、一気に高度が上昇する。

ぐんぐんぐんぐんぐんと上昇し、バルロイとカリヨンは雲上へと勢いよく迫っていく。

風の音が消えて、集中力という真空に包まれる飛翔《ひしょう》の感覚──、

「バルロイたち、二人だけ、違う。私、いる」

「ああ、そうでやしたね。これは失敬」

握りしめた魔核──モグロからそんな抗議を受け、バルロイは苦笑した。

『鋼人《はがねびと》』として『九神将』に名を連ね、その無機質な見た目や言動と裏腹に、モグロは律儀で物分かりがよく、おそらく優しかった。

「私、帝国の『ミーティア』。それが、私の造物目的」

「──造物目的」

その理由を噛《か》み砕《くだ》いて伝えるモグロが選んだ言葉は、皮肉にもスピンクスがたびたび口

にしたものと同じだった。

造物目的を果たすため、帝国を滅ぼすスピンクスと帝国を守るモグロ。そして、そのどちらにも肩入れし、ふらふらといったりきたりする自分。

「なんで裏切った、バルロイ」

「くは」

直球ど真ん中の問いかけに、モグロらしさしかないとバルロイは噴き出した。

それが生前と死後、どちらの裏切りに対する問いかけなのか、あるいはモグロの中では二つに区別なんてないかもしれない。何なら、バルロイもその方がありがたい。

生前も死後も、バルロイが帝国との敵対を選んだ理由は同じ。

「――大事な相手のためでさぁ」

目の前に終わりが迫るからか、あるいはこの無機質な『ミーティア』を、付き合いやすい友人めいた何かだと思っていたからか、バルロイはそう口にした。

たぶん、気持ちも乗せて言ったのは初めてで、誰にもそうするつもりはなかった。

「――ッッ」

その、バルロイの恥に思う感情が伝わったのか、空へ羽ばたくカリヨンがこちらを窺《うかが》うのに頷《うなず》きを返す。『飛竜乗り』の特性上、カリヨンだけは知っていた。――否《いな》、どうやらミディアムにも見抜かれていたようだが、とにかく秘めていたものだ。

それを明かされ、モグロもたまったものではないだろうと思うが――、

「そうか。わかった。私たち、同じ。――大事な相手、そのため」

「――」

「バルロイ、私、お前、許そう」

無機質な、それでも寄り添おうとするモグロの赦《ゆる》しが、バルロイの頬《ほお》を硬くした。

そのバルロイの頬に屍人《しびと》でない生者の色が宿り、瞳《ひとみ》が黒に金色を浮かべたものと異なる本来の瞬《まばた》きを取り戻す。――それはバルロイ・テメグリフの、最期の輝き。

「感謝しやす、モグロ」

生者と遜色のない死者として、そう告げたバルロイが空を仰ぐ。

ぐんぐんとなおも加速するバルロイたちが雲を貫く。その、貫かれる雲がまるで意思を持ったように渦を巻き、疾空するこちらの周囲を包み込み始めた。

握り潰すためではないそれを、バルロイは昔、パルゾア山の頂で見た。これは、雲の中のものを外に出さないための龍《りゅう》の巣――。

「――」

バルロイの脳裏に、たくさんの顔が浮かんだ。

ヴィンセント、『九神将』、マデリン、セリーナ、ミディアム、フロップ、マイルズ。

バルロイの生きた証《あかし》、バルロイの生きた意味。

それを全部、愛竜たるカリヨンと共に抱えて――、

「――浮き沈みの激しい人生でやしたが、悪くはありやせんでした」

「──ッッ」

なんて、末期の言葉さえ中途半端に振り切れなくて、愛竜からのお叱りを受ける始末なのが締まらない我が身だった。

13

瞬間、竜爪《りゅうそう》を地面に突き立てて、倒れていた体が勢いよく起こされる。すぐ傍《そば》の赤毛の男が「うおお!?」と悲鳴を上げて尻餅《しりもち》をつくが、意に介さない。

そんな些事《さじ》よりも、今は──。

『バルロイ──ッ』

殴られた衝撃が大きすぎて、とても立ち上がれない。だが、立ち上がらなくていい。必要なのは立ち上がる力ではなく、天上の存在としての力。

その長い髭《ひげ》を震わせ、鋭い眼《め》に力を込めて、水晶宮《すいしょうきゅう》の真上の空へと意識を集中する。真《ま》っ直《す》ぐに伸び上がっていく輝きが、空に緑色の光の線を引いていく。その光の線のてっぺん、昇り続けるそこに大事な人がいる。

その意を、覚悟を、決意を、勝手を、許す。

『──ッ』

巨体から迸《ほとばし》る力が天に干渉し、水晶宮の空を雲が渦巻き始める。

戦いの中で、自分に立ち塞がる敵を壊そうとした破壊のための雲とは違う。それは昇り続ける天の光を迎え入れ、その厚みで内と外を隔てる龍《りゅう》の揺《ゆ》り籠《かご》。

急激に厚みを増していく雲、渦巻くそれは速度を上げて、想《おも》い人の望みを包み込む。

そうして『雲龍《うんりゅう》』メゾレイア――マデリン・エッシャルトは、想いを振り絞って。

『――ぁ』

瞬間、わっと世界が瞬いて、龍の揺り籠が内側から引き裂かれていった。

膨れ上がる光が雲をはち切れさせ、青と朱色の混ざり合う空がひと時だけ白く――、

『――ぁ、あ、あ』

それが何を意味し、何が世界から失われたのか。

何が、もう決して自分の翼の届かないところへいってしまったのか。

それをはっきりと、苦しいぐらい、魂がひび割れるほどに痛感して。

『あ、ああ、あぁぁ、ああああああ――ッ!!』

雲が散り散りになった空を仰ぎ、もう残滓《ざんし》すらない想い人を思い、『雲龍』の大きな口と太い首で、マデリンは憚《はばか》らずに泣き出した。

――恋に破れた龍の乙女は、憎らしいぐらいの晴れ空の下、泣き続けた。

第四章　『英雄幻想』

1

――渦巻いた分厚い雲を内側から吹き飛ばすように爆風が広がり、それは近付きつつある夕暮れに先んじて帝都を赤々と染め上げた。

爆発の光は空を仰いだものたちの目を焼く被害を生んだが、帝都そのものを吹き飛ばしかねなかった大惨事と比べれば極小のそれに留《とど》まったと言える。

それは帝都に集った『ヴォラキア帝国を滅亡から救い隊』が一丸となって果たした、幾重にも敷かれた『大災』の滅びの一手を阻止し続けた証《あかし》だ。

全員が全員、『大災』の仕掛けた罠《わな》の全体像を把握していたわけではない。

あくまで、それぞれが持てるポテンシャルを最大限発揮し、自分の手の届く範囲の滅びの原因を取り除いて回っただけ。そのための命のリレーは、もはや生者と死者の垣根を越えて繰り広げられており、帝都ルプガナの勢力図は混沌《こんとん》の極みにある。

それでも、断固として動かざる事実が一つだけ。――徹頭徹尾、『大災』の担い手たるスピンクスは、ヴォラキア帝国の生きとし生ける全《すべ》ての敵であるということだ。

「──うおおおお⁉」

轟然《ごうぜん》と、彼方《かなた》の空で雲が吹き飛ぶ爆発が起こり、光に目を奪われるスバルは立て続けの状況の激変に大きく喉を震わせた。

悲鳴とも歓声ともつかない絶叫、それは目の前の出来事への素直な反応だ。

水晶宮《すいしょうきゅう》から放たれた破滅の火をベアトリスと打ち消した直後、現れた『三つ首』バルグレンの攻撃から守る形でロズワールが参戦。スバルたちは彼の小脇に抱えられ、邪龍《じゃりゅう》相手の熾烈《しれつ》な空中戦へ──爆発は、その最中《さなか》のことだった。

「「──────ッッ‼」」

何事かと混乱をきたすには十分すぎる忙しさだが、死したる龍は空の光になど目もくれず、スバルとベアトリス、そしてロズワールの三人にぴったり三本の首を向ける。

その邪龍の口が開かれ、黒い息吹がスバルたちへ放たれる──寸前だ。

「一刀両断──！」

「取らせへんよ」

左右、邪龍の斜め下から急上昇した二つの影が、邪龍の首の二本を吹き飛ばした。

それをしたのは漆黒の狼人《おおかみびと》と、けたたましく地上から天へ上った青い雷──、

「ハリベルさんと……でけぇセッシー⁉」

「はははは！　こんなところで奇遇ですねボス！　最終ステージなのでいるものとは思っ

てましたけどさっきの見せ場はお見事でした！　僕も負けちゃいられませんね！」

目を剥《む》くスバルの視界、ジャンプした空で刀を振るったのはセシルス──それも、スバルが初めてお目にかかる大人状態の彼だった。あくまで疑惑止まりだったセシルスの『幼児化』、それが事実だったことと、一足先に元通りということは、だ。

「オルバルトさんと会って解いてもらったのか？」

「いえいえ自力で解きました！　そこは僕のスペシャリティなのでさておくとしてなかなか愉快な取り合わせですね。まさかここでハリベルさんがお出ましとは！」

あっけらかんと自力解除を謳《うた》うセシルス、その笑みの先にいるのはハリベルだ。

スバルとベアトリスを魔晶砲に間に合わせるのに協力した彼は、すぐさま自分も空に追いついて、セシルス共々、邪龍に手痛い一撃を叩《たた》き込《こ》んでくれていた。

そのハリベルは苦笑し、「いやぁ」と鼻先を指で掻《か》きながら、

「僕は単なる助《すけ》っ人《と》やし、本当ならそちらさんがする仕事の代役ってとこやねえ」

「ほほう、僕の代役とは大きく出ましたね！　もっともそれが務まるのも相応の役者だけですからハリベルさんはいい線いってると思いますよ。──ととと」

一見和やかなやり取りだが、場所は空中でタイミングは死闘中だ。

二本の首を吹き飛ばされ、それでも真ん中の首を一本残した邪龍は翼をはためかせ、突然に割り込んだ二人の超越者から逃れようと一気に距離を取った。

本能的なものだろうが、正しい判断だ。実際、セシルスもハリベルもジャンプして空ま

でこられても、自由自在に飛び回れるわけではない。

「——だけど、そこは私が補える範囲だーぁね」

スバルとベアトリスを抱えるロズワール、彼がそう口にした直後、空気中の塵《ちり》が一気に圧縮され、セシルスとハリベルを即席の足場で受け止める。

二人の超越者にとっては、そのほんのささやかな溜《た》めで十分だった。

「首一本でも龍《りゅう》は龍、君の死穴はもう知っとるから」

「大一番を邪魔されてもなんです。サクッと落としておきましょう！」

地上で最も強壮たる生物である『龍』——それに対し、二人は自分たちの発言が冗句でも大口でもないことを、即座に実力で証明する。

——青と黒の閃光《せんこう》が空を奔《はし》り、逃れようとした邪龍《じゃりゅう》に瞬時に追いついた。

刹那《せつな》、空中で三体に分かれた狼人《おおかみびと》に『死穴』を穿《うが》たれ、邪龍の両翼が千切れ飛ぶ。しかし、龍に惨めな墜落死など武人はさせない。

雷光一閃、邪龍の黒い鱗《うろこ》を斬撃が走り、まさしく命が一刀両断される。

それはこの世で最も呆気《あっけ》ない、伝説級の龍退治の一幕だった。

「……とんでもない奴《やつ》らなのよ」

呆然《ぼうぜん》としたベアトリスの呟《つぶや》きに、スバルも心の底から同意見だ。

情報としてはわかっていた地上最強の共演は、スバルの想像をぶっちぎった無敵感だ。

実際、味方にラインハルトがいるのと同じで負ける気がしない。

セシルスも大きくなった今、ハリベルと合わせ、その気持ちはますます──、

「──まだだ、兄弟!!」

そのスバルの内心の緩みに、横っ面を殴るような声が飛び込んでくる。

見ればそれは、原形をとどめていない第二頂点だったエリアで、ぐつぐつと煮え立つ街路に立ち尽くす見知った兜《かぶと》の男──アルだった。

帝都で行方知れずだった一人のアル、彼は地上から決死の声を張り上げる。

それは──、

「まだ星の巡りは変わってねぇ！　『魔女』はまだ何か仕込んでやがる!!」

2

──矢継ぎ早に起こる戦況の変化に、ヴィンセントは思考を巡らせる。

『賢帝』などと持て囃《はや》されようと、ヴィンセントは自分が他者より特別賢いなどと考えたことはない。強いて他者より意識していることがあるとすれば、それは思考の深さと幅の広さ、そして答えを出すのにかける時間の多寡だ。

中でも、費やす時間の差というものは些細《ささい》な心掛けで大きく変えられる。

例えばそれは、誰もが頭上の輝きに目を奪われている今こそ問われるものであった。

「──」

『魔女』の残した水晶宮《すいしょうきゅう》という爆弾は、魔核――モグロ・ハガネの本体を手に、屍人《しびと》のはずのバルロイ・テメグリフが空へ持ち去ることで起爆を免れた。

皮肉にも、屍人として蘇《よみがえ》ったバルロイが帝都を、ひいては帝国を滅亡から救ったのだ。

もっとも、あのバルロイのことだ。彼が本心から守りたかったのは、帝国でも帝都でもなく、もっと身近な情を寄せる相手だったのだろう。

いずれにせよ、死したるバルロイの挺身《ていしん》が頭上に広がる夕空の光景で――、

「だが、これで終わりか？」

すぐ傍《かたわ》らで、意識のないマデリンを抱いたミディアムの頬《ほお》を涙が伝う。

それを視界の端に入れながらも、ヴィンセントは非情に徹した思考を走らせ続けた。

この瞬間、ヴィンセントはミディアムに何もしてやれない。慰めることも、寄り添うことも。――それをしてやれない分、ヴィンセントの頭は冷たく働く。

「ここまで『大災』は滅びの手を進めてきた。いずれの策も二段構えの隙のなさだ」

死者を蘇らせた『不死王の秘蹟《ひせき》』は、『石塊《いしくれ》』ムスペルの力を源としており、屍人を倒し続ければやがて『石塊』の力が底を突き、帝国の大地の崩落を招くものだった。

先の魔晶砲の標的は今ある材料からは絞り込めない。だが、砲撃後の魔核を暴走させ、帝都を吹き飛ばせる威力の爆弾を置き土産として残しもした。

単純に、見える範囲の脅威を退けるだけでは『魔女』の思惑は挫《くじ》けない。

まだ何か、『大災』は次なる一手を用意していると悲観すべきだ。

「――――」

ふと、そのヴィンセントの思考にある可能性が過《よぎ》った。

それは深謀遠慮というよりも、もはや言いがかりか被害妄想というべき発想だ。だが、考えついた以上は検証しなければならない。自分に思いつけることは、時間をかければ誰しも思いつけることだとヴィンセントは弁《わきま》えている。

ならば、これも同じことだ。

「オルバルト・ダンクルケン！　くまなく城中は調べたか！」

「オイオイ、閣下、こちとら両手なくしてんじゃぜ？　こっから先のワシの哀れな介護生活をもうちょい儚《はかな》んでくれても……」

「――城内でプリシラ・バーリエルを見たか？　生死は問わん」

「お……」

「答えよ！　時間を無駄にはできん！」

「――。赤い目ぇした派手なドレスって話の嬢ちゃんじゃろ？　見てねえんじゃぜ。城の空間歪《ゆが》めてた術者だの、魂弄《いじ》くられた連中だの殺しながら見回ったんじゃがよ」

ヴィンセントの剣幕《けんまく》に、なくした両手を上げたオルバルトがそう答える。

元より、水晶宮に潜入するオルバルトに任されていた役目が城の徹底捜索――その目的の大枠は、『不死王の秘蹟』の術式の破壊にあった。

妨害に遭った結果、そちらの目的も満足に果たせたとは言い難《がた》いようだが――、

「手ぶらどころか手までなくしてんのに収穫ねえのよ。ワシ、『将』とかクビ？」

「貴様の進退は後回しだ。だが、貴様の目でも見つからぬとなれば――」

「アベルちん？」

オルバルトの返答を受け、思考を一段進めたヴィンセントをミディアムが呼んだ。

バルロイの決着の余韻を引きずったまま、空から視線を下ろしたミディアムに、ヴィンセントは瓦礫《がれき》の散乱する床を――水晶宮《すいしょうきゅう》を踏みつける気持ちで、言った。

それは――、

「――プリシラは城にはいない。その理由は推察できぬが……敵の、首魁《しゅかい》の目的はあれを帝国の滅びと向き合わせることにあるからだ」

3

――アルデバランがナツキ・スバルに星の巡りと呼びかけ、ヴィンセント・ヴォラキアが真意はわからないまでも、『大災』の中心にいる『魔女』の狙いを看破した。

そこに至るまでの一連の出来事を目の当たりにして、囚《とら》われのプリシラ・バーリエルも已の置かれた状況を正確に類推するに至った。

「元より、不可解ではあった。貴様の目的が妾《わらわ》の心にあるなら、アラキアの死はいざ知らず、帝国の崩壊は都合が悪いはずであったからな」

地下牢《ちかろう》に浮かんだいくつもの水鏡には、帝都の戦いのみならず、城塞都市《じょうさいとし》で繰り広げられている攻防戦や、それ以外の帝国各地で屍人《しびと》と戦う人々が映し出されている。

まさしく、『大災』の脅威が帝国全土へ燃え広がっている証《あかし》だ。

それらをプリシラに見せつけ、彼女の心を絶望に染め上げる。――できるかどうかはともかくとして、そうした狙いはわかりやすい。

しかし――、

「『石塊《いしくれ》』の死がもたらす帝国の滅びは、貴様の目的には能《あた》わぬ。究極、ここで妾の命を奪うことは貴様の望みではないからだ。故《ゆえ》に――」

「故に？」

「――妾が繋《つな》がれているこの場所は、水晶宮の地下牢ではない」

スピンクスが重ねて、帝国の滅びを厭《いと》わぬ策を講じ続けるのは、その滅びがプリシラの命へ届かないことを確信しているからに他ならない。

プリシラを生かしたまま帝国を滅ぼす。――皮肉にも、ここは守られていた。

「――――」

そう確信してから周囲を見ても、視界の地下牢に記憶との違いは見当たらない。

プリスカ時代、城の地下牢に足を運んだのは好奇心の赴いた一度だけだが、プリシラの記憶と寸分の狂いのない地下牢は、おそらく空間を丸ごと動かした代物だ。

地下牢の空間そのものを異空間へ移し替え、プリシラを戦場と化した帝都の観覧者として置いている。事実、いつからか激戦の揺れが牢《ろう》に届かなくなっていた。

「それにしても、よりにもよって妾《わらわ》を観覧者の位置へ置くとはな。他のヴォラキア皇族はいざ知らず、妾への不敬としてはこの上ないぞ」

「迂闊《うかつ》な手出しを禁じる。あなたには有効な手立てかと。要・対策です」

「迂闊も対策も好まぬ言葉だが、貴様の抗《あらが》う姿勢に免じて目こぼししてやろう」

スピンクスからの否定はなく、それをプリシラは推測への肯定と受け取る。

『魔女』の思惑としては、プリシラが何らかの行動に出ることよりも、何者かがプリシラを助けにくる可能性の芽を摘《つ》むのが空間を隔離した狙いだろう。

それ自体は正しい。――入口のわからない異空間への幽閉だ。これで、外部からプリシラが救出される目はほとんど潰《つい》えたと言っていい。

「ただし、不自由は貴様にも同じことが言えよう?」

「――。どういう意味です?」

「簡単な話じゃ。――何故《なぜ》、貴様は自らを無制限に複製し、数多《あまた》の貴様で以《もっ》て数多の星を落とし、帝国の大地を焼き、滅ぼし尽くそうとせぬのか」

「――――」

「妾を天墜に巻き込まぬ確信があるなら、それが最も手っ取り早い貴様の目的の果たし方よ。それをしない理由は明々白々……したくともできぬとしか考えられん」

無言のスピンクスに、プリシラは滔々《とうとう》と言って聞かせる。

一度、『陽剣』の焔《ほのお》で焼かれたことで、スピンクスは自らの造物目的を達成した。あとはプリシラを絶望させるため、地上を無数の流星群で滅ぼせばいいのだ。

だが、スピンクスはそれをしない。

「業腹だが、ラミアの真似事《まねごと》をした貴様を見て直感した。容《い》れ物《もの》の数をどれほど増やそうと、その根源たる魂は共有されている。――すなわち、スピンクスという魂の持ち主が保有するマナの大本もまた一元化されていよう」

それが、『強欲の魔女』として蘇《よみがえ》ったスピンクスの抱える存在的欠陥だ。

『不死王の秘蹟《ひせき》』を悪用し、幾度でも蘇り、幾人もの同一存在を作り出せる屍人《しびと》だが、大本となる魂が同じである以上、それが有する以上のマナを持てない。

たとえ、『強欲の魔女』がどれだけ優れた魔法使いだろうと、限界はある。

「それ故《ゆえ》に、貴様は複製する己の数に制限をかけねばならん。加えて、その内の一体を妾の下へ釘付《くぎづ》けにするのは、妾の話し相手を務めるためではあるまい？　直接、ここに貴様の一人がいなければ、この空間を維持できぬからであろう」

「――――」

「無論、刻一刻と動く状況の最中《さなか》、妾の表情が変わる瞬間を見逃さぬためという考えもできるが……貴様はまだ、そこまで非合理的ではない」

そう、切れ長の瞳《ひとみ》を細めたプリシラの指摘に、スピンクスは沈黙を続ける。

受け答えしなければ、良くも悪くも相手に情報を渡さずに済むという考えもあるが、プリシラに言わせれば二流の腹芸だ。スピンクスもわかっているだろう。

時に沈黙は、言葉よりも雄弁に疑惑を裏付ける効果を持つのだと。

――プリシラの推測では、現時点でスピンクスは力の大部分を使い果たしている。

そうでなければ、制限がかかっているとはいえ、それでも帝都や帝国の各地に点在させている『自分』に働きかけ、休む暇を与えない攻勢をかけていたはずだ。

それをしないのは、『大災』を率いるスピンクスの打つ手がなくなったから――。

「――そうではなかろう？」

その、自分自身の推論を、プリシラは片目をつむって自ら否定した。

もし、この場に他の聞き手がいれば耳を疑ったかもしれない。

何故《なぜ》なら、そのプリシラの問いには相手の思惑を看破してやりたい優越感や、あるいは疑《うたぐ》り深《ぶか》さを理由とした猜疑《さいぎ》の色が込められたものではなかったのだ。

そこにあったのは、ある種の期待だ。

陥った袋小路、その手詰まりの状況さえ、相手は越えてくるとした期待。

そして、そのプリシラの問いを受け、スピンクスは微《かす》かに目を見張った。見張って、それから『魔女』は唇《くちびる》を歪《ゆが》めた。――笑みの形に。

「――――」

――それはプリシラとスピンクスの、最後の大勝負の火蓋が切られた瞬間だった。

4

同一の魂から蘇《よみがえ》ったスピンクスたちは独立しており、意識は共有されていない。

そのため、全部で八体顕現している『強欲の魔女』たるスピンクスの中で、プリシラが自分たちの思惑を読み切ったと知っているのは、彼女と相対する一体だけだ。

しかし、それは他の七体のスピンクスたちに影響を与えない。

最初から、プリシラが『自分』の思惑を看破する前提で策を組み立てていたからだ。

答え合わせをしたのはプリシラと相対する一体だけだが、繋《つな》がれた彼女の推察はそのほとんどが正解であり、常軌を逸した洞察力には感嘆しかない。

彼女の言う通り、複数のスピンクスは大本の魂――オドを共有しており、『大災』を起こしてから休みなく戦い続けている現状、もはや余力は残されていなかった。

それ故《ゆえ》に、八体のスピンクス――城塞都市《じょうさいとし》の攻防戦に加わる一体と、プリシラの監視を務める一体、反応の途絶えた一体を除く五体の『魔女』が最後の策を実行する。

――『石塊《いしくれ》』と同化したアラキアを直接暗殺する計画は失敗した。

――そのアラキアを抹殺するべく試みた、魔晶砲による砲撃の計画は失敗した。

――魔晶砲を制御する魔核を暴走させ、水晶宮《すいしょうきゅう》を爆弾とする計画は失敗した。

それら失敗した全部の策を布石に、最後の策である水晶宮の魔晶石へ干渉する。

「――多重魔法陣起動、魔晶石の解体を開始。要・再臨です」

帝都ルプガナを象徴する星型の城塞、その五つの頂点と重ならない逆さの五稜星《ごりょうせい》の位置に配置された五体のスピンクス、それが同時に魔法陣を起動した。

――水晶宮《すいしょうきゅう》という『ミーティア』は、魔核であるモグロ・ハガネに制御されていた。そのモグロが失われた今、水晶宮という莫大《ばくだい》なマナの塊は無防備な状態だ。

起動した魔法陣は、莫大なマナの塊である魔晶石を解体し、スピンクスがごっそりと簒《さん》奪《だつ》するための触媒となる。

そして、この魔法陣はヴォラキア帝国の滅亡と直結していない企てだ。

すなわち、ナツキ・スバルもヴィンセント・ヴォラキアも、この策自体を挫《くじ》けない。

それは『青き雷光』セシルス・セグムントも、『礼賛者《らいさんしゃ》』ハリベルも、『精霊喰《せいれいぐ》らい』アラキアも『悪辣翁《あくらつおう》』オルバルト・ダンクルケンも『極彩色《ごくさいしき》』ヨルナ・ミシグレも『荊棘《けいきょく》帝』ユーガルド・ヴォラキアも『雲龍《うんりゅう》』メゾレイアも『飛竜将』マデリン・エッシャルトも、ベアトリスもスピカもロズワール・L・メイザースもガーフィール・ティンゼルもミディアム・オコーネルもタンザもハインケル・アストレアもアルデバランも同じだった。

ただ一人――、

「――。魔法陣が、不完全？」

魔法陣を起動するはずの五体のスピンクス――その内の、最北に配置された一体が魔法陣の起動に加わらず、術式の不完全な発動に『魔女』たちは困惑する。

それは皮肉にも、『強欲の魔女』と『嫉妬の魔女』――どちらも、『魔女』を継ぐもの同士の衝突が原因であるなどと、この時点では誰も気付いてはいなかった。

――ここで一つ、断言しよう。

それは、思い立ったエミリアの独断による行動がなければ、『魔女』スピンクスの策は成り、ヴォラキア帝国の滅びは免れなかっただろうという事実だ。

しかもそれは、エミリア以外の誰であっても阻止できなかったかもしれなかった。

「――やっ！」

鋭い呼気を放ち、頬《ほお》に力を入れたエミリアは四方八方から降り注ぐ光の熱線や光球を、磨き上げた氷の武装で打ち払い、懸命に踏ん張る。

正面、エキドナそっくりのスピンクスの魔法はどれも驚異的で、よけるのが難しい攻撃は鏡みたいに光らせた氷でうまく防ぐしか耐えようがない。

エミリアも、普段から「創造性が大事！」とスバルに言われているので、氷で作る武器の『でぃてーる』には拘《こだわ》っているが、今回、それが抜群に活《い》きた形だ。

普段からそうしているおかげで、スピンクスの魔法にもすぐ対応できた。

「いつもありがと」

この場にいないスバルに感謝を告げて、エミリアは張り切って氷装を纏《まと》う。

今も帝都のどこかで、ベアトリスやスピカと手を繋《つな》いで頑張っているだろうスバルは、小さくても一緒にいられなくても、こうしてエミリアの力になってくれている。

そうしてスバルを想《おも》うだけで、エミリアは疲れを忘れて大きな氷槌《ひょうつい》を振り回せた。

「──要・排除です。それも、早急に」

そのエミリアと向き合い、たくさんの魔法で攻撃してくるスピンクス。彼女の猛攻に晒《さら》されながら、エミリアは顔に出ない相手の焦りを感じていた。

元々、スピンクスは誰もいないこの場所で何かするつもりでいたのだ。それを何となく察したエミリアが、えいやっと駆け付けたのが戦いの切っ掛けだ。

その、スピンクスがしようとしていた何かをやらせてはいけない。

「誰かの邪魔するのは好きじゃないけど……得意なの！」

──ここでも、エミリアは帝都の他の誰にもできない最善手を打っていた。

仮にエミリアがスピンクスの命を奪えば、『魔女』はその殺された記憶を魂へ持ち帰り、エミリアという脅威を把握し、対策を用意した新たな『自分』を送り出せただろう。

しかし、エミリアにはスピンクスを止める気はあっても殺す気はない。

そのため、スバルが『死に逃げ』と名付けた強みは発揮されず、共有されていないエミリアという脅威に、スピンクスが『自分』を増援として送り込んでこないのだ。

これは、ここにいたのがセシルスやハリベルといった超越者でも、ヴィンセントやロズワールといった知恵者でも、スバルやアルといった無法者でも成立しなかった。

エミリア以外の誰にも、ここでスピンクスを釘付《くぎづ》けにはできなかったのだ。

「ええいっ！」

そうした奇跡的な巡り合わせを自分の直感頼みで引き寄せたエミリアは、しかしそんな自覚のないまま光球を氷の靴で蹴り飛ばし――、

「何かはわからないけど、あなたのやろうとしてることはさせないわ！　あと、プリシラの居場所も教えて！　シュルトくんと約束してるの！」

「――。一方的で欲深い。本当に魔女らしい方ですね」

前のめりに意気込むエミリア、その要求にスピンクスが冷たく呟《つぶや》く。

だが、その呟きにはささやかだが確かに、静かな苛立《いらだ》ちが込められていたのだった。

5

――白い光が視界を覆い尽くし、次の瞬間には世界が終わる。

それが、ナツキ・スバルに立ち塞がる、新たな『死に戻り』の局面だ。

「――――」

飛行するロズワールの小脇に抱えられ、反対側の小脇にいるベアトリスと、ロズワールの背中越しにぎゅっと手を繋《つな》いでいる状態。

ベアトリスの存在も、ロズワールの体温も、全身で風を浴びる感覚もリアルだった。

それだけでなく――、

「今のドラゴン退治ですけど首の数で手柄を競うような真似《まね》をするのはあまり格好がつか

ないと思うんですよね。実際のところ欲しいのは手柄首より万雷の拍手じゃないですか。なのでひとまずはヴォラキアとカララギの両雄並び立つ的なまとめでどうでしょう！」

「僕はそれでええよ。あんまり目立ちすぎて、戦後のあれやこれやに呼ばれたないしね」

命を断たれ、空で塵《ちり》になる屍邪龍《しじやりゆう》を尻目に、それを文字通り瞬殺したセシルスとハリベルの二人が地上へ落ちていくのが見えて聞こえる。

紛《まぎ》れもなく世界の頂点、いずれ劣らぬ超越者たちだが、それでも物理法則に逆らって空に居続けることはできないのだと、そこにはある種の納得感もあるが――、

「今は――」

何が起きているのか、新たな脅威を把握し、対策しなければならない。

魔晶砲を防いだ。迫ってくる邪龍も落とした。空の彼方《かなた》で起こった大爆発も誰かが対処した成果だ。それでもまだ、帝国を滅ぼす『魔女』の策には続きがある。

それがもたらす終わりにより、スバルたちが命を落とすまで時間の余裕はない。

考えろ、考えろ、考えろ。考えろ考え――。

「――スバル」

「――ぁ」

そう、思考を走らせるスバルの鼓膜に、ベアトリスの芯の強い声がかかった。

手を繋《つな》いでいる彼女には、スバルの心身が——否《いな》、魂が味わった強烈な喪失感と、それを何とかしなければという焦燥と、決意が伝わったのだろう。

その上でベアトリスが言葉を尽くさないのは、可愛《かわい》い彼女の気高い覚悟の証《あかし》だ。

「何でも言うかしら。ベティーが全部、手伝ってあげるのよ」

多くを聞かずにそう言ってくれるベアトリスに、どれだけスバルが救われることか。

毎度毎回、もらいっ放しの自分にはもったいないパートナーだ。

そう、ベアトリスにもらった勇気を奥歯に込めて——、

「——俺の意識が吹っ飛ぶギリギリまで持ってってくれていい。合図するから、いつでもさっきのやつが使えるように準備しといてくれ！」

6

——頭上、スバルが大きな声を上げ、それを受けた黒と青が空を奔《はし》る。

具体的な指示の内容は聞こえなかった。だが、その代わりに聞こえた気がする。

光の時間を紡ぐため、掛け違った世界の歯車が嚙《か》み合《あ》い、回り始める音を、確かに。

「————」

それが幻聴だろうと関係ない。事実、そうなるはずだ。

ナツキ・スバルが考え、手を打った。ならば信用できる。——否、するしかない。

それが、まだ『魔女』の万策は尽きていないと、そうスバルに訴えたアル――アルデバランの、なけなしの最善手というものだった。

「クソ」

短い悪罵《あくば》、それが兜《かぶと》の中で自分の耳にだけやけに響く。

そのせいで、自分が無意識に苛立《いらだ》っていることを露骨に印象付けられた気がした。

いったい、アルデバランが何を悔しがることがあるというのだ。

この帝国でナツキ・スバルを見つけたそのときからわかっていたことだ。いざとなれば躊躇《ちゅうちょ》なく、ナツキ・スバルを使うべきなのだと。

それを嫌い厭《いと》うのは、結局のところ、ただのくだらない意地でしかない。

――あのナツキ・スバルと、同じことができない後追い星に過ぎない自分の。

「……要・再考です」

不意に聞こえたその声に、アルデバランは無言で振り返る。

首から下を実体のある黒い光に固められ、身動きを封じられて転がるスピンクスだ。

ゲートを完全に閉じられ、文字通り、手も足も出ない状態のスピンクスは、しかしその憎たらしい顔に焦りも怒りも浮かべず、アルデバランをじっと見ている。

まるで、観察でもされているような嫌な眼差《まなざ》しだった。

「再考って、考えを改めようってのか？　いったい何を考え直すってんだ。こっちが何したところで何も話すつもりなんかねぇくせに」

その眼差しが耐え難《がた》くて、アルデバランはスピンクスを睨《にら》みつける。

これも事実だ。――すでにアルデバランは、この捕らえたスピンクスに対して何度も何度も尋問を行い、彼女が企てについて口を割らないことを確かめ終えている。

皮肉なことだが、アルデバランが得られる無数の試行錯誤の中でも、決して捻《ね》じ曲《ま》がらない結果というものは一定数ある。

たとえ無限にサイコロを振れようと、ゼロや七の目を出すことはできないのだ。

そう、出せない。――アルデバランには。

「でもな、てめぇらは終わりだ。敵に回しちゃいけねぇ相手を敵に回した。今さら何か考え直したところで――」

「再考したのは、あなたへの評価です」

「あ？」

「あなたのことは、単なるプリシラ・バーリエルの従者としか認識していませんでした。ですが……あなたは、ワタシと同じモノですね」

「――――」

「自分の造物目的を果たせず、そのために生き足掻《あが》く殉教者。――ワタシは自らの造物目的を達成しました。ですから、いまだ足踏みするあなたに憐《あわ》れみを禁じ得ません」

囚《とら》われの身で、魔法使いが魔法を封じられた立場で、それでもスピンクスは虚勢や負け惜しみではなく、素直な感想としてアルデバランを憐れんだ。

「――ぅ」

スピンクスの眼《め》、そこに嘘《うそ》がないのを見て取り、アルデバランの喉が凍り付く。

その、自分の喉を凍らせた冷たさの正体が殺意だと、アルデバランには自覚があった。

この口の減らない魔女面した女を、殺さなくてはならない。息の根を止めてやらなければならない。他でもないその顔で、アルデバランに言ってはならないことを言った。

――いったい誰が、自分をアルデバランにしたと思っている。

「てめ――」

「アル！　力貸せ!!」

視界が真っ赤に染まり、思考が白く塗り潰される瞬間だった。

あと一秒どころか、ほんのコンマ数秒あればアルデバランはスピンクスを殺していた。

しかしそれを、猛然と滑空してくる風が、殴りつける声と共に引き止める。

すぐ傍《かたわ》らに降り立った相手が、血相を変えた顔でアルデバランを見つめて、

「お前の力がいる！　お前の言った通り、『大災』はまだ終わらねぇ！　総力戦だ！」

隣に長髪の魔法使いとドレスの精霊という頼もしい二人を連れ、アルデバランが手を伸ばしても届かない光に、いくらでも届かせる手を探せるナツキ・スバルが。

「手ぇ貸せって言われても……」

「うるせぇ！」

あらゆるバツの悪さがないまぜになり、アルデバランは拒もうとしかけていた。

だが、スバルはそんなアルデバランの内心など知らぬとばかりに拳《こぶし》を突き出し――、

「今、一人一人の悩みに寄り添ってる余裕がねぇ！　だから、今この瞬間は切り替えて協力しろ！　お前、前に言っただろうが！」

「オレが、前に……？」

「俺に期待してるって！　俺もお前に同じこと言い返してやる！」

「――ぁ」

顔を赤くして怒鳴るスバルに、アルデバランは息を呑《の》んだ。

同時に思い出されるのは、このヴォラキア帝国でスバルと再会し、城郭都市《じようかくとし》グァラルで彼が自分の存在意義を見失いかけていたときの、自分としたやり取りだ。

レムという少女に否定され、頭が真っ白になったスバルをアルデバランは励ました。

あのとき、アルデバランは、なんと言って彼に――。

「失った自信も何もかも、結果で取り戻すしかねぇ。全部、これまでとおんなじだ！」

「――――」

そのスバルの一声に、彼と手を繋《つな》ぐ少女が、後ろに佇《たたず》む長髪が、瞳《ひとみ》に期待を滲《にじ》ませる。

そうして、自分の周りに力を与えるスバルが、同じようにアルデバランにも手を差し伸べて、あのときのお返しのように言うのだ。

「こい、アル！　――俺と一緒に背負え、英雄幻想！」と。

7

――『魔女』の企《たくら》むヴォラキア帝国の滅びを、スバルは幾度も味わった。

痛みのない死という終わりは、もしかしたら理想の終わり方なのかもしれない。

何が起きたのかもわからないうちに訪れる終焉《しゅうえん》は、いずれ来たる終わりを恐れる人間を恐怖から救う唯一の優しい手段なのかもしれない。

だけど、思うのだ。

「いや、俺の理想の終わり方はエミリアたんとベア子と孫たちに見送られて大往生することだから違うし」

もし仮に、『大災』が全《すべ》ての人間を悲しみや苦しみから救うために、痛みも恐怖もない終わりをもたらすみたいなラスボス的思考だとしても、スバルは断固お断りする。

実際、スバルが思い描く理想の終わり方を迎えたとき、残していくことになるエミリアやベアトリスのことを思うと心はグサグサと滅多《めった》刺しだが、それはその状況になるまでにスバルが苦しみ抜いて解決策を見つけるべき悩みだ。

断じて、誰かがくれた甘い夢に丸投げなんてできない。

そもそも全部仮の話だし、『大災』の目的は優しい終わりとかではなく、思いつく限りのひどい策を何個も重ねて帝国を滅ぼそうという方向性なので前提が成立していない。

だから、『大災』の目的を挫《くじ》く以外の妥協案は、この戦いに存在しないのだ。

「……ちょっとずつ、見えてきた」

最初、世界は為《な》す術《すべ》もなく白く染まり、スバルは自分や仲間たちが何に滅ぼされるのかもわからないまま、押し付けられる『死』に呑《の》み込《こ》まれるしかなかった。

しかも、戻ってこられたのはスバルとベアトリスがロズワールに抱えられ、襲いくる邪《じゃ》龍《りゅう》がセシルスとハリベルに討伐された直後だ。

それからほんの一分と経《た》たないうちに、あの終わりがやってくる。

「──」

猶予は短く、すべきことは多い。

アルが『魔女』の企みだと教えてくれなければ、それを暴くのにも時間がかかったはずだ。そのおかげで、おそらく五回以上も『死に戻り』を短縮できた。

それでも、何が起きているのか見極めるのに『死』は繰り返された。

そして、その試行錯誤の中でスバルが頼ったのは──、

「一番ありえるのは、『石塊《いしくれ》』……ムスペルが殺されることかしら。相手が逆転の一手を残しているとしたら、その可能性が一番高いはずなのよ」

「帝国の大地の崩壊、その大災害をもたらすためのトリガーを相手が用意している可能性はあるねーぇ。──スピンクスの常套手段《じょうとうしゅだん》なら、何らかの魔法陣もありえる」

「ひとまず、一番の問題やった『茨《いばら》の呪い』はグルービーが解除してくれたんやし、それ

以上の呪いの隠し玉があるって考えはあんまりせんのやないの？」

「はいはいはいはい！　アルさんの話だとアーニャが死んじゃうと帝国が丸ごとおじゃんってことになるそうなのでそれも関係あるかもです！　つまりアーニャ狙いで大軍勢が差し向けられる可能性もありますね！　久々にやりますか千人斬《ぎ》り！」

「うー！　うあう！　あー、う！」

「無事でありんしたか、童……！　タンザが大層、世話になったと聞いているでありんす。わっちが手を貸せることでありんしたら、何なりと言うでありんす」

「シュバルツ様、嫌な予感が……戦団の皆様は、ご無事でしょうか？」

「幼いながらよい目をしている。我が星も、余ほどではないが頼みにしているようだ。必要であれば何なりと言うがいい」

「大将！　褒《ほ》められんのァ嬉《うれ》しいがまだ早《はえ》ェ！　戦いは終わっちゃいねェんだろ？　何ッでも言えや、何ッでもやってやらァ！」

「……失《う》せろ。俺をお前らと一緒にするな、ガキ」

『消えるっちゃ……竜は、もう、これ以上、何も……』

「消えるっちゃ……竜は、もう、これ以上、何も……」

「スバルちん、あたし、考えるの苦手だけど考える！　スバルちんも頑張って！」

「お、悪《わり》ぃんじゃがよ、両手がなくなっちまったからお前さん、自力で戻ってくんね？　これだと元の形に魂こねんのもできそうにねえのよ、かかかっか！」

スバル一人が頭をひねって、何でも解決できるスーパーマンにはなれない。

一分しかない限られた時間を、『死』と引き換えに何度でも繰り返して、スバルは敵が作り上げた盤面を一手ずつ、一手ずつ、確実に詰める。

『石塊《いしくれ》』ムスペルの死、魔法陣、『茨《いばら》の呪い』、アラキアの命、スピカの『星食』、ヨルナの無事を確認、城塞都市《じようさいとし》の戦況、屍人《しびと》の皇帝の惚気《のろけ》、うちのガーフィールは最高、話にならない酒浸り、話ができない龍《りゆう》、話ができない竜人《りゆうびと》、頑張る、頑張る気力が萎えること言わないでほしい、エトセトラエトセトラ――。


「――たわけ。下を向くな、ナツキ・スバル」

「俺も貴様も、下を向いている暇などない。足掻《あが》くと、そう決めたはずだ」

「諦めるつもりはない。――この俺を、誰と心得る」


傲慢な物言いの裏に、いったいどれだけの自尊心がちゃんとあるのか。

そんな裏側を覗《のぞ》き込《こ》むような無粋な真似《まね》はしない。いいだろうとも。やろう。

諦めるなんて、ナツキ・スバルには選べない。

「――エミリア」

いくら探しても見つからない彼女のことも、そうだ。

それを不安に思うよりも、信じる気持ちの方が今は勝る。――危ない目に遭っているかもしれないけれど、安全な場所で大人しくしているなんて似合わない彼女が、きっと未来を勝ち取るために頑張ってくれているのだと。

だから、覆しにいこう。――『魔女』の盤面を。

「こい、アル！　――俺と一緒に背負え、英雄幻想！」

8

――ありえざる不条理が、『魔女』スピンクスの最後の策を覆さんとしていく。

「――万全の準備を」

したはずだった。それが、ことごとく、台無しにされていく。

欲しかった結果を、造物目的を果たすという至上の命題を成し遂げ、確かな達成感が胸の内を支配したのも束《つか》の間《ま》、状況は次々と捻《ね》じ曲《ま》げられる。

いったい、何が『大災』の邪魔を、スピンクスに立ちはだかっているのか。

「――ヴィンセント・ヴォラキア」

「――――」

「――アルデバラン」

「――――」

「――ナツキ・スバル」

その、スピンクスの惑う心に寄り添うかの如《ごと》く、赤い唇《くちびる》がそれらの名を口にする。

『大災』として選ばれ、ヴォラキア帝国の存亡をかけた戦いを始めたスピンクス。その企てを片端から狂わせ、追《お》い縋《すが》り、星の巡りを正そうとする抑止力。

「あなたは、彼らのことをどう評しているのですか？」

スピンクスの問いかけに、鎖の金属音を立てて彼女がこちらを見る。

水鏡越しにスピンクスを見つめる紅《くれない》の双眸《そうぼう》、プリシラ・バーリエルは問いに笑う。それは嘲笑《ちょうしょう》でも憐《あわ》れみでもない、微笑だ。

プリシラを知るものがそれを見れば驚いただろう。笑みには、親しみさえあった。

プリシラ・バーリエルが、スピンクスへと抱く親しみが。

「何故《なぜ》……」

「そんな顔をする、と？　貴様が妾《わらわ》に問うたのは今の男たちの評ではなかったか？　さすがは『強欲の魔女』、答えにすら貪欲じゃな」

「嘲弄するつもりであれば、それは」

「わかっていよう。そうではないと」

ぴしゃりと言われ、プリシラの眼差《まなざ》しにスピンクスは黙らされる。

彼女の瞳《ひとみ》にも言葉にも、スピンクスを愚弄する色はもはやなかった。ならば、その紅の双眸《そうぼう》に宿しているものは何なのか。

それがスピンクスの胸を内側から掻《か》き毟《むし》る。知らない感覚だ。

造物目的を果たさなければと、使命感に動かされ続けていたときとは違う。

それは、スピンクスにとって耐え難《がた》く、同時に手放し難い衝動で――。

「覚えておけ。それが、焦がれるということじゃ」

「焦が、れる……」

「己の領分を超えたものを得ようとするならば、焔《ほのお》に焼かれる苦痛に耐えてでも足掻《あが》かねばならぬ。それを求めぬものもいようが、そのような生き方などくだらぬ」

「――」

「焔に焼かれ、魂の訴えに耳を傾けよ。焦がれるように生きるがいい。溺れるように愛するがいい。――この世界は妾《わらわ》にとって、都合の良いようにできておる」

その断言に、スピンクスは稲妻に撃たれるような感覚を真に味わった。

絶対の揺るがぬ自己、移ろうことのない自信、免れることのできない焔の熱を感じ、スピンクスは死して、初めて自分が生きる実感を覚える。

同時に、焦がれた。――目の前の、この焔のような女に勝ちたいと。

故《ゆえ》に――、

「要・対策――いいえ、防げるものなら防いでみろ」

9

逆さ五稜星《ごりようせい》の魔法陣と、それを起動する五体――否《いな》、四体のスピンクス。

不完全な起動となった魔法陣はそれでも効果を発揮し、水晶宮《すいしようきゆう》の魔晶石から莫大《ばくだい》なマナを枯渇寸前の『魔女』の魂へ送り込み始めていた。

『強欲の魔女』としての魂の再現に成功した今、スピンクスはあらゆる魔法の知識を持った造物主と同じ力を振るえる。

そのためのマナさえ、確保できれば――、

「残念ですがそれを阻止してこいというのが閣下とボスのご命令でして」

瞬間、迸《ほとばし》る剣光は鮮やかにスピンクスの首を刎《は》ね飛ばした。

長い白髪が斬《き》られた首の位置で断髪され、くるくると宙を舞う視界にスピンクスは自分を殺した青年の姿を見る。

邪魔が入った。強すぎる邪魔が。でも、まだだ。まだ、終われない。

不完全でも、魂に息継ぎはさせられた。だから――、

「――ああそうですか。あなたも溺れているのですね」

直後のスピンクスの選択の結果に、刀を携えたセシルス・セグムントが笑う。

そのセシルスの前に、魔法陣の術式を壊させまいと、彼の斬撃の味を持ち帰った魂から復元された、新たな複数のスピンクスが立ちはだかる。

しかし、スピンクスは持ち帰った情報にも心当たりのない表現に首を傾《かし》げた。

「ここに水源はありません。溺れているとは？　要・説明です」

「本物の川も池も湖も水たまりさえも必要ないのです。『オオウナバラ』というやつは誰の心にもある。何かを強く欲するものは皆が皆溺れているのだそうですから」

その答えでは、傾げられたスピンクスの首は戻せない。

だが、セシルスはそれに構わずに、納めた刀の柄《つか》に手を当てて身構えると、名乗る。

「――剣客、セシルス・セグムント」

「――『強欲の魔女』スピンクス」

気付けば自然と、スピンクスたちの口からそれがこぼれていた。

10

「――『礼賛者《らいさんしゃ》』ハリベル」

「――『強欲の魔女』スピンクス」

「――第六十一代ヴォラキア皇帝、ユーガルド・ヴォラキア」

「――『強欲の魔女』スピンクス」

「──『ゴージャス・タイガー』ガーフィール・ティンゼル」

「──『強欲の魔女』スピンクス」


同刻、魔法陣の完全な起動を阻止するための戦いは、他の場所でも始まっていた。

ナツキ・スバルの選《よ》りすぐりの精鋭たちが、『大災』の最後の策を潰すための矛《ほこ》として出向き、壮絶な魔法を駆使する『魔女』と衝突する。

水晶宮《すいしょうきゅう》の魔晶石が解体され、『魔女』が万全な状態となれば打つ手がなくなる。

何故《なぜ》なら、相手の打つ手が無限大に広がるからだ。

魔法は使い手の発想と応用力で、その可能性の枝を無限に伸ばすことができる。だからこそ、『強欲の魔女』は比類ない魔法使いとして世界に君臨できたのだ。

無節操で無秩序な好奇心、それが『強欲の魔女』が最強の魔法使いだった理由であり、同じことが『魔女』スピンクスにもできるようになる。

だが、真に恐れるべきは、その強大な力をスピンクスが手に入れるビジョンではない。

真に恐れるべきなのは、その目的一辺倒にならない、『魔女』の飽くなき周到さだ。

「ベア子！　ロズワール！」

「ミーニャ！」

「ウル・ゴーア」

紫矢と炎弾が逃げ場なく広がり、押し寄せる屍人《しびと》たちが吹き飛ばされる。

しかし、屍人《しびと》たちは倒れた仲間の屍《しかばね》を文字通り踏み越え、止まろうとしない。ここへきて、彼らは完全に自我を壊され、命令に従う人形とされていた。

その彼らに下された命令——それは、アラキアの殺害だ。

魔法陣の阻止だけでなく、アラキアを守ることもスバルたちの勝利条件なのだから。

「アル！」

「わかってらぁ！」

囲みを突破してアラキアを狙う屍人に、飛びつくアルが青龍刀《せいりゅうとう》を突き刺す。それは相手の内側で膨れ上がると、爆発して四散、周囲の屍人にも被害を及ぼした。

アルの戦いっぷりを見るのはカオスフレーム以来だが、相変わらず危なっかしすぎてハラハラする。戦巧者とは到底言えず、剣奴《けんど》孤島でのスバルを見ているようだ。

それでも、総力戦だ。手あたり次第、全員一丸で挑む総力戦。

「——一分は経《た》った！」

これまでの致死ラインを乗り越えて、スバルは状況が進展したと拳《こぶし》を握る。

『大災』を率いるスピンクス——『陽剣』の焔《ほのお》から生き延びていたことと、その姿がエキドナそっくりになっていたことには心臓が止まるかと思うほど驚かされた。

だが、錯乱しかけたスバルを救ったのが、冷静でいてくれたベアトリスの反応だ。

自分の生みの親とも言えるエキドナ、彼女と瓜二《うりふた》つになった『魔女』を目の当たりにしても、ベアトリスはちっとも揺らがないでいてくれたのだ。

「スバル、あれはお母様とは別人なのよ。瞳《ひとみ》に宿る知性が違うかしら」

「そうだとも。『強欲の魔女』エキドナとは似ても似つかない紛《まが》い物《もの》だ。——非常に、不愉快極まりない相手ではあるがねーぇ」

何故《なぜ》か、ベアトリスと同じかそれ以上に確信的なロズワールの言葉にも背を押され、スバルは『魔女』の見てくれより、その狙いの看破に意識を集中した。

最大の焦点は、アベルの『陽剣』の焔で魂を焼かれたのをどう帳消しにしたのか、だ。

場合によっては、『陽剣』も『星食』も通用しない屍人ということになる。

その真相を暴かなければ、『魔女』との終わりのない戦いが続く可能性がある。

——そう思った瞬間だった。

「————」

帝都の空に巨大な水鏡が展開し、鏡面に映し出される映像——降ってくる星の光に呑《の》み込《こ》まれかける、城塞都市《じょうさいとし》ガークラの絶体絶命の窮地を突き付けられたのは。

11

「——アベルちん!!」

血相を変えたミディアムが、手にした蛮刀で空を示す。

その帝都の空を覆い尽くすように巨大な光の歪《ゆが》みが生まれ、それが大きく引き伸ばされた水の塊とわかったとき、ヴィンセントは次なる『魔女』の一手を警戒した。

事実、それは正しい。予想と違ったのは、その攻撃が向けられた矛先《ほこさき》だ。

――天空の水鏡に映し出されていたのは、屍人《しびと》の大軍に囲まれている城塞都市《じょうさいとし》。

屍人の本隊を引き付け、ヴィンセントたちと同じく、帝国の存亡をかけた戦いを繰り広げる剣狼《けんろう》たちの砦《とりで》へ、上空から星の光が落ちていく光景だった。

それは、この帝都でも滅びをもたらさんと天墜しかけた美しき滅亡の審判。

星の光が都市へ落ちれば、城壁も砦も持ちこたえられない。籠城するものの大半が命を落とし、城塞都市は屍人の手に落ちるだろう。

そしてそれは、仮に帝都の作戦が成功しても立て直せない帝国の滅びを意味する。

滅びの火、帝都に降ろうとした星、魔核の暴走、そして水晶宮《すいしょうきゅう》を標的とした魔法陣――

立て続けの『魔女』の滅びの策は、常に帝国の滅びに指をかけている。

知恵者とは真の致命的な一撃を、決して悟らせぬように打っているのだとばかりに。

故《ゆえ》に――、

「――俺たちの悲観は的中したぞ、ナツキ・スバル」

そう、ヴィンセントが口にした直後だ。

――天空の水鏡を叩《たた》き割《わ》るように空に開いた穴から、滅びの火が帝都の北に向かって真《ま》っ直《す》ぐに突き抜けていったのだ。

12

──正真正銘、それはナツキ・スバルとベアトリスの切り札だった。

アル・シャマクで異空間に飛ばした魔晶砲の一撃を、次のアル・シャマクで異空間から引き戻し、城塞都市を滅ぼそうとする星の光を撃ち落とす。

セシルスとハリベルのおかげで邪龍《じやりゆう》退治に使わずに済んだ切り札、それが『魔女』の用意したこちらを動揺させる策を、水鏡ごと一気に撃ち抜いた。

「──ッ」

壊された水鏡が大量の雨滴に変わり、通り雨のように帝都に降り注ぐのを浴びながら、スバルは強烈な虚脱感に眩暈《めまい》を起こし、鼻血を噴いた。

この数時間、ベアトリスに延々と本気を発揮してもらっている反動だ。

ベアトリスの振りまく可愛《かわい》さはプライスレスでも、その実力を見せつけてもらうための代償は大きい。負担をプレアデス戦団の仲間と分け合うにも限界がある。

　その限界が目の前に現れて、スバルはその場に膝《ひざ》をついてしまう。

「スバル！」

叫んだベアトリスに支えられ、しかし、安心させたいのに声が出ない。

ボタボタと、とめどなく流れる鼻血をベアトリスがドレスの袖で止めようとする。せっかくの衣装が汚れる、とそれを止めたいがやはり腕が上がらない。

「まだ、まだ……」

ここで、立ち止まってはいられない。

総力戦と、そうみんなを焚《た》き付《つ》けたのはスバルだ。なのに、最初に倒れられるものか。

だから、立たなければ――、

「――ぁ？」

「スバル？　無理したらダメなのよ。少しでも休んで――」

ふと、息を抜いたスバルをベアトリスが慌てて抑えようとする。が、そのベアトリスの言葉が途中で止まった。――スバルが、その場にスッと立ち上がったからだ。

「――――」

目を丸くしているベアトリスの前で、スバルは自分の両手を見下ろし、困惑していた。今の今まで全身にあった虚脱感、それが跡形もなく消えていた。――否《いな》、虚脱感が消えたどころではない。むしろ、その逆だ。

「力が……湧《わ》き上がってくる？」

呆然《ぼうぜん》とこぼしたスバル、その言葉の通り、全身に活力が満《み》ち溢《あふ》れていた。

それはプレアデス戦団の仲間たちと気持ちが一つになり、その心身の強さまでも強烈に引き上げられていくのと似て非なる感覚――大いなる全能感だった。

そして、それが何によって引き起こされたものなのか、スバルはすぐに理解する。

「――――」

──砕かれた天空の水鏡、光の帯を引きながら彼方《かなた》の星の光を穿《うが》つ滅びの火。それらが席巻《せっけん》した帝都の空に、新たな光が生まれていた。

それは星の光と比べれば小さく、滅びの火と比べてもなお小さく、しかしその輝きに関してだけはそれらと引けを取らないどころか、圧倒する瞬き。

天空から落ちてくるそれは、血の色をしたドレスを纏《まと》う、炎のような女──。

「──大儀である」

絶望を映し出そうとした水鏡にも、誰もが空を仰いだ。

だが、その炎はそれ以上の鮮烈さを放って、帝都にいる全《すべ》てのものたちの目を空に引き付けて、見るものの魂を焦がす。

降ってくる。橙色《だいだいいろ》の髪をなびかせ、紅《くれない》の双眸《そうぼう》を爛々《らんらん》と輝かせた、剣狼《けんろう》の雌《めす》──。

「余計な言葉はいらぬ。──妾《わらわ》の名をこそ呼ぶがいい」

その手に真紅の宝剣を握り、窮地の都市へと落ちてくる太陽の如《ごと》き姫──それを見上げる一人として、スバルは思わず、その思惑に乗っていた。

すなわち──、

「──プリシラ」

そう、降臨する彼女の名前を呼んだのだ。

──その右目に炎を灯《とも》し、太陽の恩恵に与《あずか》る一人として、彼女の名を。

第五章 『愛』

1

「──貴様には使い道がある。役立ってもらうぞ、私の望みを叶《かな》えるために」

それが、その男にかけられた最初の言葉で、最後の最後まで一度として変わることのなかった、自分と男との関係性の象徴だった。

男とは、数十年の時を共に過ごした。

その間、自由を与えられることはなく、繋《つな》がれた地下室で監禁されていたに等しい。

自分を死なせないための世話係はいたが、それは慎重な男が定期的に口封じして入れ替えていたため、数十年間、接点があったと言えたのは男だけだった。

──ライプ・バーリエル。

親竜王国ルグニカの貴族であり、有体に言って醜悪な野心に支配された人物だ。

『亜人戦争』の頃は子爵として王国に重用されていたバーリエル家だが、内戦の最中《さなか》の敗北の責任を取らされ、その地位を男爵へと降格させられた過去がある。

その屈辱と怒りがライプの行動の原動力だったはずだが、だとしたら、人間の怒りや憎悪というものはいったいどれほど長く熱を保ち続けるものなのか。

ライプは常に、まるで昨日のことのように数十年前の屈辱を噛《か》みしめていた。

「いずれ、必ず貴様には役立ってもらう。いいか、覚えておけ。貴様はこの私に生かされているのだ。そのことを努々《ゆめゆめ》忘れるな」

知識の中の人間には情というものがある。

例えばそれは、決して好まざる人格の持ち主や関係性の悪い相手であろうと、十年二十年と共に過ごせば態度は軟化し、接する刺々《とげとげ》しさは氷解していくという類《たぐい》の。

しかし、ライプにはそれがなかった。彼からは常に、新鮮な敵愾心《てきがいしん》を感じた。

温かい言葉など、一度もかけられたことはない。

ライプの身の上話や家族構成、そうしたバーリエル家の事情も一切聞かされない。

来る日も来る日も、囚《とら》われの身で長く無為の時間を過ごし、時折訪れるライプの口から今の王国の情勢と、変化のない埋伏の日々の話をされるだけ。

ただ、一度だけ、ライプと違う話をしたことがあった。

「亜人共と結託し、貴様は内戦を主導した。いったい、何が目的だった？」

すでに『亜人戦争』から二十年以上が経過していて、今さらすぎる話題だった。

共に戦ったバルガやリブレもすでに息絶え、当時の亜人連合の主要人物と言えたものたちも軒並みいなくなっただろう頃に、ライプはそんな問いを口にした。

何故《なぜ》、それを知ろうと思ったのかは尋ねなかった。

尋ね返せばライプの逆鱗《げきりん》に触れ、話題そのものが打ち切られる予感があった。だから、余計なことは言わず、さりとて目的を隠す必要も感じなかったため、素直に話した。

『亜人戦争』への協力は、自分の造物目的を果たすためだったと。

「——くだらんな」

数百年以上も追い求める造物目的、『亜人戦争』がそれを成し遂げるための試行錯誤の一端だったと聞いて、ライプはひどくあっさりとそう吐き捨てた。

そのライプの反応に、怒りや悲しみのようなものは覚えない。元より、自分はそういう存在であったし、ライプの反応は予想通りと言えば予想通りだった。

この醜悪な野心家からすれば、自分の望み以外の全《すべ》ての願いはくだらないものだろう。

だが——、

「貴様は貴様として生まれておきながら、わざわざ別の誰かとやらになりたいのか。別の誰かの名前と生き方を装って、自らの名を死なせにゆこうと」

一言で切って捨てられ、終わると思った会話に続きがあった。

心底、唾棄すべき考えだと言わんばかりに、ライプはこれまで以上の苛立《いらだ》ちを込めて、その負の感情で濁った瞳《ひとみ》をこちらへ向けていた。

「貴様の目的など何の価値もない。やはり、貴様は私に利用されろ。どうせ、叶《かな》えたところで一片の価値もない望みだ。無為にするなら私に寄越《よこ》せ」

「あなたは――」

「造物目的なぞくだらん。誰かに指示されなければ生きられないなら、私の望みのために利用されるがいい」

そう口にするライプの瞳には、義憤や思いやりなんてものは一切なかった。

ライプの濁った双眸《そうぼう》に宿っていたのは、薄れることのない屈辱をもたらしたものたちへの怒りと、自らの存在を認めようとしない時代や世界への憎悪、そして必ずや己を相応《ふさわ》しい立場へ押し上げるのだという黒い炎のような野心。

それはひどく乱暴に、まるで踏《ふ》み躙《にじ》るみたいに、汚泥を浴びせるような荒々しさで、確かに自分という存在に刃《やいば》を突き立て、引き裂き、冷たい血を流させたのだ。

――造物主からもたらされた、造物目的を果たすこと。

それこそが自分の生きる意味であり、長く歩き続けた目的だった。

だが、一度でもその目的のために、強い熱を抱いたことがあっただろうか。

ない。一度として情熱を抱いたことはない。与えられたものを、与えられたからやり遂げなければならないという熱のない惰性と妥協が、己を支配していた。

しかし、本来、願いとは、望みとは、こうなのではないのか。

何かを強く欲するということは、叶えたい願いを叶えようとするということは、こうなることが正しいのではないのか。

ライプ・バーリエルの在り方こそが、望みを叶える正しい方法なのではないのか。

「――――」

また、長い時間が流れた。その間も、ライプとの関係は変わらない。

多くの言葉を交わすことはなく、さりとて利用すると、役立てると言われた自分の出番が用意されるでもなく、刻々と時は過ぎていった。

そうして、やがて変化があった。

「ようやく、機会が巡ってきそうだ」

そう、爛々《らんらん》と凶気的に目を輝かせたライプは、衰えぬ野心と裏腹に、その顔つきも体つきも逆らえない老いに蝕《むしば》まれ、痩せ細っていた。

それでも、時はきたと語る彼の姿には、目の前に垂れ下がる糸を必ずや掴《つか》むと、己に瞬《まばた》きさえ禁じてきたことの見返りがようやくあった歓喜が満ちていた。

聞けば、ライプはこの数十年でルグニカ王家に取り入り、王国が『神龍《しんりゅう》』から賜った竜《りゅう》歴石《れきせき》という予言板の管理を任されていたらしい。

予言板に刻まれた、近くルグニカ王国を襲うことになる厄災――王族に蔓延《まんえん》する病の事実を握り潰したライプは、その後に訪れる次代の王位争奪戦へと意欲を燃やしていた。

「誰よりも先に候補者を見つけ出す。そのものを妻として迎え、王選へ送り出し……必ずや王位を手に入れる。貴様にも、役立ってもらうぞ」

骨と皮だけの拳《こぶし》を強く握りしめ、ライプは強くそう意気込んだ。

役立てと、常に言われ続けてきたそれに実現性が伴い、数十年も繋《つな》がれ続けた身としてもささやかながら沸き立つものがあった。――期待、した。

次にくるとき、ライプは見つけ出した王選候補者を伴ってくると言い、その心を砕いて傀儡《かいらい》に仕立て、次代の王国を支配するお膳立ての用意をスピンクスに命じた。

そんな策謀を堂々と計画し、尋常ならざる執念で実現しようと企《たくら》み、実際にその一歩手前までこぎつけたライプの野心、それがどこまでも、昏《くら》く眩《まぶ》しかった。

叶《かな》えてほしい。果たしてほしい。その情熱のままに。

誰もが目を背けたくなる醜悪な野心を叶え、王国を自分の欲望のままに利用し、『魔女』さえも己の望みのために踏み台にして、妄執を成し遂げてほしい。

自分に足りなかったのはそれなのだと、そうスピンクスに教えてほしかった。

だから、待った。待ち続けた。

ライプが王選へ参加する候補者を、利用するために娶《めと》った妻を連れ、差し出されたその女の心を砕くのを心待ちにした。

待って、待って、待ち続けて、ライプは現れなかった。

現れない理由を知るために、何十年も解かれなかった縛《いまし》めを自ら解いて、外へ出た。

そして、ライプが現れなかった理由を知って、初めてわかった。

「――プリシラ・バーリエル」

――これが、何かを成し遂げたいと欲する『熱』なのだと。

2

「要・対策――いいえ、防げるものなら防いでみろ」

そう、『魔女』スピンクスは瞳《ひとみ》に感情を宿し、言い放った。

そのスピンクスの切り札が、奥の手が、秘めたる罠《わな》が、覆される。

揺らめく水鏡の鏡面に映し出されるのは、『魔女』の用意した策謀を次々と打ち破り、訪れるはずの帝国の滅亡を遠ざけるものたちの奮戦だ。

「――――」

紅《くれない》の瞳を細め、鎖に繋《つな》がれるプリシラは鏡面と、スピンクスの白い顔を見やる。

願いに焦がれ、想《おも》いに溺れ、スピンクスは自らの望みに最大の負荷を課した。

その内容は世界にとって、帝国にとって、ヴィンセントにとって忌々《いまいま》しいものだろう。

だが、プリシラにとっては大きく忌むべきものではなかった。

世界や帝国の滅びを、実兄であるヴィンセントの不断の努力の失墜を望むのではない。

ただ、願いを叶《かな》えるため、己の全《すべ》てを費やして臨むのはいずれも美しい。

たとえそれが、自分に対して逆恨みに近い憎悪を向けるものであっても例外ではない。

あらゆるものには、分相応というものがある。

己の器の大きさを弁《わきま》えず、それ以上を欲するものは多くの場合、破滅する。

だが、プリシラは領分を弁えたと賢《さか》しげに語り、器に収まり切るものだけで自分を満たしたと、そう自らを慰められるものが好きではない。

己の器に見合わぬものを求め、破滅に至るかもしれない道を往《ゆ》き、太陽を目指して翼を焼かれる愚か者の生き方を、挑戦の成否を問わずに愛したい。

それ故《ゆえ》に、プリシラは思う。

「愛《う》いな」

命懸けで戦場に臨む全てのものたちが、プリシラの言葉に耳を疑うだろう。

だが、それは掛け値なしのプリシラの本音だった。そもそも、プリシラは他者を謀《たばか》り、欺くような言動を好まない。そうする生き方を自分に望まない。

だからこそ、それは本心からの称賛だった。

この戦場で武器を取り、他者に力を貸し、血を流しながら魂を焦がす全てのものが、その生死に拘《かかわ》らず愛《いと》おしく思える。

叶うなら、プリシラ自身もそうありたいと焦がれるほどに。

「――妾《わらわ》らしくもない感傷じゃな」

美しい顔《かんばせ》に珍しい苦笑を生んで、プリシラは片目をつむった。

幼い時分より、思案するときにそうする兄の真似《まね》だ。課せられた責務の重さを理解しすぎるほど理解するヴィンセントは、眠るときにさえ両目を閉じない。

その姿勢は立派だが、やり過ぎだ。――時には、瞼《まぶた》の裏でしか会えない相手もいる。

「兄上も、共にいて両の瞼を閉じられる相手を見出《みいだ》すがいい」

『陽剣』を手に、『大災』を率いる『魔女』の魂を一度は焼いたヴィンセント。その兄の在り方に敬意を表しながらも、妹としてプリシラはそう口にする。

それからプリシラは、水鏡の中でひと際目を引く輝きを放つものたちを見た。

――アルデバランとナツキ・スバル。

健気《けなげ》なプリシラの道化と、小憎たらしくも王選候補に名を連ねる半魔の騎士。

スピンクスが脅威と認識しているように、プリシラの目にも彼らの奮戦――それが、只《ただ》事《ごと》ではない何がしかの宿星を捻《ね》じ曲《ま》げたものだと見えていた。

「貴様たちは、『魔女』の……いや、天の何を欺いておる?」

スピンクスが敷いた数々の策謀、それはいずれも『大災』に相応《ふさわ》しい災禍だった。

『不死王の秘蹟《ひせき》』で作り出した屍人《しびと》の軍勢も、その実現のために『石塊《いしくれ》』ムスペルを利用したことも、『陽剣』の焔《ほのお》を一度は躱《かわ》した『強欲の魔女』としての再臨も、帝国の大地と運命共同体となったアラキアへの殺意も、星光と魔晶砲、その後の魔核の暴走と、魔晶石を利用するための魔法陣の展開と、『城塞都市《じょうさいとし》』の窮地の上演――。

これだけの周到な計画を、ことごとく潰されるなど誰に予想できようか。

それは『賢帝』ヴィンセント・ヴォラキアにも、その右腕であった『白蜘蛛《しらぐも》』チシャ・ゴールドにも、他でもないこのプリシラ・バーリエルにも不可能だったことだ。

ヴォラキア帝国は、滅びを免れないはずだった。

その運命の袋小路を、定められた宿命や天命を、力ずくで突き破る異端者たちがいなければ、神聖ヴォラキア帝国は終わりを迎えていたはずだ。
故《ゆえ》に——、

「——あと一手」


鏡面に浮かび上がった光景を見つめ、プリシラの唇《くちびる》がそう紡ぐ。

帝都の上空に生じた巨大な水鏡は、遠く離れた城塞都市の窮状を映し出し、帝都にいるものたちの戦意を折ろうとした。城塞都市へ降る星の光が、奮戦するものたちを嘲笑《あざわら》うかの如《ごと》く滅ぼそうとする。——それを、一度は虚空に呑《の》まれた破滅の火が掻《か》き消《け》した。

帝都の誇る魔晶砲は、星の光を撃ち落とすことでようやく役目を果たしたのだ。

水鏡は砕け散り、いよいよ『魔女』の用意した策の全《すべ》てが打ち破られたかに見えた。

しかし——、

「まだだ」


プリシラの心を折ると、そう宣言したスピンクスの瞳《ひとみ》が、表情が、覇気が、城塞都市の星光すら掻き消された『魔女』の、万策が尽きたとプリシラに信じさせない。

用意した大いなる災いの上映、それさえ防がれるのを目の当たりにしながら、『魔女』はそれを防がれたことさえ布石に、罠《わな》を張った。

——砕かれた天空の水鏡、それが雨滴となって帝都全体へ降り注いだ。

通り雨のようなそれが帝都を濡《ぬ》らし、雨垂れが生者と死者を問わずに打つ。そしてそれは、無害を装い、命に忍び寄る有害なる水の刃《やいば》だ。

ゆっくりと、雨滴に打たれたものの肌の上を滑る雫《しずく》が震え、鋭さを帯びる。それは天蓋の庇護《ひご》にあったか、本能的な直感で雨を避けた超越者以外の全員に迫る危機。

もはや防ぎようのない、致命の一線だ。

「――――」

故《ゆえ》に、プリシラは瞼《まぶた》を閉じた。

先ほど、ヴィンセントに思ったのと同じことをする。――シュルト、ハインケル、エミリア、クルシュ、フェルト、アナスタシア、セリーナ、アラキアと、瞼の裏の暗闇にプリシラはいくつもの顔、いくつもの魂を見た。

そこにはヴィンセントも、ラミアも、レムも、アルデバランの姿もある。

いずれも、あと一手の足らぬものたちだ。

だが、ここまでの奮戦を見聞きしておきながら、焦がれ溺れる彼らを蔑むような無粋、プリシラ・バーリエルには閃《ひらめ》きもしなかった。

「――世界は妾《わらわ》にとって、都合の良いようにできておる」

そうプリシラが呟《つぶや》いて、雨滴の刃《やいば》を閃かせようとしたスピンクスの動きが止まる。

彼女は水鏡越しにプリシラを見て、その黒い瞳《ひとみ》を見開いていた。

次の瞬間、プリシラを捕らえるために作られた異空間が崩壊する。――その内に囚《とら》われた『太陽姫』のもたらす赫炎《かくえん》に、耐え難《がた》いほどに焼き尽くされて。

3

――城塞都市《じようさいとし》の頭上を星の光が覆った瞬間、誰もが空を仰ぎ、言葉を失った。

「――」

折しも、直前に襲来した邪龍《じやりゆう》の撃破に成功し、一丸となって強敵を退けた事実が籠城戦に挑む全《すべ》ての兵たちの士気を最大限に高めた瞬間だった。

天墜する美しい滅び、それは目にした多くのものに心の臓の鼓動を忘れさせた。

無論、その状況下にあっても自分の持てる力を尽くそうとしたものはいた。

極光を纏《まと》った精霊騎士や、闘争心の枯渇を知らない女戦士たち、己の内に虫を宿した戦士と心身を黄金で鎧《よろ》った巨躯《きよく》、自分たちで選んだ星の下に集った戦団もそうだ。

戦う力のない知恵者たちも、ほんのわずかな時の隙間に無数の思考を走らせ、絶体絶命の窮地を打ち砕かんと一秒を惜しまなかった。

しかしそれでも、蟻《あり》が集って巨人の足を止められないように、星の光に人の命は塗り潰され、何もかもが生と死の彼方《かなた》へ呑《の》み込まれるはずだった。

――彼方《かなた》の空から飛来した破滅の火が星の光と衝突し、世界が白く瞬くまでは。

「――」

何が起こったのか、とっさに誰にもわからなかった。

ただ、目を逸《そ》らすまいとしていたものたちの網膜が光に焼かれ、その視力が戻る前に訪れてもおかしくなかった滅び、それが降り注がなかったことだけがわかる。

そして――、

「――ッ」

星の白と火の赤、二つの光が混ざり合い、衝撃波が城塞都市《じょうさいとし》の空を覆い尽くした。

一拍遅れて巻き起こった暴風が四方八方へ散らばり、それが頑健な都市の防壁や砦《とりで》までもを揺るがすと、生者も死者も地面の上から投げ出される。

世界の断末魔じみた衝撃、それは都市が背負った大山にさえ亀裂を生み、引き剥《は》がされる岩壁が崩落を起こして、大要塞の一角を轟音《ごうおん》と共に呑《の》み込《こ》んだ。

運悪く、崩落に巻き込まれた場所は負傷者の救護所として機能していて――。


「――レム！　ちょっと、レムってば！　返事しなさい！」

懸命な声に呼びかけられ、レムは何度か目をぱちくりとさせた。

一瞬、意識が飛んでいた。何が起きたのかと頭に手をやろうとし、ちっとも身動きできないことと、自分を必死に呼ぶのがカチュアの声であることに気付く。

そうしてすぐに、意識の飛んだ理由が救護所を襲った落石だったことを思い出した。

都市の空を強烈な光が広がって、次の瞬間には轟音が降ってこようとしたのだ。そのまま壁と天井に亀裂が走るのが見えて、レムはとっさにカチュアを突き飛ばした。

崩落に呑み込まれたのはその直後だ。

「生きてるに決まってんでしょ！　あんた、ホントやめてよね！　あんたが私庇《かば》って死んだら、私今度こそ本当に心死ぬわよ……!?」

瓦礫《がれき》に埋もれながら、自分の命を確かめたレムにカチュアの涙声がぶつけられる。

切羽詰まった状況だからなのか、本気で自分を心配してくれている彼女の声に、レムはその涙を拭わなければと体を起こそうとした。

そして――、

「なのに、私、生きて……？」

「ま、待ってなさい！　あんたのおっかないお姉さんとか、しっかりしたメイドたちとか呼んできてあげるから……って、ええ!?」

慌てふためくカチュアの声が、ガラガラと瓦礫の崩れる音でひっくり返る。仰天した彼女の顔がはっきり見えて、安堵《あんど》する一方、レムも驚いていた。

救護所に落ちてきたのは、かなり大きな岩壁の塊だ。衝撃で割れたとはいえ、何百キロもあるだろうそれを、レムはあっさりと押しのけていたのだ。

ただ、レムとカチュアの驚きは、それだけが理由ではなかった。

「れ、レム、あんた……あんた、目が！」

「カチュアさん……」

「目が燃えてる！　なんで!?」

レムの顔を指差したカチュアが、声を裏返らせて悲鳴みたいに言う。

そのカチュアの言葉と指差しに、レムは自分の左目に炎が灯《とも》っているのだろうと察しがついた。何故《なぜ》なら、カチュアの目にも同じく炎が灯っていたからだ。

——否《いな》、炎を灯していたのはレムとカチュアだけではない。

「————」

ゆっくりと、瓦礫《がれき》を押しのけ、部屋の床を踏みしめる音が次々と聞こえる。

それはレムたちと同じ救護所にいて、今しがたの崩落に巻き込まれたものたちだ。その全員が負傷した身を押し、立ち上がれた事実に驚いていた。

その全員の片目に、ゆらゆらと炎が灯っているのだ。

その灯された炎が、内側から湧《わ》き上がるようにレムに力をもたらしていた。

それが自分を守ってくれたのだと感じながら、同時にレムはあることを感じ取る。

それは——、

「——プリシラさん？」

自身の目に宿った痛みのない炎、その熱がレムにそう呟《つぶや》かせていた。

根拠はない。理由もわからない。ただ、それが誰によってもたらされた炎なのか、ただ自分の心に従うことで、レムは確信していた。

この炎は、プリシラ・バーリエルによってもたらされた祝福であるのだと。

「カチュアさん」

「み、水……水よね!? 早く消さないと、あんたの顔に火傷《やけど》が……！」

「いえ、これは消してはいけない火だと思います。それに」

「それに……？」

あたふたと混乱し、自分にも同じ炎が宿っていることに気付いていないカチュアア。ペタッと床に座り込んだ彼女の傍《かたわ》ら、ひっくり返っている車椅子がある。

突き飛ばされたあと、埋もれたレムを掘り返そうと必死になっていただろうカチュアの姿が目に浮かんで、レムは唇《くちびる》を緩めながら車椅子を起こした。

「言われている気がするんです。——あと、もうひと踏ん張りであろうがって」

目を白黒させるカチュアを抱き上げ、車椅子に座らせる。そして、正面から自分を見据えるレムに、カチュアは何度か口をパクパクとさせると、

「……そんな偉そうな言われ方して、腹立たないの？」

「——はい。不思議なことに、ちっとも」

おずおずと尋ねてくるカチュアにそう答え、レムは自分の胸に手を当てた。

レムがプリシラと過ごした時間は長いとは言えない。それでも、短いながら濃密に感じられた時間があり、それが一方通行ではなかったことを炎が証明していた。

それは同時に、今この場所にいないスバルやスピカも戦っている証《あかし》で——。

「もうひと踏ん張りをしましょう。——今、みんながそうしているみたいに」

「……あんた、意外と単純よね」

決意のレムに渋い顔のカチュア。——その彼女の瞳《ひとみ》でも、炎は消えずに揺れていた。

4

――天空の水鏡が割られ、水飛沫《みずしぶき》の残滓《ざんし》と共に紅《くれない》の女が落ちてくる。

誰もが、その圧倒的な存在感に意識を奪われ、夕日に焼かれる空を見上げていた。

それは当然、地上から空を仰ぐ『魔女』も同じことだ。


「「「――プリシラ・バーリエル！」」」


この瞬間、不完全な魔法陣による魔晶石の解体、それがもたらすマナの恩恵で顕現していた『魔女』スピンクスは四十四体。

その全員が空に掌《てのひら》を向けて、落ちてくるプリシラへの敵意を具象化しようとする。

だが――、

「余所見《よそみ》厳禁踊り子さんにはお触り禁止！」

「らしない真似《まね》やねえ、そら悪手やわ」

その瞬間を見逃さない超越者の妨害が、四十四を三十六まで一挙に減らした。

それでも、一体の『魔女』で十分以上の脅威となる光球が無数に空に生まれ、四方八方からの致死性の攻撃が、囚《とら》われを脱したばかりの太陽を陰らせにかかり――、

「やらせんでありんす!!」

慈愛の色を強く込めた叫びに呼応し、隆起する街路が投槍《なげやり》のように射出される。

それが中空にあるプリシラに届こうとする光球を阻み、次々と生じる光の爆発と爆風が夕空を彩りながら彼女を守った。

「合わせたまえ、ベアトリス！」

「お前に言われなくても、かしら！」

息が合っているのかいないのか、魔法使いと大精霊の連携もそれらに続く。

光の爆風を突き抜け、なおも落ちてくるプリシラの周囲に生まれた紫紺の輝きは、いくつもの円盤となって光球から彼女を守り、守り、守り、守り抜く。

しかし――、

「「「――まだだ！」」」

血を吐くような『魔女』の絶叫が、無感情の光球の色彩を変えた。

一個一個が拳《こぶし》大の大きさだった光球が結び付き、数を減らす代わりに威力を上げる。それは大盾としてプリシラを守った紫紺の輝きをひび割れさせ、ついには砕く。

白髪をなびかせ、空に上がった『魔女』の一体がそれを主導した。重ねて、『魔女』は盾を失い、無防備になったプリシラへ指先を向ける。

「うーあう！」

「やらせません!!」

その、プリシラ以外を見ようとしなかった『魔女』の胴体に、地上から転移した金髪の娘と、水晶宮《すいしょうきゅう》を壊す勢いで蹴って跳んだ鹿人《しかびと》の少女の一撃が同時にぶち込まれる。

前後からの衝撃に『魔女』がひしゃげ、放たれる熱線は空を切り裂くにとどまった。

「……要・誘引です」

その一撃で土の破片に砕かれながらも、それさえ策の内と『魔女』は言い残す。

刹那《せつな》、地上にいる複数の『魔女』同士が手を重ね合い、それぞれが同じ存在であるからこそ可能な完全なシンクロで術式の構築を短縮、大魔法が行使される。

それは荒れ狂う地水火風の大嵐となり、空にあるプリシラを一息に呑《の》み込《こ》んでしまう。

次の瞬間には、ズタズタに引き裂かれたプリシラの無惨な姿が――、

「アイシクルライン――！」

破滅の嵐、それが内側から爆《は》ぜ、中から現れるのは引き裂かれたプリシラではなく、そのプリシラを守るように、あるいは彩るように天上に咲いた氷の花だ。

美しい大輪の花弁が光を閉じ込め、眩《まばゆ》い煌《きら》めきはプリシラを汚せない。

そして、迫りくる無数の死を、破滅を、終焉《しゅうえん》をことごとく寄せ付けなかったプリシラへと、猛然と地上から近付いていく影があった。

それは――、

「――姫さん!!」

帝都の地面に魔法をかけ、歪《いびつ》で不格好な石と土の柱を空に伸ばし、プリシラへまっしぐ

らに迫っていくアルデバランだった。

ぐんぐんぐんぐんと柱は伸び、落ちてくるプリシラと昇っていくアルデバランとの距離が縮んでいく。縮んでいく。縮んで、縮んで、縮んで、やがて——ゼロになる。

「——っ」

バランスの悪い柱の上で、伸ばされた右腕がプリシラを強引に抱きとめた。

そのまま一緒に落ちかねないところ、アルデバランは柱のてっぺんでがっちりと自分の両足を足場に固定し、命懸けでプリシラを転落から守り通す。

その、アルデバランの決死の行動に、プリシラは紅《くれない》の瞳《ひとみ》を細め——、

「大儀である」

そう短く述べるプリシラに、アルデバランは一度、何も言えずに俯《うつむ》いた。

それから、彼はすぐに顔を上げ、間近にあるプリシラの顔に声を震わせて、

「姫さん、姫さん、オレの姫さん……っ！　ようやくまた……痛《いて》ぇッ！」

「たわけ。誰が貴様のものか」

感極まったアルデバランの頭を、プリシラが『陽剣』の柄《つか》でしたたかに小突いた。

鉄兜《てつかぶと》が凹《へこ》みかねない勢いで殴られ、アルデバランが思わずしゃがみ込む。が、一本の腕でプリシラを支える彼は、殴られた箇所をさすることもできずに悶《もだ》える。

そんな哀れなアルデバランに、プリシラは「ふん」と小さく鼻を鳴らすと、

「じゃが、貴様にしてはよく励んだ。褒《ほ》めて遣わす」

「そ、そりゃありがたく光栄だが……姫さんは何ともねぇか？　怪我《けが》は？　どっか痛めつけられたりとか……ってか、捕まってたわりに綺麗《きれい》すぎねぇ？」

「たわけた発言を重ねるでない。そもそも、妾《わらわ》の美貌が多少なり囚《とら》われの身であった程度で移ろうものか。口には気を付けよ、アル」

「――――」

腕の中、呆《あき》れた風にプリシラに言われ、アルデバラン――アルは息を詰めた。

それから改めて、腕の中のプリシラの存在を確かめ、彼は深々と頷《うなず》く。そのアルの反応を見届け、プリシラは柱の上から周囲の様子を眺めた。

「そら、真打ちの登場じゃ。貴様らも盛大に場を沸かすがいい」

そう口にするプリシラの視界、柱の頂から見渡せる景色に映り込むのは、帝国の存亡をかけた戦いに挑み、その瞳に炎を灯《とも》したものたちだ。

プリシラ・バーリエルの、愛《いと》おしむと思えるものたちの眼《め》に、魂の炎が灯る。

それはもちろん――、

「姫さん？」

すぐ傍《かたわ》らのアル、彼が被《かぶ》った兜の面頬《めんぼお》を指で持ち上げ、中を覗《のぞ》き込《こ》む。――その、プリシラ以外には見せない素顔の右目にも、当然、炎が灯っていた。

それを目にして、プリシラは上機嫌に笑み、言う。

「何のことはない。――やはり、この世界は妾にとって都合の良いようにできておる」

5

——暗い、昏《くら》い場所で、首から下を埋められているような気分だった。

とめどない土と砂、細かな石が混ざり合ったものにズブズブと足が沈み、それはやがて腰《こし》に達し、胸を、肩を埋め、ついには頭以外が出ていない状態にされる。

その頭だって、少しずつ降り積もる塵《ちり》に埋《うず》められるのは時間の問題に思えた。

「——————」

必死に首を上に向けて、降ってくる塵を吐く息で懸命に飛ばし、窒息の瞬間を、頭のてっぺんまで埋められてしまう最後を、ちょっとでも先送りにしようとする。

——生まれてから今日まで、こんなにも不自由を感じたことはなかった。

心は常に、水面の上を裸足《はだし》で歩くみたいに不安定だったが、体はそんな不自由を味わったことがなかった。むしろ、体を動かすのは得意だと思っていた。

その拠《よ》り所《どころ》が奪われた途端、自分はなんて無力なのだろうと泣きたくなる。

でも、涙の流し方がわからない。泣き方さえ、自分は下手くそだった。

赤ん坊でも知っている泣き方がわからない自分は、きっと生き方さえも学べていない。

何なら、死に方すら学べていなくて失敗した。

本当に、何もかも足りない。それでも、欲しいものはちゃんとあって。

あまりにも無自覚だったけれど、やっと気付いた。——自分の、欲深さに。

そして——、

「——？」

ふと、頭上から降り注ぐ塵の感触が遠ざかった。

さらさらと額に当たり、こぼれ落ちるようだった感触がなくなり、代わりにチカチカとした青白い光がぐるぐると回りながら辺りを照らし始める。

眩《まぶ》しい。うるさい。眩しくてうるさい。

その、視界をやけに挑発的に飛び回る光に腹が立って、もがいた。もがいてもがいて、もがいてやがて、首まで埋まった体の腕が宙に飛び出した。

飛び出した腕から逃げるみたいに、青白い光はさっきより高いところに。

それを追い詰めたくて、手を伸ばしても届かない場所に届くため、埋まった体を強引に引き抜く。肩が抜け出し、胸が這《は》い出て、腰まで達すればもう一息。

やがて、足先まで抜けたところで顔を上げ、光を捕まえようとして、気付いた。

——煌々《こうこう》と辺りを照らし出す赤々とした炎が、すぐ目の前にあったことに。

「——」

炎を前に、動きが止まる。途端、逃げ回っていた青白い光が、いつの間にか自分の後ろに回って背中を押し、その炎へ踏み出させようとしていた。

一瞬、躊躇《ためら》いがあった。でも、それは恐れではない。

その炎に焼かれる幸いに、冷え切った自分が相応《ふさわ》しいのかどうかという躊躇《ためら》いが。

ただ、その躊躇いも一瞬のことだった。

資格があるかどうかじゃなく、焼かれたいと、そう思った。

焼かれようと、そう思った。

だから――、

「――いい加減に目覚めぬか。いつまで妾《わらわ》を待たせるつもりじゃ？」

その優しい炎に焼かれるために、真《ま》っ直《す》ぐ、一歩を踏み出した。

踏み出して――、

「……姫様、わたし、頑張ったよ」

「当然であろう。――貴様、妾の乳姉妹《ちきょうだい》を誰と心得ておる」

6

――瞬間、『魔女』スピンクスは全《すべ》ての計画の崩壊を確信した。

『大災』として屍人《しびと》の軍勢を生み出し、それらを用いた無数の試行錯誤で魂の在り方を確かめ、それで以《もっ》て『強欲の魔女』を再現するという造物目的を達成する。

加えて、『不死王の秘蹟《ひせき》』の術式の構築に利用した『石塊《いしくれ》』ムスペルを亡き者にし、ヴォラキア帝国の大地を崩壊させ、帝国を構成するあらゆるものを失わせることで、唯一、異空間に置いたプリシラ・バーリエルに故国の滅亡を見せつける。

そうすることで、スピンクスは自分におぞましく醜悪な『熱』を教えたライプ・バーリエルを、彼の野心を終わらせ、死へと誘《いざな》ったプリシラへ報復、勝利、復讐《ふくしゅう》、優越、超克、打倒、圧倒、冒涜《ぼうとく》、屈従、勃興、破滅、歓喜、幸福――『何か』ができるはずだった。

自分の中でもはっきりとした形にならない、『何か』が果たされるはずだったのだ。

それが全て、完全に、容赦なく、完膚なきまでに、失敗する。

「――『不死王の秘蹟』が」

術式の効力が失われたことを、スピンクスは認めざるを得なかった。

帝都ルプガナを中心に据え、ヴォラキア帝国の東西南北と合わせた五ヶ所《かしょ》――移動し続ける『石塊』の定着地に指定されていた地点に敷いた魔法陣は、ヴォラキア帝国の大地に長年染み込んだ血を媒介に、『不死王の秘蹟』で以て死者を蘇《よみがえ》らせ続けていた。

しかしそれも、『石塊』からのマナの供給がなくなればおしまいだ。

「『精霊喰《せいれいぐ》らい』アラキア……彼女が、ムスペルを御しましたか」

ありえざる可能性でも、起こった出来事からはそう推察するしかなかった。

抱え込むには強大すぎる大精霊、それを取り込んで爆《は》ぜるはずだったアラキアは、『夢剣』マサユメを操る剣士の調伏と、彼女自身の信じ難《がた》い執心により、四大に連なる大精霊さえも完全に支配下に置いてしまった。

もはや『精霊喰《せいれいぐ》らい』アラキアは、帝国の大地たる『石塊《いしくれ》』ムスペルと同一の存在だ。

そしてアラキアには、ヴォラキア帝国に背いて『大災』に与《くみ》する理由などない。

故《ゆえ》に、ここから先はもう——、

「——新たに屍人《しびと》は蘇《よみがえ》らない」

不死の軍勢、死してなお蘇り続ける亡者の群れ、その前提が崩れ去る。

たとえ『石塊』からのマナの供給が断たれようと、すでに蘇った屍人たちが滅びるようなことはない。ただ、条件が同じになっただけ。

——死ねば終わりの生者たちと、死んで終わった生前の自分たちと。

「——っ」

その『不死王の秘蹟《ひせき》』の術式が解除され、状況の整理に費やしたのは五秒ほど。

だが、そのほんの五秒の間に、三十六体まで減らされたスピンクスがさらに七体減らされ、残りの『自分』が二十九体になる。

尋常ならざる速度と機動力を持つ、『青き雷光』と『礼賛者《らいさんしゃ》』が強すぎる。

造物主を、『強欲の魔女』の能力を再現できているはずのスピンクスが、まるで太刀打ちできない。歯が立たない。数の暴力で押し切れる次元の相手ではない。

それをどうにかしたくとも、『魔女』に牙を剥《む》くのはその二人だけではないのだ。

故に——、

「『──要・撤退です』」

事ここに至り、『魔女』スピンクスは計画の破棄が最も合理的だと結論付ける。

盤石の態勢を整え、万全の策を講じ、万端の状態から始めた計画だったが、それでもなおここまで覆されては、もはや計画の修正は不可能だ。

業腹だが、二つの大目標の内の一つを達成したという事実で納得するのが得策。

事実、長きにわたる造物主から与えられた造物目的は果たされたのだ。三百年以上も追い求めた目的と、ほんの一年少し欲しただけの目的が同一の価値のはずもない。

「『──要・撤退です』」

そもそも、天秤《てんびん》の釣り合った状況などではなかったのだ。

自分が何のために生み出されたのか、それを改めて自覚する。求められるのは『強欲の魔女』としての再臨であり、それは確実に果たされる。

今のスピンクスとしての自我を塗り替え、『強欲の魔女』エキドナへと──。

「──要・撤退です」

——作り変えられる。造物目的は、それで果たされる。

スピンクスが消え、エキドナが蘇《よみがえ》り、三百年以上の執念の日々が終わるのだ。

それ以上を望むのは合理的ではない。合理的ではない。合理的では、ない。

合理的ではないのに——。


「————」


刹那《せつな》、掲げられる『陽剣』が眩《まばゆ》い光を発し、帝都全域に己の存在を誇示する。

それは異空間を焼き滅ぼし、強引に帝都の天空へ舞い戻り、八つ裂きにされるはずだった未来を当然のように超克し、撤退を結論する『魔女』へ訴えかけてくる挑発。

血のように赤いドレスを纏《まと》い、太陽のように明るい髪色をして、炎のように眩い存在感を放ち、焔《ほのお》のように他者を焼き尽くす生き方しかできない女が、笑う。

その、女の浮かべた笑みに、スピンクスの胸が強く、強く、焦がれた。


「——くるがいい、スピンクス。妾《わらわ》が、貴様の敵である」

瞬間、二十九体の『魔女』スピンクスの全員が決意する。
それは——、

「「「——ワタシは、あなたの敵だ、プリシラ・バーリエル!!」」」

7

「彼奴《あやつ》を取り逃がせば、紛《まぎ》れもなく世界の災いとなろう。本来、妾《わらわ》は世界の在り様の変化に手を加えることを好まぬ。――じゃが、あれは妾を己の宿命と定めた」

崩れ落ちる石と土の足場を背後に、アルの腕から下りるプリシラがそう口にする。

傲岸不遜を絵に描いた彼女のその姿は、直前まで囚《とら》われの身であったことが疑わしくなるほど覇気に満ちた堂々としたものだった。

その彼女の言葉には、勢い込んでいったはずのアルもたじたじになり、

「だからって、姫さんが相手してやる必要なんかねぇだろ！　あんな迷惑な顔した奴《やつ》、みんなで囲んで叩《たた》いちまえば……痛《いて》ぇっ！」

「たわけ。手段を選ばず命を奪いにかかれば、相手にも同じ選択肢を与えよう。あれが己の敵を世界と定める前に、戦いは決しなければならぬ」

「……そうしないと、勝てない？」

自分の豊満な胸を強調するように腕を組むプリシラに、その傍《かたわ》らで跪《ひざまず》いたアラキアが首を傾《かし》げる。右目に火を灯《とも》し、血で赤く染まった左目を手で押さえるアラキアの問いに、プリシラはやれやれと肩をすくめた。

「アラキア、貴様までアルのようなことを言い出すでない。貴様の知る妾は、勝ち負けな

どという些細《ささい》な側面に重きを置くようなものであったか？」

「でも、姫様、勝つの好き。勝つ方が嬉《うれ》しそう」

「当然であろう。それが妾というものである」

「自分で言った前提を自分で蔑《ないがし》ろにするな！　話がこんがらがるだろ！」

アラキア相手の理不尽そのものな回答、そのプリシラの傍若無人に黙っていられず、ついスバルは前のめりに口を挟んでしまった。

と、そう突っ込んだスバルに、プリシラが初めて「ふん」と視線を向けて、

「なんじゃ、貴様は。貴様の如《ごと》き童の出番などないぞ。疾《と》く失《う》せるがいい」

「ジャリガキで悪かったな！　サイズ感こんなだけどナツキ・スバルだよ！　天満不滅、ラブリーキュートなエミリアたんの騎士！」

「かような童を騎士とは、あの半魔の人材不足も深刻と見える。これならば、まだあのやかましい凡愚の方が幾分かマシであったろうよ」

「それが俺！　ザッツミー！」

まさかのアラキアへの応答以上の理不尽に、スバルは自分を指差して叫んだ。

プリシラが興味のない相手を記憶から削除するのは知っているが、アルやシュルト、シスコンのアベルほどでなくても、これまで彼女の身を案じていたスバルにそれはない。

と、鼻血を拭った顔でそう詰め寄るスバルに――、

「――たわけ」

「戯《ざ》れ事との区別ぐらい付けるがいい。──ナツキ・スバル」

「へ？」

「──ぁ」

腕を組んだまま、表情も変えずにそう言い放つプリシラ。そのプリシラの言葉の意味が脳に浸透した途端、スバルの全身を熱が支配した。

だがそれは、弄ばれたことへの怒りとかではなく、ある種の感動だった。

あのプリシラ・バーリエルが、スバルの名前を覚えて、呼んだという事実への。

「……顎《あご》を蹴り砕かれた昔の俺が報われた気分だぜ」

去来した感情を押し殺し、スバルは自分の顎をさする。

プリシラと出会ったばかりの頃、すでに失われた世界で関係最悪に陥ったとき、スバルは彼女に顎の骨と、つまらないプライドを蹴り砕かれたことがあった。

あれからある程度の時が流れたとはいえ、こうも関係が変わることがあるとは。

「今までだって、色んな奴《やつ》と色んな関係があったけど……お前にちゃんと名前呼ばれる日がくるなんて、感慨深《ぶけ》ぇな」

「今日に至るまで、如何《いか》に貴様が取るに足らぬ存在であったかの証左じゃな」

その容赦のなさも、プリシラ流の親しみの表現とでも受け取っておくとする。

事実、スバルの眼《め》に灯《とも》った炎はプリシラの『魂婚術《こんこんじゅつ》』によるもので、それがもたらしてくれる活力が、この決戦の最終局面でスバルに立ち上がる力をくれたのだ。

そうして、プリシラを迎えた最終局面で——、

「——あれに教えてやらねばならぬ。貴様が見るべきは世界などではなく、妾《わらわ》であると」

そう口にした直後、プリシラは組んだ腕をほどき、右手の『陽剣』を天にかざした。

掲げられた『陽剣』、その輝きが瞬く間に強くなり、地上に新たな太陽が生まれたかのような眩《まぶ》しさがスバルたちの目を焼いた。——否《いな》、それは凄《すさ》まじい光量だったにも拘《かかわ》らず、太陽を直視したような痛苦を見るものに与えない。

「『陽剣』は妾の斬《き》ると決めたものを斬り、焼くと望んだものを焼く」

改めて、その規格外さを説明したプリシラが、眩《まばゆ》く輝く宝剣——それこそ、帝都のどこからでも存在を気付かせる瞬きを手に、笑う。

笑いながら、この場にいるいずれでもない、自分に注目するべき相手を挑発する。

「——くるがいい、スピンクス。妾が、貴様の敵である」

「——」

それが、プリシラの張った罠《わな》であると、スバルは直感で理解した。

アベルをプリシラの下へ連れ去ろうとしたスピンクスは、何らかの理由で彼女に強く執着している。そして、その執着は囚《とら》われのプリシラと接するうちにより大きくなった。あるいは、そうなるようにプリシラが誘導したのかもしれない。

だとしたら、自力で脱出してこられた彼女が囚われの身に甘んじ続けた理由も。

いずれにせよ——、

「──ワタシは、あなたの敵だ、プリシラ・バーリエル!!」

そう、『魔女』がプリシラの宣戦布告を受け取ったのが、張り詰める戦場の空気からもありありと伝わってきた。

その、まるで論理的でも合理的でもない、感情的な結論をスバルは笑えない。

太陽に挑まれて、その眩《まぶ》しさを無視できる生き物などいないのだから。

「アル、ここは任せた。アラキア、供をせよ」

「──っ、わかった」

「ん、姫様」

短く、そして抗《あらが》い難《がた》いプリシラの指示にアルとアラキアがそれぞれ応じる。

その場を任されるものと、一緒にくるよう命じられるもの。そして、そのどちらでもないスバルの方にプリシラは振り向き、

「ナツキ・スバル」

「お、おう。俺は……」

「英雄幻想と、そう言っておったな」

「────」

慣れない名前呼びへの動揺が、続く言葉によってあっさりと打ち消される。

スバルとアルとの間で交わされた、異邦人である自分たちがこの帝国で、そしてこの世界で背負っていかなければならない覚悟と決意。

人に聞かれれば、スバルたちのような無力なものたちが何を馬鹿なと笑われるだろう決意——だが、プリシラはそれを笑わない気がした。

「——貴様の為《な》すべきことを為すがいい」

はたして、そのスバルの感覚はプリシラの一言に肯定される。

プリシラの一声に背中を押され、魂を肯定される感覚があり、スバルは押し黙った。

プリシラも、スバルの返事を待たない。言いたいことを言って、彼女は背を向ける。そのプリシラの細い腰《こし》をアラキアが抱き、二人の体は宙へ浮かび上がった。

そうして、アラキアと共に飛び立つプリシラに——、

「姫さん！　いつも通りにかましてくれ！」

「当然であろう。妾《わらわ》を誰と心得る」

「プリシラ・バーリエル！　オレの姫さんだ！」

「誰が貴様のものか、たわけ」

アルの声援にそう言い返し、わずかに唇《くちびる》を綻ばせた残像を残してプリシラが飛ぶ。

『魔女』の注目を自分に集め、プリシラはスバルたちの下を離れる。それはスバルたちを戦いに巻き込まないため——否《いな》、スバルたちの戦いを邪魔させないためだ。

プリシラとは違う形だが、スバルも戦わなければならない相手がいる。

「————」

振り向くスバルとアル、両者の視線の重なる先に『魔女』の姿がある。

その体を黒い光に拘束され、身動きも、抗《あらが》うことも封じられたスピンクスの姿が。以前、プレアデス監視塔で捕らえた『暴食』の大罪司教、ロイ・アルファルドに施されたものと似ているが、どこか異なる印象も覚える魔法の封印。

その、力を封じられた『魔女』と戦うことが、スバルの役割だ。

「スバル！　連れてきたのよ！」

直後、タイミングばっちりに戻ってきてくれたベアトリス。ロズワールと連れ立っていた彼女は、この最後の戦いに必要な相手を迎えにいってくれていたのだ。

その相手――スピカが、ベアトリスと一緒にロズワールの背に乗って飛んでくる。

「両手を空けておくのは魔法使いとして合理的だーぁけど、これはないんじゃない？」

「やかましいかしら！　ほら、スピカ、出番なのよ！」

「えあお、あううあう！」

ベアトリスの合図で、ロズワールの背中を蹴ったスピカが地上のスバルの傍《そば》に着地。見上げてくる彼女の頭を撫《な》でて、くすぐったがるスピカにスバルは笑いかける。

「スピカ、働きすぎて胸焼け寸前かもだけど、もうひと頑張りしてくれるか？」

「う！」

そのスバルの頼みに、健気《けなげ》なスピカが尖《とが》った歯を見せて笑う。そんな彼女と手を繋《つな》ぎ、スバルは改めて真っ向から『魔女』と向かい合った。

この世で最も性格の悪い『魔女』と同じ顔をしたスピンクスは、長い睫毛《まつげ》に縁取られた

黒瞳《こくどう》を細めると、ひどく蠱惑的《こわくてき》な微笑《ほほえ》みを浮かべて、

「あなたに、ワタシの魂を捉えられますか？」

「――――」

「その少女の『暴食』の権能……それが魂に干渉する術なら、『陽剣』ヴォラキアの焔《ほのお》と同じように、ワタシはそれを躱《かわ》してみせる」

黒い光に囚《とら》われ、生殺与奪を握られている立場の『魔女』が言う。

それは虚勢でもハッタリでもない。その姿かたちを変えながら、『魔女』が魂に届いたはずの焔を振り切った理由が、紛《まぎ》れもなくそこにある。

ここで『魔女』の魂を捉え切れなければ、彼女は再び世界への災いを企てるだろう。

そう確信させる『魔女』の笑みに、スバルは繋いだスピカの手の感触を、隣で頷《うなず》きかけてくるアルの期待を、ロズワールと共にスバルの邪魔を排するベアトリスの奮闘を、落ちてくるプリシラを助けるのに協力した面々と、最後に見た氷の花を思い浮かべる。

アルにも言ったばかりだ。――英雄幻想は、一人で背負うものじゃない。

「勘違いするなよ。お前を倒すのは俺じゃない。俺たちだ」

そう告げて、スバルはスピカと一緒に囚われの『魔女』へと手を伸ばす。

そして――、

「――スピンクス」

屍人《しびと》たる『魔女』の在り方を喰《く》らうための、最後の『星食』へ挑んだ。

8

――光球が流星雨のように降り注いだ瞬間、ヴィンセントは傍《かたわ》らのミディアムを横抱きにし、水晶宮《すいしようきゆう》の外へと飛び出していた。

「わひゃっ⁉」と悲鳴を上げるミディアム、その細い腰《こし》を抱き寄せ、抱えているマデリンを落とさせないよう留意しつつ、半壊した壁の外へ身を投じる。

同時に、その場に居合わせる手の届かない相手にも意識を向け――、

「オルバルト・ダンクルケン！」

「言われねえでもじゃって！」

直後、ヴィンセントたちとオルバルトのいた魔晶砲の砲台が吹き飛ばされる。

高空からの颪を浴びながら、ヴィンセントは「捕まっていろ」とミディアムに命じ、とっさに強く彼女の腕が絡みつくのを確かめ、強く壁を蹴った。

その壁を蹴る勢いで、追撃となる光の熱線を回避、地上へと落着する。

「おうおう、危ねえ危ねえ。もうこうなりゃ、他のシノビがやれねえワシのできることなんて寿命で死ぬぐれえのもんじゃってのによぅ」

「確かに、老衰で死ぬシノビなどという話は聞いたことがないな」

「使い物にならねえ年寄りは、魔石持たせて敵と自爆させせんのがシノビ流なんじゃゃぜ」

「もう！　怖い話してないで下ろして！　おーろーしーて！」

両腕を失いながらも、不謹慎さの変わらないオルバルト。その彼と言葉を交わすヴィンセントの腕から、手足をバタつかせたミディアムが地べたに降りる。

それで両手の自由を得たヴィンセントは『陽剣』を握り直し、頭上を仰いだ。

そこに、魔晶砲の砲台ごとヴィンセントたちを狙った下手人がいる。

「――『魔女』」

長い白髪をなびかせ、城の頂に降り立っていく女の姿にヴィンセントが呟《つぶや》く。

魔核が失われた今、魔晶砲を起動する術《すべ》はなく、動力源であった魔水晶も大規模な術式によってかなり解体されたはずだ。にも拘《かかわ》らず、『魔女』がヴィンセントたちをどかせてまで城に陣取ったのは、そこに何らかの目的があるから。

ヴィンセントたちを退けて、『魔女』は水晶宮の何を望むのか――。

「――。モグロ・ハガネか！」

「おおん？　何言ってんじゃぜ、閣下。モグロの奴《やつ》ならバルロイが持ってっちまったじゃろうよう。じゃってのに……」

「あれが持ち去ったのは魔核だ！　城には『ミーティア』の、核以外の部分がまだ――」

「――！　アベルちん！」

雷鳴のような閃《ひらめ》きがあり、ヴィンセントはその可能性に思い当たった。だが、閃きよりも、血相を変えたミディアムがヴィンセントの肩を叩《たた》く方が早い。

丸い目を見張ったミディアムの視界、ヴィンセントも同じものを目にする。──ゆっくりと、轟音《ごうおん》を立てながら水晶宮《すいしょうきゅう》が立ち上がる光景を。

「──」

──モグロ・ハガネは、水晶宮というヴォラキア帝国を象徴する『ミーティア』だ。

その本体は『ミーティア』の心臓部である魔核であり、『九神将』のモグロ・ハガネとして周囲に認識されていた姿は、あくまで巨大な『ミーティア』の一部に過ぎない。

逆を言えば、『ミーティア』は心臓部以外の部分を丸々残した状態──『魔女』はその機構を利用し、鋼の巨人──否《いな》、魔晶石の巨人を呼び起こしたのだ。

「──」

立ち上がった水晶宮──魔晶巨兵とでも呼ぶべきそれは、個体としてのモグロ・ハガネと外見上の共通点を持ちつつも、その禍々《まがまが》しさは『魔女』の執念に準じた。

およそ五十メートル以上もある巨体、しかもその構造の大部分を魔晶石で構成しているそれは、あまりにも大きな爆弾が歩いているに等しい。

「迂闊《うかつ》な手出しをすれば──」

モグロとバルロイが命を賭し、帝国を滅びから救った意味が消えてなくなる。

そう、ヴィンセントが歯噛《はが》みした直後だ。

「仕掛けよ」

「ん、姫様」

決して大きく声を張ったわけではない。それなのに、よく通る声だった。

それがヴィンセントたちの頭上を通過した次の瞬間、光を纏《まと》った巨大な炎の拳《こぶし》——十メートル規模の一撃が放たれ、魔晶巨兵を正面からぶん殴った。

凄《すさ》まじい熱波が空に、地上に広がり、殴られた巨兵が大きく後ずさって、足下の街並みが大軍に薙《な》ぎ払《はら》われたかのように吹き散らされる。

それはあまりにも規格外、あまりにも向こう見ずな一撃だった。

「向こう見ずとは言ってくれる。まるで妾《わらわ》が考えなしかのようではないか」

「あ〜！　プリシラちゃん！」

大きく傾いた魔晶巨兵、それを炎の拳で殴りつけたのは、中空を高速で飛び回っている金剛石の輝きを纏ったアラキアだ。

そのアラキアの手を離し、ドレスの裾を翻《ひるがえ》して着地した女——プリシラを指差し、ミディアムが高い声で彼女の存在を知らしめる。

「アベルちんアベルちん、プリシラちゃんだよ！」

「そう声を大にせずとも見えている。——どこに囚《とら》われていた？」

「実に兄上らしいが、感動の再会とは思えぬ言いようよな。気を揉《も》ませたようじゃが、妾がいたのは異界……城の地下牢《ちかろう》ごと隔離された、『魔女』の異界よ」

「なるほど、見つからぬわけだ。どう逃れてきた」

「決まっておろう？　燃やし尽くしてじゃ」

堂々と胸を張るプリシラの答えは、いっそ快いとさえ言える。

囚《とら》われの身で『魔女』に執着され、どのような目に遭わされていたかと案じていたが、この最終局面に万全な状態で間に合わせるのだから――、

「――。プリシラ、貴様」

一瞬、頭の片隅に芽生えた違和感、その答えをプリシラに尋ねようとした。が、それは問いの形になる前に、魔晶巨兵からの応戦によって阻まれる。

中空を炎と化して旋回し、アラキアは巨兵の攪乱《かくらん》に努めている。

そのアラキアを仕留めるため、魔晶巨兵の全体が発光し、右の腕部というべき部位から破壊の火が放出されたのだ。

魔晶砲の強大な一撃に比べれば劣るが、一個の生命を、あるいは帝都の半分ほどを吹き飛ばすには十分な威力、それが空を往《ゆ》くアラキアを狙う、狙う、狙う――。

「――くるぞ！」

狙い撃たれるアラキアの援護、そのための割って入る隙を窺《うかが》うヴィンセントは、そのプリシラの一言に同じものを目にし、『陽剣』をかざした。

瞬間、アラキアを狙う右腕の反対、空いた左腕から放射される破滅の光が、ヴィンセントたちへと容赦なく放たれる。

「――――」

ミディアムたちを背後に、ヴィンセントとプリシラが『陽剣』を構えて立つ。眩《まばゆ》い真紅

の宝剣の輝きが立ち上る焔《ほのお》となり、押し寄せる光と真っ向から拮抗《きっこう》した。

「――く」

だが、連戦に次ぐ連戦、休みなく続く戦いの消耗に、『陽剣』を握りしめるヴィンセントの手に血が滲《にじ》み、頬《ほお》に力が入る。

「なんじゃ、帝国の剣狼《けんろう》がだらしない」

「……言ってくれる。今しがたまで休息していた貴様が奮起すべきであろう」

「なんと。一度は毒を飲ませて殺し、故国から追い払った実の妹になおも無体を強いようとは、兄上もヴォラキア皇帝らしくなったものよな」

売り言葉に買い言葉、破滅の光と命懸けの押し合いの最中《さなか》のやり取りに、ヴィンセントは奥歯を噛《か》み、緩みそうになる唇《くちびる》を意識して引き締めた。

認めよう。快いと。囚われたプリスカ――否《いな》、プリシラの帰還に心が沸いている。その容赦のない悪罵《あくば》さえも、戦意の代わりに『陽剣』の焔へくべられるほどに。

そうして踏みとどまるヴィンセントとプリスカ、二人の下に――、

「――我が子の子らよ、よくぞ踏みとどまった」

瞬間、ありえざる三本目の『陽剣』が拮抗に加わり、一拍、光が爆《は》ぜ、押し切る。

それを果たしたのは、颯爽《さっそう》と舞い戻り、芸術的な一閃《いっせん》を放った『茨《いばら》の王』――その優麗さに一片の曇りもない伝説の皇帝、ユーガルド・ヴォラキアだ。

「立ち上がった水晶宮《すいしょうきゅう》に対処せよと、我が星から送り出されてのことだ。あれほどの魔晶

石の瞬きは、『陽剣』以外での対処は難しかろう。そなたらの力不足ではない」

「付け加えられずとも、だ。助力には礼を言う。プリシラ、このものは――」

「――母上の魂の良人《おっと》にして、『茨《いばら》の王』じゃな」

窮地に駆け付けたユーガルド、その素性をヴィンセントが説明する前に、プリシラは当然とばかりに彼が『茨の王』だと言い当てた。

当然、読書家のプリシラは『アイリスと茨の王』をも読破していようが、ヨルナ＝サンドラとも、アイリス＝ヨルナとも知らなかったヴィンセントと、その事実を下敷きとして知っていたプリシラとでは受け止め方が違うだろう。

ともあれ、その指摘にユーガルドもまたプリシラを見返し――、

「そなたも余の子孫か。確かに、そなたには余の正妃……テリオラの面影がある」

「――ふん」

そのユーガルドの評価を、プリシラは珍しく言葉少なに受け入れた。

誰かと比べられることを嫌うはずのプリシラのその反応に、ヴィンセントはいささか違和感を覚える。まさか、名作とされる物語の登場人物と出会い、プリシラが舞い上がっているなんて可愛《かわい》げがあるとは思わないが。

いずれにせよ、ここにはヴィンセントとプリシラ、そしてユーガルドがいる。

「よもや、『選帝の儀』でもなしに『陽剣』が三本とは理外のことだ」

「そうだな。事実、皇族同士で向け合う以外に複数の『陽剣』が出揃《でそろ》うことなど、帝国史

において一度としてあるまい。ましてや、それが帝国の敵に向けられるとは、な」

ヴィンセントとユーガルドの言葉通り、それは実現し得ない事態だった。

屍人《しびと》を蘇《よみがえ》らせる『大災』の行いと、ヴォラキア帝国の皇帝争いである『選帝の儀』の仕組みに背いたヴィンセントの暴挙——それがもたらした光景がこれだ。

「結末へ至る道程で感極まるとは、兄上も『茨の王』も『せんちめんたる』じゃな」

聞き慣れない言葉で二人の皇帝を評し、プリシラが両者の間に立つ。

眩《まばゆ》く輝く宝剣を手に、堂々たる焔《ほのお》として振る舞うプリシラ。その姿にヴィンセントとユーガルドは視線を交わし、同時に前を向いた。

「アベルちん！　プリシラちゃん！　ヨルナちゃんの旦那《だんな》さん！」

そうして並び立った三人の背後、抱きかかえたマデリンと負傷したオルバルトを連れて下がりながら、ミディアムが声を大にする。

これまでよりも一層大きく、この土壇場で一番の声を張り上げて——、

「——頑張れ!!」

その声援を受け、三者の反応はそれぞれ異なる。

ヴィンセントは我知らず口の端を緩め、ユーガルドは皇帝らしく鷹揚《おうよう》と頷《うなず》き、プリシラは紅《くれない》の双眸《そうぼう》を爛々《らんらん》と輝かせ、魔晶巨兵を見上げる。

そして、この場の三振りの『陽剣』の輝きがひと際強くなり——、

「無論のこと。——心行くまで、妾《わらわ》の剣舞に見惚《みほ》れるがいい」

9

——必要なのは、形のないモノを捉えること。

そこに確かにあるモノなのに、触れようとすれば元の形を失い、伸ばした指先をすり抜けるように彼方《かなた》へ遠ざかっていくモノ。

それは水のように、風のように、光のように。

それは熱のように、影のように、夢のように。

触れようと勇めば勇むほどに、壊さぬように恐れれば恐れるほどに、遠くなる。

「あなたがワタシに触れようとしても、あなたにワタシを捉えることはできない」

すぐ目の前にいる相手に、間違いなく触れているのに触れられない。

地面の上を踏みしめた足を、世界を朱色に染める夕日を浴びる肌を、正面にいる相手を見据えようとする眼《め》を、その眼に宿る炎の熱を、確かに感じているのに。

「——スピンクス」

その名前を呼び、全《すべ》てを企《たくら》み、災いとなることを望んだ『魔女』の役割を喰《く》らう。

多くの人間の人生を奪い、不幸を生み、災禍を覆い隠した卑劣な権能を、今度は正々堂々と幸福を掴《つか》むため、多くの人の人生を取り戻すため、使おうとする。

それを拒む『魔女』の魂が、文字通り、千変万化するのを懸命に追いかける。

「――――」

屍人《しびと》を蘇《よみがえ》らせ続けることで、『魔女』スピンクスは魂の在り方を知った。

それにより、『強欲の魔女』の再現に成功した彼女は、自分の魂の在り方を変えることで『陽剣』の焔《ほのお》からも、『星食』の光からも逃れる術《すべ》を獲得している。

それはまるで、大きな砂漠に落とした一本の針を探すような、大気に溶けて消えた言葉を知らぬ精霊を探すような、あるいはこの世界に存在しない海に身を投じた相手を探すような、途方もなく、当て所《ど》のない旅路に思えた。

「地図もコンパスもなしに、『オオウナバラ』に漕《こ》ぎ出《だ》しちゃいけねぇ」

帝国の動乱、その最後の大勝負に挑もうとするスバルの背に、同じ世界からきた男がそう声をかけてくれる。

冷たい鉄の兜《かぶと》に覆われ、見せることのない素顔。おそらくは彼――アルの瞳《ひとみ》も、スバルと同じように炎を灯《とも》し、燃えているだろう。

そのアルの言葉に、スバルは自分があまりにも頼りない立場であることを自覚する。

アルの言う通りだ。自分が砂漠に立っていると、見知らぬ世界を眺めていると、大海原に浮かんでいるのだとわかっているなら、闇雲であってはいけない。

「――うあう」

右手を握っている小さな手が、その存在を熱と感触で主張してくる。

そこにスピカがいるとわかってやれるのは、ただ手を握り合っているからじゃない。こうして触れ合う以前に、彼女をわかろうと何度も衝突したからだ。

何度も何度も、理解できない彼女を知ろうとして、ナツキ・スバルは――。

「地図は、俺の心。コンパスは、お前たちだ。――スピカ、レム」

思い返せば思い返すほどに、ヴォラキア帝国に飛ばされた当初は最悪だった。

誰にも頼れなくて、寄り添いたいと思うレムには遠ざけられ、近付いてくるなと遠ざけようとしたスピカには寄り添われ、道を見失って歩き続けた。

だけど、記憶がなくてもレムはレムで、過去のことがあってもスピカはスピカで、どこで何をして誰と会おうと、スバルはスバルでしかなくて。

「――スピンクス」

その名前を呼んで、スピカと手を握り合ったまま、『魔女』の魂に触れようとする。

――『星食《おとし》』の力は、願いだ。

奪い、貶め続けるだけだった力で、誰かを救おうという都合のいい、それこそ流れ星に想《おも》いを託すような、他力本願で身勝手な願い。

でも、だからこそ、本来そうでないものに願いを託すからこそ、真摯でなくては。

ただ名前を呼べばいいという話じゃない。相手の名前を知り、呼びかけるというのは、相手の人生に参加すると、舞台に上がると宣言するのと同じことだ。

「だったら格好つけなくてはいけないでしょう！　人生とは常に毎秒これ晴れ舞台！　誰もが役者で誰もが配役されている以上は誰もが名文を口にする義務があるのです！　心に

残らなくていい台詞《せりふ》がありますか？　演技がありますか？　そんなものはない！」

知らない相手に、なんて言葉をかければ振り向いてもらえるだろうか。

知らない相手に、何度手を伸ばせばこちらを覚えてもらえるだろうか。

相手にこちらを見てもらうには、相手の魂に触れようというのなら、まずは互いを知らない同士であるところから、互いを知っている同士にならなくては始まらない。

自分のことを相手に知ってもらうための、ベストな方法は知っている。

「私の名前はエミリア。ただのエミリアよ」

そうだ。ああ、そうだとも。お前でも、あなたでもない。俺と、ワタシでもない。

――これは、ナツキ・スバルとスピンクスとの対話なのだ。

「――スピンクス」

闇雲に魂に触れるための呼びかけではなく、相手を振り向かせるための呼びかけ。

これまでと違う響きに、広い砂漠を、見知らぬ世界を、大いなる海を、こちらから逃れるように歩き、渡り、揺蕩《たゆた》っていた『魔女』――否《いな》、女が振り向くのがわかる。

「――――」

息がかかるぐらい目の前にいたのに、初めて相手と目が合った。

相手がどんな顔をしていても、その心を無視して、一番深い場所には触れられない。

そんな当たり前のコミュニケーションを、今、帝国の最後の戦いでしよう。

「俺の名前はナツキ・スバル。星の名前が由来なんだ。――お前は？」

10

理外に揃《そろ》った三振りの『陽剣』と、帝国の明日に立ちはだかる魔晶巨兵。

いずれも常外の力を秘めた同士が衝突し、斜陽に染まりゆく帝国を、落陽を拒絶する地上の太陽が押し返し、輝きが帝都を照らし出していく。

「――――」

魔晶石が禍々《まがまが》しく瞬き、放たれる破滅の光が帝都の街路を昏《くら》く染めていくが、それを言葉を交わさずに三方向へ散った剣狼《けんろう》たちが機敏に躱《かわ》す。

魔晶巨兵の昏き光を浴びた草木が、花々が、命の時が静止していく中、『茨《いばら》の王』は建物の屋根を駆け上がり、無機質な人形《ひとがた》である巨兵の足を狙う。

振るわれる眩《まばゆ》い剣撃は、無防備な巨兵の足を薙《な》ぎにかかり――硬い衝撃に弾《はじ》かれた。

「ほう、素肌を隠す程度の恥じらいはあったか」

先祖である『茨の王』の剣を防がれ、『太陽姫』が笑う。その紅《くれない》の双眸《そうぼう》は、魔晶巨兵の巨体を守るようにマナで編まれた白い衣が展開したのを見届けていた。

『鋼人《はがねびと》』モグロ・ハガネと違い、衣を纏《まと》うとは『魔女』も女ではないかと。

「身構えよ！」

そう笑う『太陽姫』と対照的に、表情を厳しくした『賢帝』が叫んだ。

直後、薙ぎ払われる巨大な剣光が、足下を駆け回る敵を狩ろうとする余波で、射程一キロ以上も帝都の街並みを整形する。

それをやってのけたのは、魔晶巨兵がその腕に掴《つか》んだ魔晶石の柱だ。

水晶宮《すいしょうきゅう》を囲うように建てられていたそれは巨兵と変わらぬ高さ、刃渡り五十メートルの大剣となり、そのスケール感においては『陽剣』に引けを取らない凶器と化した。

しかし――、

「よいぞ。派手なのは妾《わらわ》好みである」

振るわれた魔晶石の大剣の刃《やいば》に、『陽剣』を突き立てた『太陽姫』が乗っている。

振り抜かれた剣の先端、地上から百メートル以上の高みから、彼女は巨兵の頭部――元は魔晶砲の砲台であり、現在は『魔女』の玉座となった部位を睨《にら》む。

玉座は魔晶石が閉じた花の蕾《つぼみ》のようになっていて、『魔女』と直接目は合わせられない。

ならば、『魔女』に自分を見るように仕向けるまで――、

「妾もまた、眩い『えんたーていめんと』を見せてやろう！」

刹那《せつな》、『陽剣』の瞬きに呼応し、巨兵の手にあった魔晶石の大剣が一気に燃え上がる。

膨れ上がる紫の炎、五十メートルもの魔性の石柱が光となり、世界の眼《め》を眩《くら》ませた。

当然、大剣を燃やせば足場を失い、それをした『太陽姫』は地上へ真っ逆さま――その白い腕が天へ伸ばされ、炎の翼をはためかせる天女が彼女をさらった。

「大儀である」

『太陽姫』の称賛が、介入した天女の頬《ほお》に笑みを、心に力を与える。そうして光の帯を引きながら空を舞う二人に、魔晶巨兵は二本目の大剣を抜いて斬《き》りかかろうと――、

「この一閃《いっせん》を、我が星と我が民たちへ捧《ささ》ぐ――」

「剣狼《けんろう》の頂を侮るな！」

その巨兵の細い胴体を狙い、左右の斜め下から斬り上げる二条の剣光が奔《はし》った。

『茨《いばら》の王』と『賢帝』の合わせ技は、巨兵の身を守るための衣を真っ向から打ち破り、白く瞬く剣撃を容赦なく巨体に叩《たた》き込《こ》む。

宝剣が魔晶石を打つ快音、それが巨兵の悲鳴のように帝都の空に響き渡った。

「――――」

軋《きし》む音を立てて大剣が砕け、魔晶巨兵の全身にひび割れが生じる。それは常外の存在を追い詰めている証《あかし》であると同時に、巨兵に戦い方を改めさせる切っ掛けだ。

全身に生じた無数の亀裂が内側から光り、次の瞬間、文字通り、死角なしの全方位に目掛け、光の雨――否《いな》、躱《かわ》しようのない光の霧が放たれた。

雨粒であれば、躱せる『剣聖』が『青き雷光』が『礼賛者《らいさんしゃ》』がいる。

だが、これが霧粒となればそれらの超越者であろうと、躱し切ることは困難だ。

故《ゆえ》に――、

「「――『陽剣』ヴォラキア」」

空の一点と地上の二点、都合三点で輝きを増した真紅の宝剣が炎の壁を生む。それは触

れたものを抉《えぐ》り飛ばす光の霧雨を、触れたものを焼き滅ぼす赫炎《かくえん》で以《もっ》て塗り潰す。

防がれた『魔女』の破壊、しかし、それをした魔晶巨兵の全身のひび割れが拡大し、蛇が古い皮を脱ぎ捨てるように、紫の輝きを剥離《はくり》させ、巨兵の眩《まばゆ》さが一段深くなる。

その魔晶巨兵に次の手を打たせまいと、『陽剣』とは異なる力の波動が広がり――ゆっくりと、見えない巨大な掌《てのひら》に引き抜かれるように、帝都の街並みを形作る建物が大地から浮かび上がって、十、二十、百に迫るそれが巨兵を取り囲んだ。

それをしたのは、『太陽姫』を吊《つ》り下《さ》げるのと反対の手を巨兵へ向ける天女――、

「わたしは、姫様の犬」

「よい心掛けじゃ」

直後、建物の嵐が渦を巻き、魔晶巨兵の全身に喰《く》らいつくように殺到する。

その嵐に対し、巨兵は伸ばした両腕で魔晶石の柱をそれぞれ掴《つか》むと、大剣の二刀流として構え、巨体の腰《こし》から上を高速で回転――破砕、破壊、破滅の剣舞が披露された。

それは強大すぎる剣舞として、迫りくる建物群を斬り払っただけでなく、そのまま光の霧を取り込んだ竜巻となって、帝都ルプガナに凱旋《がいせん》しようとする。

「幾度、この世の終わりを目にする日だという」

想像を絶する光の剣嵐《けんらん》を前に、『賢帝』は嘆息と共に、しかし黒瞳《こくどう》の眼差《まなざ》しを一切弱めることなく前進し、帝都を、帝国を、世界を蹂躙《じゅうりん》する風に刃《やいば》を合わせた。

同時、『太陽姫』と『茨の王』の剣閃も、『賢帝』と狙いを重ね、剣嵐の足を止める。

「──ッ」

食い縛った唇《くちびる》から血を流し、踏みとどまる『賢帝』が光輝を背負う。それは同じく、剣《けん》嵐《らん》に抗《あらが》う二人の背にも現れ、光と力の共鳴が剣嵐を炎で呑《の》み始めた。

紫色の光を纏《まと》った竜巻が、『陽剣』の炎に焼かれ、徐々に色を変える。渦巻く剣風の霧雨は火花となり、やがてそれは天を突くほど高い火柱へ作り変えられた。

上々だ。不完全な、真価を発揮できない『陽剣』でそれを──、

「────」

強く、『陽剣』を握りしめ、『賢帝』は立ち上る火柱に目を細める。戦いの最中《さなか》、足を止めて、思考に意識を割くことが愚かとわかっていながら。

その直後──、

「──愛しなんし」

焼き尽くされた光の剣嵐を突き破り、息つく暇もなく魔晶巨兵が飛び出してくる。その巨兵の振りかざした大剣の一撃を、跳ね上がった高下駄《たかげた》が蹴り返した。

一拍遅れ、突き抜ける突風を浴び、キモノの裾を翻《ひるがえ》して宙にあるのはその美しさと舞い方を鮮やかに切り替える、眼《め》に炎を灯《とも》した『極彩色《ごくさいしき》』。

なおも中空を舞う、身動きの取れない『極彩色』を狙い、巨兵は跳ね返されたのと反対の大剣を薙《な》ぎ払《はら》わんとした。だが、しかし、それも、届かない。

割って入る『茨《いばら》の王』が『極彩色』を横抱きにさらい、縦に構えた『陽剣』で真っ向か

ら剣撃を受けると、大剣の刀身を焼き斬《き》ったのだ。

現代に蘇《よみがえ》った『アイリスと茨の王』の後日談、それが斬り飛ばした大剣の先端が地上を跳ね、帝都を北から南へ傷付けながら飛んでいく。

その、帝都の南方へ意識が向いた直後――白い光が都市を北上した。

『――――ッッ！』

南の空、白い翼をはためかせ、雲を纏った龍《りゅう》が咆哮《ほうこう》する。生と死の価値観を無視し、ただ想《おも》い人のために戦った『雲龍《うんりゅう》』が宗旨替えし、滅びに抗う息吹を吐いたのだ。

その直撃を受けて、魔晶巨兵が大きく後ずさる。後ずさり、巨兵は鋭い足先を街路に突き刺して踏みとどまると、残った魔晶石の柱と共鳴、甲高い音を立てて砕け散る柱が無数の小さな剣となり、白い衣同様に巨兵を守る剣の陣を張り始めた。

なおも、『魔女』の、『大災』の戦意は折れない。ならば、こちらも同じだ。

真に、ヴォラキア帝国の総力戦の中心で、『賢帝』は微《かす》かに意識を外に向けた。

たとえ微力であろうと、吹けば飛ぶような弱者の自覚があろうと、誰かが命を賭している場面に参ぜずにはいられない男が姿を見せない。

「どうせ、貴様も無謀な戦いに身を投じているのであろうよ」

そう、ある種の期待と信頼を言の葉に乗せ、『賢帝』は宝剣の輝きを増しながら、禍々《まがまが》しさを足していく魔晶巨兵を睨《にら》み、踏み出す。

「往《ゆ》くぞ、俺の選んだ『将』たちよ。――俺たちが『大災』の目に入る小さな塵《ちり》だ」

11

――ナツキ・スバルとスピカ、二人が『魔女』スピンクスと対峙《たいじ》する。

その執念深く、しぶとい『魔女』の魂を捕まえるためのスバルたちの奮戦、それを邪魔立てしないよう、敵を近付けさせないのがアルの使命だった。

「ああ、こいや！　誰も、オレと姫さんには勝てねぇ！」

そう吠《ほ》えながら自分を昂《たかぶ》らせ、アルは即席の青龍刀《せいりゅうとう》を振るい続ける。

アルの背後、防壁に背を預けて座り込んだスピンクスと、彼女の前にどっかりと胡坐《あぐら》を掻《か》いて、正面から向き合い続けているスバルがいる。

スバルがスピカと協力し、やろうとしていることはアルにすら埒外《らちがい》の発想だった。『暴食』の権能に頼ろうなんてとんでも策、聞いたときには正気を疑ったが、実際、スバルがやれると見極め、プリシラがやれと命じたことだ。

それが未来に通じているなら、アルは全力で支える。やり通させる。

「ウル・ゴーア」

そのアルの頭上を、自由に空を飛行するロズワールが火の雨を降らしていく。

最上級の魔法でないとはいえ、あれだけの魔法を連発するなどこれも尋常ではない。ただし、その異常な魔法の力量も今回に限っては相手を圧倒できない。

「ウル・ヒューマ」

降りしきる火の雨に対抗するのは、地表より空へ放たれる水の弾幕だ。

その手数と効果範囲、どちらも世界トップクラスの使い手であり、現代ではとても見られないレベルの魔法戦――魔法使いと『魔女』は互いに世界を味方につけ、互いに世界を寝返らせ、互いに世界を尻軽にして利用している。

声高に存在を主張したプリシラだが、全《すべ》ての『魔女』が誘蛾灯《ゆうがとう》に引き寄せられるように彼女の下に集まるわけではない。一部の『魔女』は自分たちの恐れるべきが『陽剣』だけではないと見抜き、この場に参じていた。

しかし――、

「それならそれで、なのよ！」

見た目は幼女、動きはアスリート、右目を燃やしたベアトリスが陰魔法を発動する。

瞬間、かざした両手が周囲一帯に薄紫の靄《もや》を生み、襲来した『魔女』も、その指示に従い、自我なく衝動的に突っ込んでくる屍人《しびと》たちの動きをも緩慢にした。

そのベアトリスのナイスアシストに、アルは威勢よく乗じる。

「星が悪かったんだよ！」

絶妙な魔法のコントロールが敵を弱らせ、アルにだけ無敵の時間を付与する。哀れな屍人たちを次々と斬首し、アルは支援してくれたベアトリスに兜越《かぶとご》しにウインク。

途端、見えていないはずのウインクにベアトリスが血相を変えた。

「マズいかしら！」

その声に「あん？」とアルが振り向くと、猛然と凄《すさ》まじい勢いで何か——紫色の輝きをした、十メートル規模の巨大な破片が地面を跳ねながら飛んでくる。

それが、プリシラたちの相手する魔晶巨兵が振るった大剣、その斬《き》り飛ばされた先端であることはアルにはわからない。わかるのは、その破片に直撃されれば、アルも背後のスバルたちもまとめて挽《ひ》き肉《にく》にされるということで——、

「抱えて——」

飛んでくる破片の射線上からスバルたちごと逃げる。

いったい、何度の挑戦が必要かわからないが、それを試算する暇はない。何事も、机上の空論よりも死線上の試行錯誤だ。

「マトリクス更新、思考実験——」

「——勝手にッ、諦めってんじゃァねェよ!!」

瞬間、アルとすれ違うように破片に突っ込んだ豪腕がそれを迎え撃つ。

轟音《ごうおん》と豪風が背後に抜けて、しかし、飛んできた破片はその場に食い止められた。それをやってのけたのは、鋭い犬歯を噛《か》み鳴らしたガーフィールだ。

「遅れッて悪《わり》ィ、ベアトリス！　大将ァ……」

「よく合流したのよ！　スバルとスピカを守るのが勝利条件かしら！」

「ハッ！　わッかりやすいぜ！　『愛の囁《ささや》きなら茨《いばら》の王を見習え』ってなァ！」

止めた巨大な破片を蹴りつけ、ガーフィールが胸の前で拳《こぶし》を合わせる。そのガーフィールの瞳《ひとみ》も比喩ではなく燃えており、戦意と呼応して覇気が全身に満ち満ちていた。

「──要・退場です」

だが、静かな声が『魔女』の参戦を告げ、弾《はじ》かれたようにアルたちが顔を上げた空に、いくつもの光が渦巻く光景が飛び込んでくる。光の渦には何らかの引力があるのか、周囲の建物や瓦礫《がれき》が浮かび、渦に呑《の》まれ、噛み砕かれて光の塵《ちり》へ変えられる。

その光塵《こうじん》そのものに破壊の力が感じられ、『魔女』の一声でそれが地上を均《なら》しに──、

「──ハリベル様、よろしくお願いいたします」

「ええよ。頑張る子ぉは応援したなるからね」

不意に二種類の声が聞こえ、次の瞬間、キモノ姿の砲弾──否《いな》、鹿人《しかびと》の少女が飛ぶ。

少女は空中で身を回し、光塵を降らせる寸前だった『魔女』の背を抉《えぐ》るように蹴り込んだ。その勢いと蹴りの威力に、哀れ『魔女』は真っ二つに砕け散る。

「うんうん、大したもんや。君みたいな子がおるなら帝国の未来は安泰やねえ」

そのままの勢いで、光の渦に飛び込みかけた少女を間一髪で漆黒の狼人《おおかみびと》が救った。

狼人は素早い貫手《ぬきて》で『魔女』の用意した光の渦を無害化し、そうしたのと同じ手で少女を柔らかく受け止め、地上へ降り立った。

少女を投げたのも、受け止めたのも同じ狼人の仕業で、混乱する。

「新しい化け物が追加された！　セシルス系かよ⁉」

「否定できんけど嫌な区分やなぁ」

「ご無沙汰しております。僭越《せんえつ》ながら、セシルス様とハリベル様では人間性がまるで違いますので失礼に当たるかと。――私たちは、シュバルツ様をお守りすれば？」

「お、おおう。話が早《はえ》ぇ！　ついでに強《つえ》ぇ奴《やつ》は大歓迎だ。一緒に兄弟を守り抜こうぜ！」

「そやね。そろそろ大詰めみたいやし、こんな贈り物までしてもろてるからね」

魔都で見かけたキモノの少女――タンザが、狼人《おおかみびと》をハリベルと紹介する。その両者の瞳《ひとみ》にもプリシラの祝福が炎となって宿っており、頼もしいことこの上なしだ。

加えて――、

「どこの誰だか知らないけど、ちょうどいい土産が届いたのよ」

そう言いながら、ベアトリスが小さな掌《てのひら》で巨大な破片にぺたりと触れる。――ガーフィールが受け止めたそれはただの瓦礫ではなく、魔晶石の塊だ。

それを、ベアトリスは一息でマナに分解、周囲に紫紺の結晶で作られた剣が一挙に百本ほども出現し、彼女が持ち上げる手の動きに合わせ、ソードダンスが始まる。

それをベアトリスは一息でマナに分解、周囲に紫紺の結晶で作られた剣が一挙に百本ほ
「せっかくの潤沢なマナ、こうしてベティーが使ってやるかしら。お前たち、スバルに傷一つでも付けたら容赦なくお仕置きなのよ」

「そのときは、ベアトリス様への仕置きは私がさせていただきますね」

ベアトリスとタンザ、二人の視線がバチバチし出すのを見て、アルは肩をすくめる。

――どうやらスバルの無傷も、マトリクスの更新条件に含めた方がよさそうだ、と。

12

そうしてアルたちに守られながら、スバルは極限の集中力の中にいる。

意識がないわけでも、夢の中にいるわけでもない。にも拘《かかわ》らず、自分の周囲で起こっている戦いは認識の外にあり、自己の認識も帝都の中になかった。

今、ナツキ・スバルという存在の在処《ありか》は、戦場となった帝都ではなく、自分と、自分と手を繋《つな》ぐスピカと、正面からこちらを見るスピンクスしかいない白い世界にある。

――それは、あの『記憶の回廊』と見紛《みまが》うような空間だった。

「俺にとっては、主に嫌な思い出の場所かな」

意図せず辿《たど》り着《つ》いて、無理やり『記憶』を喰《く》らわれた場所だ。エミリアやベアトリスにも散々辛《つら》い思いをさせたし、ラムやユリウスをメタメタにしたのも記憶に新しい。

何より、ここは『ナツキ・スバル』が消えなくてはならなかった場所だから。

「でも、だからこそ、ここには俺の全部がある」

「う？」

「お前はここを知らなくていいよ。お前にとってはとばっちりだ。それでいい」

不思議そうな顔のスピカに笑いかけ、それからスバルは深々と息を吐く。

白い静謐《せいひつ》な空間、この場所でスバルがスピカとスピンクスに向き合うのは、何も全員が頭文字『ス』で始まるお仲間だからじゃない。

全員、自分以外の『自分』と縁の深い同士、水入らずで話したかったからだ。

「スピンクスというのは、造物主の知識にあった怪物の名前です」

「うん？　あ、名前の由来か」

「はい。造物主の望みが最初から叶《かな》っていれば、ワタシはエキドナと名乗ることになったでしょう。そうならなかったため、別の名前が必要になりました」

正面、向き合うスピンクスが意外なほど穏やかに、スバルに由来を教えてくれる。

スピンクス——スバルの知るそれは、ライオンの体に人間の頭がついた怪物だ。ピラミッドを守護していて、なぞなぞを出すのが得意な印象がある。

「朝は四本足、昼は二本足、夜は三本足……これってなんだかわかる？」

「——？　怪物ではありませんか？　あるいは、変形する怪物です」

「そう思うよな。ちなみに答えは人間ね」

お約束のなぞなぞを教えると、スピンクスにもスピカにも渋い顔をされた。納得がいかないと言わんばかりだが、文句は出題した別のスピンクスにお願いしたい。

ともあれ——、

「教えてくれてありがとな。代わりに、俺もお前に見せたいものがある」

「ワタシに見せたいもの？」

「ああ。——喜んでくれるかは微妙だけども」

そう前置きした上で、スバルは小さく笑い、それからスピカの方をちらと見る。彼女はスバルの不安を和らげるように、握ったままの手を持ち上げ、「う！」と言った。

それが、スバルより一足先に『自分』と折り合いを付けたスピカなりのエールだ。

――『記憶の回廊』の中、目をつむると、自分の匂いを強く感じる。

聞いた話だが、記憶と匂いとは強い結び付きがあるんだとか。匂いと関連付けられている記憶は多く、だから『記憶の回廊』にもその印象があるのかもしれない。

いずれにせよ、自分の匂いを辿《たど》り、現実ではない『記憶の回廊』を歩いて、スバルはゆっくりと、不確かなモノを確かなモノへと手繰り寄せようとする。

何度もの『死に戻り』の中で、両腕をなくしたオルバルトからは『幼児化』を解くのが難しいと軽い口調で謝られた。――だから謝罪の代わりに、教えを乞うた。

器と魂は戻りたがっている。あとは、匂いを頼りに道案内してやればいい。

そうすれば――、

「――俺の名前はナツキ・スバル。天上天下、唯一無二の無一文」

そう、つまらない軽口を叩《たた》く声が、少しだけ太く、低くなった。目線の高さが変わり、握ったスピカの手の感触がいきなり小さくなって感じる。

でもそれは逆なのだ。スピカが縮んだんじゃない。――スバルが変わったのだ。

「――――」

感覚的な、変化。魂は、常に元の形に戻ろうとし続けていた。

それが果たされた感慨が、文字通り、子どもから大人への成長を遂げた心と魂の成長痛で以《もっ》て、血管や神経を伝って、スバルの全細胞に染み渡っていく。

そうして、自分自身を確かな意味で取り戻して、スバルは改めてスピンクスと――否《いな》、初めて正面からスピンクスと向かい合った。

「――初めまして、ナツキ・スバル」

そのスバルの意を汲《く》んで、変化を見届けたスピンクスが初対面の挨拶を口にする。それを受け、話せる奴《やつ》じゃないかとスバルは思った。

元通りになった頭と体と、心と魂で、ナツキ・スバルはそう思った。

「でも、俺たちは決着をつけなくちゃいけない」

「ええ、そうですね。――要・決別です」

「……どうしてなんだ？」

「どうして、とは？」

「なんで、全部、一人でやろうとするんだ？」

それは、スバルの正直な疑問だった。

『魔女』スピンクスはヴォラキア帝国を滅ぼす『大災』を起こし、多くの命を弄び、許されないだろうことを山ほどした。だが、そうしなければいけなかっただろうか。

スピンクスの目的が、造物主の再現――『強欲の魔女』だけにあったのなら。

「お前には他のやり方があったはずだ。お前は、やり方を間違えた。やり方を間違えさえしなければ、俺たちは」

「戦わずに済んだ、とでも？　それは不可能でしょう。要・再考です」

「なんで！」

「造物主の再現以外の理由が、確かにワタシの中にあるからです」

自分自身を見下ろして、スピンクスが薄く微笑《ほほえ》みながら決定的な違いを告げる。

微笑、それがスピンクスがスピンクス自身を祝福している証《あかし》であると見て取れて、スバルはそれ以上、食い下がることができなくなった。

ただ、それと同時に、ナツキ・スバルは確かにはっきりと、見つける。

「うあう」

「ああ、わかってる。——ありがとう、スピカ」

唇《くちびる》を噛《か》んだスバルをスピカが呼ぶ。彼女は、スバルが元の大きさに戻ったことにもリアクションしたいだろうに、それを堪《こら》えて、慮《おもんぱか》ってくれた。

その思いに、応えたい。——そのために、たとえ地獄に落ちたとしても。

「——スピンクス」

「なんでしょう？　あなたがどうあろうとワタシは——」

「ハッピーバースデイ」

そう言って、聞き慣れない祝福に目を開くスピンクスに、触れる。

そして——、

13

快いと、夕暮れの香りがする風を浴びながら、プリシラは存在を喝采する。

『ミーティア』であった水晶宮《すいしょうきゅう》の仕組みを利用し、スピンクスが立ち上がらせた魔晶巨兵の暴れぶりと、ヴィンセントの揃《そろ》えた『将』たちとの饗宴《きょうえん》には胸が躍った。

醒《さ》めない夢を、終わらない演目を、『えんでぃんぐ』のない物語を、見続けたい。

しかし、そんな子供じみた『えご』は、この戦いの閉幕に相応《ふさわ》しくないから――、

「妾《わらわ》が相応しき、幕を下ろしてやろう」

そう言って、プリシラは雲の上を飛ぶアラキアの手を離し、空へ落ちていく。

真《ま》っ直《す》ぐに落ちるプリシラは手にした『陽剣』を空の鞘《さや》に納め、両手を広げた姿勢の全身に夕日を浴びながら、目を閉じる。

見えずとも、魂の炎を分け合ったものたちの全霊は世界からの睦言《むつごと》のように伝わった。

光の帯を纏《まと》ったアラキアは『魔女』の魔法を打ち払い、白雲で鎧《よろ》った龍《りゅう》は被害が都市の外へ広がらないよう抑え込む。再会した良人《おっと》と仲睦まじく並んだヨルナは、娘の目があるのも憚《はばか》らず、過激な愛情表現で大地を砕くのに忙しい。

そして、不肖《ふしょう》の兄にして、ヴォラキア皇帝、ヴィンセント・ヴォラキアは――、

「遅い」

短い一言を口にし、黒瞳《こくどう》で正面の魔晶巨兵を怖《お》じずに見上げる。巨兵は魔晶石の大剣を二本、両腕で振り上げ、帝都ごと帝国の頂を叩《たた》き斬《き》ろうとしていた。

そこへ、ヴィンセントの後ろから雷光が突き抜けていき――、

「――天上の観覧者も照覧あれ。世界がいずれを……いえ！　この身を選ぶのを！」

二条、白と剣光と黒の斬光、星の光と呪いの理《ことわり》さえも断つ剣閃《けんせん》が空を奔《はし》った。

それは帝都壊滅の兆しであった魔晶巨兵の両腕を肩から斬り落とす。轟音《ごうおん》と噴煙を上げながら魔晶石の輝きが塵《ちり》となり、『夢剣』と『邪剣』の瞬きが存在を断った。

それでもなお、腕を失った巨兵は己の周りに浮かべた無数の剣を振るい、抗《あらが》わんとする帝国の意思を切り払おうとする。

その狙いには当然、落下中のプリシラも含まれていて。

「――プリシラ・バーリエル」

空の色を塗り替えるほど、強硬に瞼《まぶた》を貫通してくる破滅の光。それが自分に迫ってくる気配を感じ取り、プリシラは瞼を開いて、両手を左右に伸ばした。

次の瞬間、プリシラの右手に『賢帝』の、左手に『茨《いばら》の王』の投げ渡した『陽剣』が同時に収まり、振るわれる双剣が『魔女』の放った魔晶の剣を一挙に焼き尽くす。連鎖的に燃え上がる剣が魔晶巨兵を中心に渦巻き、紅《くれない》の炎幕が空を覆った。

一瞬、誰の目にもプリシラの姿が見えなくなり――刹那《せつな》、炎の幕を突き破った『太陽姫』の姿が真っ直ぐ、魔晶巨兵の頭部、閉じた魔晶石の蕾《つぼみ》へと迫る。

それを為《な》したのは三本目の『陽剣』──空の鞘《さや》から射出された自分自身の『陽剣』に乗って、兄と先祖の『陽剣』を両手にプリシラが飛んだ。

──プリシラを乗せた『陽剣』、その切っ先が魔晶石の蕾《つぼみ》に突き刺さり、閉じた花弁を破って中へ突入する。

「──プリシラ・バーリエル」

瞬間、迎え撃つように殺到した光球の弾幕を、『茨《いばら》の王』の『陽剣』で切り払った。

炎が視界を覆い尽くし、床に降り立つプリシラが前進する。

「──プリシラ・バーリエル」

同時、視界を覆った炎を踏み越え、光の剣を手にしたスピンクスが飛び出す。

両者の視線が交錯し、プリシラは『賢帝』の『陽剣』で相手の剣を焼き切った。

「──プリシラ・バーリエル」

激情に瞳《ひとみ》を燃やし、何度も自分の名を呼ぶスピンクスにプリシラは笑む。その笑みを視界に捉えながら、スピンクスが背後に飛び、両手を構えた。

左右の五指、十条の光の刃《やいば》が生まれ、それが蕾の中を荒れ狂い、魔晶石の内側を不規則に乱反射して、『死』の万華鏡が美しく閃《ひらめ》く。

その、無秩序で感情的な煌《きら》めきに、プリシラは両手を天へ伸ばした。

そして、伸ばした先から突き出す宝剣の柄《つか》を掴《つか》み──、

「──プリシラ・バーリエル！」

「それが、妾《わらわ》の名である」

高らかに吠《ほ》えるその声に、確かに宿った熱を帯びた敵意。それに真《ま》っ直《す》ぐに、プリシラは煌々《こうこう》と眩《まばゆ》く光り輝く『陽剣』を振り下ろした。

――赫炎一閃《かくえんいっせん》、暁か黎明《れいめい》か、新たなる夜明けを思わせる光が、命を熱く照らし出す。

魔晶石の蕾が内側から照らされ、花開く。すなわち、それは魂の萌芽《ほうが》――、

「誇るがいいぞ、スピンクス」

「――――」

「貴様は他の誰でもない貴様自身として、妾の敵役を果たしたのじゃ。――大儀である」

『陽剣』を振り切った姿勢から体を起こし、プリシラは正面に立つスピンクスに告げる。

それを受け、スピンクスは黒瞳《こくどう》を細めると、

「……及ばなかったにも拘《かかわ》らず、ですか？」

「当然であろう。妾を誰と心得る」

問いに鼻を鳴らし、プリシラはそう応じた。

その答えにスピンクスは眉尻《まゆじり》を下げると、険しさの抜け落ちた顔で吐息をこぼし、

「プリシラ・バーリエル。――このワタシ、『大災』スピンクスの宿敵」

そう、本来の造り出された理由と異なる存在意義を見出《みいだ》したモノとして、微笑《ほほえ》んだ。

――それが『太陽姫』プリシラ・バーリエルと、『大災』スピンクスの決着だった。

14

かつて、一度滅びかけたことがあった。

そのときにも叶《かな》えられなかった目的があり、しかし、それに届かず終わることを平然と受け入れ、胸の内は落日を迎えた夜のように静かで、無価値だった。

それが翻《ひるがえ》って、今はどうだ。

「あのときと同じように、ワタシは願いに届かず消えていくというのに――」

その心は暁か黎明《れいめい》か、沈む日ではなく、昇る日を待ち焦がれる幼子のように、胸には確かな『熱』が灯《とも》って、脈打たぬ体を脈打たせていたのを感じる。

そして、それこそが何十年と繋《つな》がれたあの場所で、冷たく渇いた怪物の眼《め》に眩《まぶ》しく映ったおぞましい『熱』の正体だったのだと、そう教えられて。

「ありがとう。ワタシが何者なのか教えてくれて。――要・感謝です」

不定形、不確実、曖昧模糊《あいまいもこ》としていた自分が『自分』として確立され、それは当初からならなければと思っていたものからかけ離れているのに、それが嫌ではない。

改めて、言える。この、怪物として生まれた存在は『強欲の魔女』の代替品ではない。

だから、自分だけの望みを叶えられずに消える今、こう言うのだ。

「――ああ、悔しい」

15

「――スピンクス」

そうスバルが名前を呼び、魂に触れたスピカがその在り方を喰《く》らう。

『星詠み』が発動した瞬間、スバルには静かな達成感と満足感、同時に寂寥《せきりょう》感が湧《わ》く。それはあるいは、笑いの絶えない食事の終わりの寂しさに近いかもしれない。

確かに満たされているのに、ほんの少しだけ物足りない、そんなひと時と。

「――――」

一個の命としての誕生を祝福して、それと同じ口で彼女を喰らうのを手伝った。

でも、それは憎しみからじゃない。苦しめてやりたいわけでも、ガッカリさせてやりたいわけでもなかった。この決着の仕方しかなかった。

スバルたちと、スピンクスとの決着は、これしかありえなかったのだ。

「う！」

さらさらと、塵《ちり》に変わって消えゆくスピンクス。彼女の終焉《しゅうえん》を見届けたスバルを、一緒にやり遂げてくれたスピカがそう呼んだ。

スピカにも、感謝やねぎらいの言葉をかけてやらなければならない。

「それに、敵のトップがいなくなったってアベルたちにも――」

そう言って、立ち上がろうとしたときだ。

「――スバル」

不意に聞こえたその声は、スバルの鼓膜や頭蓋を無視して、直接脳に響いた。

いつだってそうだ。その、美しい銀鈴の声音はいつも、ナツキ・スバルを裸にする。剥《む》き出《だ》しのスバルを振り向かせ、泣き出しそうになる衝動をもたらすのだ。

「――――」

声も出せずに立ち上がり、振り返ったスバルの目を夕焼けが照らした。その、勝利の余韻をもたらす夕焼けが今は邪魔だ。――その光の中に、見たい顔がある。

夜天の月の雫《しずく》を写し取った長い銀髪に、この世で最も美しい宝石である紫紺の瞳《ひとみ》、その頭のてっぺんから足先まで、愛《いと》おしく思えない部分が見当たらない。

「うあう」

込み上げてくる衝動に涙ぐみそうになるスバルの背を、手を離したスピカが叩《たた》いた。

その掌《てのひら》の感触に切っ掛けと勇気をもらい、スバルは走り出した。

サムズアップするアルの横を抜け、紫煙を吐いているハリベルに見送られ、スバルの代わりにボロボロ泣きじゃくるガーフィールの肩を叩き、飛びついてきたい気持ちを堪《こら》えてくれているベアトリスの頬《ほお》をつついて、深々と頭を下げるタンザのらしさに苦笑し、そして空から降り立ったロズワールに脱いだ上着をかけられる。

「スバルくん、君は真っ裸じゃーぁないか」

大きさが戻ったせいで、子ども状態だったスバルの服装はちぐはぐだ。これが元の世界なら、服を買いにいくための服がない状態。

でもここは元の世界じゃなく、今、スバルが生きている異世界だ。

「スバ――」

小走りに、あちらからも駆け寄ってきてくれていた彼女が口を開こうとするのを、スバルは勢いを止めないで、正面から抱きしめにいって黙らせる。

その細い体をぎゅっと、ちゃんと自分の元のサイズの腕で抱きしめて――、

「――E・M・T」

「……バカ」

スバルに真正面から抱擁され、少し驚いたエミリアが、仕方なさそうに微笑《ほほえ》む。

ヴォラキア帝国での再会も、もちろん心が弾んだ。離れ離れの彼女とまた触れ合えて、スバルは心から彼女への想《おも》いを実感できた。

でも、やはり、違う。――この心と体と魂が揃《そろ》って、ナツキ・スバルだ。

「おかえりなさい、スバル」

「うん。――ただいま、エミリアたん」

そのスバルの魂の充足、それと同じものを感じ取ってくれたエミリアがそう言う。

そうして再会の喜びを分かち合う二人の彼方《かなた》で、水晶宮《すいしょうきゅう》が眩《まばゆ》く、燃え上がった。

――それが長く長く続いた、ヴォラキア帝国の『大災』の閉幕の儀だった。

終幕　『プリシラ・バーリエル』

1

――『大災』は退けられ、神聖ヴォラキア帝国はついに滅びの危機を免れた。

帝都を中心に、帝国各地に展開していた屍人《しびと》の軍勢は統率を失って瓦解し、散り散りに遁走《とんそう》する形で戦闘は終局へ向かう。だが、統率者だったスピンクスがいなくなろうと、『不死王の秘蹟《ひせき》』を維持するマナの供給が『石塊《いしくれ》』から絶たれようと、すでに蘇《よみがえ》った屍人たちは再び死を与えられるまで、新たな生の限りに足掻《あが》こうとしていた。

こうして『大災』との戦いが決着しても、それが残した爪痕は決して消えない。

おそらく、ヴォラキア帝国では今後も、逃げ延びた屍人が引き起こすトラブルというものが頻発することになるだろう。それを抜きにしても、戦というものはそれ自体が終わっても、それと関わる全《すべ》てが綺麗《きれい》さっぱり片付くことなどないのだ。

当然だが、戦地となった街や土地、犠牲になった人や物といった多くを確認し、それらを戦の前か、それ以上の状態にするための処理が必要になる。

そして悲しいかな、そうした戦後処理に『英雄幻想』なんて看板は役に立たないのだ。

「だから、意外と手持ち無沙汰でいるってのは事実なんだけども……」

「――なんじゃ。貴様、何か妾《わらわ》に文句でもあるのか？」

「文句ってわけじゃねぇけども、なんかこう、不思議な感じ？」

そうこぼし、スバルは隣を歩く美女――プリシラの横顔に言葉を選んで答えた。そのスバルの答えに、彼女は手にした扇で口元を隠し、「ふん」と小さく鼻を鳴らす。

もはや見慣れた彼女の反応に、連れ立って歩くスバルは不思議がって首を傾《かし》げた。

――現在、スバルとプリシラが一緒に歩いているのは、城塞都市《じょうさいとし》ガークラの壁内だ。

帝国最大の要塞を筆頭に、屍人《しびと》の群れと押し合いへし合いのあった城壁はかなりの被害が出ており、兵士も市民も問わない復旧作業が夜を徹して進められている。そんな街並みをプリシラと並んで歩いているのだから、妙な巡り合わせもあったものだ。

スバルもプリシラも、参加していたのは『大災』スピンクスとの決戦の地となった帝都ルプガナでの戦いだったが、城塞都市に残していた面々の安否も気掛かりだったのと、帝都の惨状が落ち着くのに不向きだったのが移動の原因として大きい。

「世界で最も美しいと称《たた》えられた水晶宮《すいしょうきゅう》も灰になり、貯水池の水もいつまた溢《あふ》れ出《だ》して都市を水浸しにするかわからぬ。あの調子では帝都の復興は百年がかりであろうな」

「スケールのでけぇこと……つか、城を灰にした張本人がそういうこと言う？」

「人型になって暴れ出した時点で、妾が手を下さずとも城としての取り返しはつくまい。ならば『大災』の役目を全うしたあれを送る焔《ほのお》として、盛大に使ったまでよ」

「――スピンクスの送り火、か」

悪びれずに答えるプリシラに、スバルは敵だったスピンクスを思い、目を伏せる。

これは『大災』との戦いに臨んだものたちの誰にも言えないことだが、最後の最後、スピカの『星食』の効果を発揮するため、スバルはスピンクスと真っ向から対峙《たいじ》した。

あの瞬間、スバルはスピンクスと互いに『魂』まで剥《む》き出《だ》しに見せ合ったと言える。

だからなのだろう。スバルはスピンクスを、心の底からの邪悪と思って憎めない。少なくとも、大罪司教のような許されざる敵とは違うと、そう感じてしまった。

そしてそれに近いものを、プリシラも感じていたのではと思っていて――。

「あれは盛大でよい火柱であった。やはり、何かが燃えるのは心が昂《たかぶ》るな」

「いや、ただ物燃やすのが好きなだけだったりする!?」

「なんじゃ、騒がしい。いきなり声を大にするな。アルのようではないか」

一見、それは悪口のように聞こえたが、そう話すプリシラの唇《くちびる》は笑んでいる。わかりづらい関係性だが、彼女は彼女なりに従者のアルを大事にしているのだ。

そのことは、帝都でのプリシラとアルの再会を思えば疑うまでもなかった。

「で、あの調子だとアルはお前から離れたがらないだろうに、今どこいってんの？」

「貴様の言う通り、妾から離れたがらぬから小間使いを命じた。今頃は妾に褒《ほ》められようと涎《よだれ》を垂らして励んでいようよ。半魔に首ったけの貴様と同じじゃな」

「否定できねぇし否定しねぇけども、振り回されてアルが可哀想……」

「──プリシラ様！」

「お」と聞こえた声にスバルが眉《まゆ》を上げると、小走りに道の向こうからやってくる幼い少年──シュルトの姿が目に飛び込んできた。息を弾ませる短パン姿の少年執事は、傍《かたわ》らのプリシラの前で慌てて急停止すると、

「あの、プリシラ様、ご無事で何よりであります！　僕は、僕はとても……わぶっ」

「童がくだらぬ気遣いなどするでない。妾《わらわ》を案じたのであれば堂々とせよ」

そう言って、プリシラが足を止めたシュルトを抱きすくめ、少年の頭が胸に埋《うず》まる。比喩表現抜きに本当に胸に埋もれたので、性別より生物感の違いを見た気分だ。

アルと同じく、プリシラの従者であるシュルトは、帝都から戻らない彼女を心底心配していた一人で、その触れ合いに蕩《とろ》けんばかりに顔を赤くしている。

実際、帝都組──『ヴォラキア帝国を滅亡から救い隊』の面々が戻ったことをこれだけ喜んでもらえるのだから、竜車を急がせて戻った甲斐《かい》もあるというものだ。

「俺もこの姿で再会早々、パトラッシュに引《ひ》っ叩《ぱた》かれた甲斐があったぜ……」

「ナツキ様からも、エミリー様にお礼を伝えてほしいのであります！　あと、僕ももっとプリシラ様のお役に立ちたいので、急成長の秘訣《ひけつ》をお聞きしたいのであります！」

「感謝されてドヤ顔するエミリアたんは何度でも見たいけど、俺の急成長は反則技だからなぁ。正規ルートからこの勢いで成長したら、成長痛で死ぬと思う」

「そも、貴様は無闇に背丈など伸ばす必要はない。今しばらくそのままでいよ」

「うー、板挟みであります……」

自分の望みと主《あるじ》の望み、二つに挟まれたシュルトが苦悩の表情。スバルも、彼がプリシラに抱く親愛とも憧れともつかない心情はわかるので、苦悩にも共感する。

「まぁ、共感したところでためになるアドバイスは何もできないけどな！」

「くだらぬというより、憐《あわ》れな男じゃな。シュルト、一人で出歩いておるのか？」

「いいえ、違うであります！　ウタカタ様がシュドラクの皆様と一緒なので、僕は……」

プリシラの胸の中、埋もれたシュルトがちらと顔を背後に向ける。その仕草につられて通りを見ると、そこに見知った仏頂面を発見――ハインケルだ。

スバルも、彼が帝国にきていて、『大災』の撃退に協力したのは知っているが。

「シュルト、あのオッサンにイジメられたりしてないの？」

「そんなことないであります！　ハインケル様はお優しい方であります！」

「それは絶対に嘘《うそ》」

たとえ身内であろうと、誤った認識を広めるのはよくない。ハインケルが優しいという話は、ロズワールをお人好《ひとよ》しの正直者と表現するようなものだ。

実際、ハインケルもそのシュルトの評価を苦々しく思っているようで。

「チビ、余計なこと言ってんじゃねえ。捨ててくぞ」

「たわけたことを言うでない、凡俗。シュルトをどう扱うかは妾の決めること。むしろ、貴様の方が帝国に捨て置かれることを恐れるがいい」

「ぐ……！　俺は今回、それなりに……それなり、に……」

「役立った、と自らを誇るならばせめてはっきり告げることじゃな」

顔をしかめて口ごもったハインケルに、プリシラが退屈そうな目つきで告げる。それから彼女は胸の内のシュルトを振り向かせ、ハインケルへ押し出した。

「シュルト、妾《わらわ》は巡らねばならぬ相手が多い。こんな時間じゃ。夜更かしせずにおけ」

「わ、わかりましたであります……！　なんだか目が冴《さ》えてしまっているでありますが、頑張っておやすみするであります！」

さすがに興奮状態の醒《さ》めないシュルトに、プリシラは「それでいい」と頷《うなず》いた。それから、シュルトに寄り添われ、何も言えなくなっているハインケルを見ると、

「大儀であった、ハインケル・アストレア」

「あ？」

「貴様の生き方は無様で見るに堪えんが、鍛えた剣筋だけは見るべき点がある。努々《ゆめゆめ》、報われぬとあっても精進を忘れるな」

「……俺が報われるかどうかはあんた次第なんだがな、プリシラ嬢」

そう言って、ハインケルは顔を背けると、自分の赤髪を乱暴に掻《か》いて歩き出す。

その遠ざかる背中に、スバルも「オッサン」と声をかけて、

「ガーフィールが助かったってよ。──うちの弟分が世話になった」

「──けっ」

態度悪く、ハインケルは足も止めずに歩き去る。深々と頭を下げたシュルトが、その背中を慌てて追いかけていくのを見送り、スバルはプリシラに肩をすくめた。

「前はまともに答えてもらえなかったけど、なんでラインハルトの親父《おやじ》と一緒に？」

「誰かの父親などという人間はおらぬぞ。答える気にもならぬ問いかけじゃな」

「う……お前に真っ当なこと言われると、胸が辛《つら》くなる」

そう自分の胸をスバルが押さえると、「たわけ」とプリシラに扇で頭を小突かれた。その小突かれた部分を撫《な》でるスバルに、プリシラは軽く顎《あご》をしゃくると、

「そら、妾を退屈させるつもりか？　道化の務めを果たすがいいぞ、ナツキ・スバル」

そう改めて名前を呼んでくる彼女に、何故《なぜ》か逆らう気が起きないのだった。

2

「貴様たちは揃《そろ》って、忙しい俺の眉間に皺《しわ》を刻みに現れたのか？」

と、顔を出したスバルとプリシラを迎え、アベルは言葉通りに眉間に皺を刻んだ。

大要塞の一室、執務室というほど立派な部屋ではないが、早急に見通しを立てる必要のある戦後対応のため、アベルは夜を徹した仕事に追われているらしい。

プリシラ同様、彼も『陽剣』を振り回して、動く城と戦った一人のはずだが。

「やっぱりタフなお前って違和感すげぇな。もう俺とキャットファイトできないじゃん」

「元より、貴様とそのような怪しい儀式に興じるつもりはない。くだらぬ用件で邪魔をするのなら、疾《と》く出ていけ」

「邪魔するなら出てけとは言うけども……」

突き放してくる皇帝の言葉に、スバルは彼が作業する机の傍《かたわ》らにあるソファを見る。そこには肩を寄せ合い、仲良く眠っているフロップとミディアムの二人がいた。

無事に再会したオコーネル兄妹《きょうだい》は微笑《ほほえ》ましいが、隣の皇帝とのコントラストが強い。

「こっちの二人は追い出さないのな」

「……起こせば、その方が面倒が増えるとわかっているだけだ」

「何とも兄上らしい物言いよ。相変わらず、大事なものにはすこぶる甘い。妾《わらわ》が国外へ逃れるのを良しとしたのも、兄上の愛ゆえであったからな」

パタパタと扇で顔を扇《あお》ぎながら、平然とそう口にするプリシラにアベルが黙る。

それは何を言ってもという沈黙とも、図星を突かれた沈黙ともどちらとも取れて。

「シスコン皇帝……」

「意味はわからぬが、貴様のそれが不敬の極みであることは察しがつくぞ」

「できぬ脅しなどやめよやめよ。此度《こたび》の『大災』を理由に、帝国は王国と都市国家に借りを作りすぎた。ナツキ・スバルらの陣営には特に、な」

「プリシラ……俺の陣営じゃなくて、エミリアたんの陣営だから」

珍しすぎるプリシラのフォローだが、大事なところはしっかりと訂正。それにプリシラは「よく躾《しつ》けられておるな」と呆《あき》れ顔《がお》だが、アベルは静かに指で眉間を揉《も》んだ。

そうするアベルが両目をつむったのを見て、スバルは「おや」と思う。

「――なんだ、ナツキ・スバル。まだ俺への不敬を重ねるつもりか？」

「そういうわけじゃねぇよ。ケンカしたいわけでもなし、忙しいならもういくし」

唇《くちびる》を尖《とが》らせ、スバルは気付いた事実を指摘しなかった。アベルが無自覚にそうしているとも思わない。変化の理由と切っ掛けは、確かな形としてあったはずだから。

そしてその変化を快く思ったのは、どうやらスバルだけではなかったらしい。

「プリシラ、貴様もだ。俺には為《な》さねばならぬことが多い」

「なんだ？」

「妹よりも帝国か。十年かけて、ようやく兄上の中でも天秤《てんびん》が定まったか。ならば」

言葉を区切ったプリシラに、アベルが微《かす》かに眉《まゆ》を寄せる。そのアベルの前で、プリシラはドレスの裾を摘《つ》まむと、その場で深々と一礼してみせた。

そして――、

「――神聖ヴォラキア帝国、第七十七代皇帝、ヴィンセント・ヴォラキア閣下。御身が帝位に就かれたこと、心よりお祝い申し上げる」

「――――」

「せいぜい、剣狼《けんろう》の群れの統率にあくせくと勤《いそ》しむことじゃ。今しばらくは気の休まらぬ日々が続くことであろうよ」

真剣な表情で祝いの言葉を、その後の忠告を不敵な笑みで、プリシラは兄に告げる。その緩急自在の妹の態度に、アベル――ヴィンセント・ヴォラキアは嘆息した。

それから彼はちらと、ソファの上で肩を寄せ合って眠るオコーネル兄妹《きょうだい》を見やり、

「プリシラ。――貴様はこの世で唯一、俺が気を許せた妹だ」

「全く以《もっ》て、我が兄上らしい迂遠《うえん》な愛の告白じゃな」

挑発的な笑みを音を立てて開いた扇で隠しながら、プリシラが今のアベルの発言をそう解釈した。それについては、この場に居合わせたスバルも全くの同意見。

ただ、それに一言、第三者として付け加えることがあるとするなら――、

「俺からしたら、お前らは嫌になるぐらい似た者兄妹だよ」

なんて言ったスバルを、似た者兄妹はよく似た目つきで不機嫌に睨《にら》みつけてきた。

3

「ヴィンセント閣下と話していたでありんすか、プリシラ」

「む、母上か」

チーム皇族とチーム行商人の、帝国の二種類の兄妹仲を堪能したところで、スバルとプリシラは要塞の通路でヨルナと、彼女と連れ立ったユーガルドに遭遇した。

二人の行く先はアベルの部屋らしく、こちらと入れ違いに彼に用があるようだ。

そのヨルナは切れ長な瞳《ひとみ》を細め、しげしげとスバルたちを眺めてくる。この取り合わせがさぞや珍しいのだろうと、そうスバルは思ったのだが、違った。

「初めて目にしんしたが、こうして手足の伸びた童はなかなか見慣れぬでありんすな」

「……あ！　そう言えば俺、ヨルナさんに女装とショタ状態しか見せてない⁉」

衝撃的な事実が浮上し、スバルは帝国でバリエーションに富み過ぎた自分に驚く。そのスバルの驚きにヨルナは口元に手の甲を当てて笑い、

「閣下、こちら様は王国の騎士様でありんす。つい先ごろまでは童の姿に縮んでおりんしたが、わっちと初めて会ったときは見目麗しい女人の姿でありんした」

「ふむ。我が星が見目麗しいとまで評するとは、余も興味を抱かぬではないな」

「いやいやいや、そんなやめてくれよ。そりゃ、ナツミ・シュバルツは誰にお見せしても恥ずかしくない高潔な淑女だけどさ……」

「凡愚にしては称賛に値する技術じゃが、貴様の自己評価は歪《ゆが》んでおるな」

冷静と情熱の間をゆくスバルの答えに、プリシラが呆《あき》れた風にコメント。その後、彼女はアベルの部屋の方を軽く気にして、

「母上と『茨《いばら》の王』は何ゆえに兄上を訪ねる」

「余の残された時間もわずかであろうからな。それが尽きる前に、我が子の子らと、我が星の願いについて話しておきたい」

「残り時間……」

ユーガルドの答えに、スバルは目尻《めじり》を下げてヨルナの方を見た。

――こうして、自然体でヨルナといるユーガルドだが、彼もまた屍人《しびと》だ。スピンクスと同じように、生者と遜色ない見た目をしているが、そこは揺るがない。

「おそらく、自身の生への充足が外見に影響しているのだろう。余としても、熱の通わぬ体で我が星を抱擁するより、こちらの方がいい」

「血ではなく魂の繋《つな》がりとはいえ、娘の前で母上への愛を堂々と嘯《うそぶ》くものよ。それでこそ『茨《いばら》の王』といったところじゃが……母上の願いとは？」

「――。わっちの、転生し続ける魂の束縛のことでありんす」

静かなヨルナの言葉、その概要をスバルは触りの部分しか知らない。

ヨルナはかつてアイリスと呼ばれた少女で、彼女の魂は死ぬたびにオド・ラグナの洗礼を受けずに地上へ戻り、次の体に転生する形で蘇《よみがえ》り続けているのだと。

だから、ヨルナが今回の内乱と『大災』への貢献でアベルに望むのは――、

「――撤回を願うでありんす。狼人《おおかみびと》と土鼠人《もぐらびと》に対する、帝国の出した種絶の命令を」

「え……」

「元より、それがわっちの望み……『九神将』になったときは、わっちの愛《いと》し子《ご》たちを迎える魔都を頂戴するのを優先したでありんすが」

「――なるほどな。母上の魂を縛るのに用いられているのは、古《いにしえ》の時代より積み上げられた狼人と土鼠人、その二つの種族の血肉と命、その供給を断てばおのずと呪いは消える」

「そして当時、その命令を下したのは他ならぬ余だ。余の口から今代の皇帝へ撤回を求めれば、我が星にも我が子の子らの名にも傷を付けずに済もう」

そう言って、ユーガルドは自分の腕を抱いたヨルナに優しい目を向ける。

その瞬間、スバルは表情の変わらない『茨の王』の瞳《ひとみ》の奥に、長年にわたって後悔や慚《ざん》愧《き》の念が燻《くすぶ》り続けていたのだと理解した。

『アイリスと茨の王』――この世界で古くから語られる物語の中で、いったいどんなドラマが彼と彼女の間にあったかはわからない。

だけど、仮にそれが悲劇に終わったなら、これはその後日談だ。

「だったらせめて、少しでも後味がいいようなエピローグがあっても俺はいいと思う」

「見解の相違じゃな。後世の余計な行いが蛇足になることも十分にある」

「お・ま・え・な……！」

当事者の、複雑な関係ながら娘であるはずのプリシラが波風を立たせようとしたので、スバルは空気を読めと叱ろうとした。が、先に「じゃが」と彼女は言葉を継ぎ、

「母上と『茨の王』であれば無粋な真似《まね》もすまいよ」

「――。やはり、テリオラの面影があるな。そうは思わぬか、我が星」

「言われてみれば確かに……道理で、より愛《いと》おしく思えるはずでありんした」

「妾《わらわ》を妾以外と並べてそのような話をするでない。母上たちでなければ許さぬところよ」

ぴしゃりとプリシラに言われ、ヨルナとユーガルドがその唇《くちびる》を綻ばせる。

不思議な間柄で、実際にそういうわけではないのに、傍《はた》からは三人が仲のいい親子のように見えて、スバルは何となくこそばゆい気持ちで頬《ほお》を掻《か》いた。

そのスバルの仕草に、「退屈させたでありんすな」とヨルナが微笑《ほほえ》み、

「わっちと閣下はゆくでありんす。プリシラ、童《わらわ》とケンカしてはいかんでありんすよ」

「子ども扱いするでない。第一、この凡愚が妾を怒らせるなら首を刎《は》ねるだけじゃ」

「恐ろしいことを言うな！　じゃあ、ヨルナさん、ユーガルドさん、また」

くすくすと、母子らしいやり取りをするヨルナとプリシラの傍《かたわ》ら、スバルはユーガルドにそう声をかけた。──またと、そう言ったが、これが最後な気がした。

同じことを相手も思ったのだろう。かつての皇帝はスバルを真《ま》っ直《す》ぐ見て、言った。

「善き日々を愛するものと過ごすがいい。そなたと、そなたの星に幸いあらんことを」

4

「わ、スバルとプリシラが一緒にいるなんて、すごーくビックリしちゃった」

「ホントやねえ。まだやらなならんことたくさんあるのに、明日雨やと困るわぁ」

そう言って窓の外、夜空を眺めるアナスタシアにプリシラが「ふん」と鼻を鳴らす。

思いがけず、人と話す機会が多いと水を飲みに休憩室に立ち寄ったところで、テーブルで顔を突き合わせているエミリアとアナスタシアに遭遇した。

プレアデス監視塔への冒険以来、珍しい取り合わせというわけでもない。エミリアの驚いた通り、スバルとプリシラの方がよっぽど驚きだろう。

ともあれ、肉体労働と頭脳労働、役割の違う二人はこの場で何をしていたのか。

「ええと、実は今日はもう働いちゃダメってオットーくんに叱られちゃって……」

「そもそもの話、帝国の戦後処理にまでウチたちが口を挟みすぎるんもよくないやん？　それで、休む前にちょっと話そか～ってなったんやけど……エミリアさんの、ナツキくんの自慢話がちっとも終わらんの」

「え、俺の話？　エミリアたんが？　聞きたい聞きたい」

興味津々なガールズトークがあったと聞いて、スバルが前のめりになる。が、そのスバルの襟首が後ろから掴《つか》まれ、「ぐえぇ！」と悲鳴がこぼれた。

それをしたのは当然、スバルの首を絞めるどころか刎ねかねないプリシラだ。彼女はスバルの襟首を離すと、エミリアとアナスタシアを牽制するように見据え、

「半魔と女狐《めぎつね》、仮にも王選の候補者同士が顔を合わせ、話題が凡愚の活躍じゃと？　くだらぬ時間の使い方をするでない。星でも数えていた方が幾分かマシじゃ」

「あ、わかる。私も森で一人だったとき、たまにそうやって時間を潰してて……」

「ウチはそれより、貯《た》めたお金数えてる時間の方が長かったかなぁ」

「おいおい、今のプリシラの暴言で話題広がるのよくないよ」

星でも数えていろなんて、何もかも投げ出して寝ていろレベルの暴言だ。もちろん、ス

バルも星なら星座探しで無限に時間を潰せるが、主旨はそこじゃない。

その夜空に広がりかねない話の拡大を防ぐと、ふとエミリアが「ふふっ」と笑った。

「でも、なんだかすごーくへんてこね。私もアナスタシアさんもプリシラも、みんな王国の王様候補なのに、こうやって帝国にいるんだもの」

「ナツキくんが迂闊《うかつ》に塔から飛ばされんかったらこうならんかったのに」

「あれは不可抗力だし、俺が飛ばされてなかったら帝国滅んでておかしくないし」

それで発端の出来事を帳消しにできるわけではないが、『大災』の規模を考えるとあながち間違いではあるまい。飛ばされてよかったとは言わないが、意味はあったというか作った。もっとも、そんな話をプリシラは鼻で笑うかもしれないが――、

「――そうじゃな。貴様ら抜きでは、帝国の歴史は昨日今日で終わっていたろうよ」

「わ」「へえ」「お？」

「揃《そろ》いも揃って間抜けな声を出すでない。歴然とした事実を述べただけよ」

それだけ、とプリシラは言うが、それだけを口にしたことがスバルたちには驚きだ。

「意外やったわ。そないに素直にウチたちに助けられたて言うやなんて」

「思い違いをするな。帝国はプリスカ・ベネディクトの故国であって、すでに妾《わらわ》の故国ではない。帝国の存亡に責任があるのは皇帝と付き従う兵じゃ」

「と思ったらこれやもん。そうそう、お姫さんはこうやないと張り合いないわ」

「もう、プリシラはへそ曲がりなんだから、アナスタシアさんはからかわないの」

「へそ曲がりってきょうび聞かねぇな……」

そのエミリアらしい物差しに、スバルは呆《あき》れと感心を等分しながら苦笑した。

ただ、エミリアやアナスタシアの気持ちもわからないではない。以前、スバルにとって
プリシラはあまりに未知の存在すぎて、理解できない別の生き物みたいだった。

彼女の洞察力や強さは認められても、その人間性は言葉の通じない肉食獣のようで。

そんなプリシラへの印象が、この帝国での日々でずいぶんと変わった気がする。

「今ならプリシラも、エミリアたんとアナスタシアさん、それにクルシュさんやフェルト
とおんなじ、王選候補者って認められるぜ」

「何故《なぜ》、妾が貴様に認められる必要がある。口の利き方に気を付けよ、凡愚が」

「またそうやって悪い言い方して……でも、ちょっとその話もしてたのよ。ね？」

胸の前で手を合わせたエミリア、彼女の呼びかけにアナスタシアがはんなりと微笑《ほほえ》む。

「ほら、プリステラのことがあったやん？　あのとき、呼びつける理由がないからてお姫
さんだけ声かけへんかったんやけど……」

「次はプリシラも誘いましょうって。せっかく、同じ王選候補者なんだもの」

「凡愚、貴様の主《あるじ》は王選が何たる催しか知らぬようじゃぞ」

「可愛《かわい》いでしょ。これ、俺の天使」

プリステラでの候補者同士の会合も、バカンスが目的ではなかったはずなのだが、エミ
リア的にはプリシラを仲間外れにしたようで気が咎《とが》めていたのだろう。

とはいえ、魔女教が暴れるような事態になるくらいなら、バカンスの方がずっといい。

「どうせなら、次は水着バカンスできるところにしようぜ」

「ナツキくんは欲望に素直な子ぉやねえ。ま、考えとかんでもないわ。もちろん、お姫さんが誘わんでええって言うんなら誘わんけど？」

「プリシラ……どう？」

挑発的なアナスタシアと、おずおずと小動物的なエミリア。二人の美少女かつ王選候補者からの誘いに、果たしてプリシラは肩をすくめた。

「好きにせよ。興が乗れば善し、乗らねば悪《あ》し。特段、妾《わらわ》に無下にする理由はない」

「――！　ええ、そうしましょう。私たちみんな大変な立場だし、悩み事だってうんとたくさんあるけど……仲良くしちゃいけない理由はないと思うから」

「エミリアさんにかかると、何でも柔らかぁくされてまうから困りもんやなぁ」

乗り気と受け取らせないプリシラの答えが、エミリアにかかると前のめりに食いついてくれた風に聞こえて、スバルもアナスタシアの感想に頷《うなず》く。

プリシラも、それをわざわざ訂正しようとは思わなかった様子で夜空を見上げ――、

「――貧民街の小娘と公爵、それに都市国家の女狐《めぎつね》と銀髪紫紺の瞳《ひとみ》の半魔」

「――？　プリシラ？」

「何のことはない。ただ、そのように並べ立てて見れば、殊更に出来の悪い物語の登場人物のようだと思っただけじゃ」

「出来の悪いは余計だろ。第一、お前だって人のこと言えない立場だと思うぜ」

浸っている風なプリシラも、帝国の死んだはずのお姫様なんてポジションなのだ。物語を賑《にぎ》やかす肩書きとしては、十分すぎるぐらい派手なものだろう。

それを言ってから、スバルはさすがにプリシラを怒らせる発言だったかもしれないと心臓がキュッとなる。しかし、それは杞憂《きゆう》——否《いな》、杞憂どころではなかった。

「——違いない」

そう言って、プリシラが扇の先を唇《くちびる》に当てて笑った。

それこそまるで、友人との談笑の最中《さなか》の少女のように、自然体で笑ったのだ。

5

何となく離れる切っ掛けを見失い、スバルはプリシラと城塞都市《じょうさいとし》を歩き続ける。

自分で言うのもなんだが、今日のスバルは働きすぎだ。そしてそれはプリシラにも、都市内で精力的に動き続ける大勢の人間にも同じことが言えた。

無論、スバルがそうであるように、気が昂《たかぶ》って眠れないものがほとんどだろうが。

「まさか、全員疲れを知らない屍人《しびと》だなんてことは……」

「——何を馬鹿なことを言っているんですか、あなたは」

「うひょわい⁉」

ぼんやりと、石造りの渡り廊下から眼下の街並みを眺め、そこで右へ左へ行き交う人々の姿へのコメントをまんまと聞かれた。

しかも聞かれたくない相手——じと目でスバルを睨《にら》むのは、レムだ。

その手に水の入った桶《おけ》を持ったレムも、どうやら眠らない人々の一人のようだが。

「それ、まだケガ人の手当てとか手伝ってるのか？　張り切る気持ちはわかるけど、働きすぎはよくないぜ。疲れたらすぐ休む姉様を見習えって」

「そっくりそのままあなたにお返しします。いえ、むしろ仕事がないなら、部屋に戻って大人しく休むのがあなたの仕事なのでは？」

「鋭い正論！　……仕事っていうか、やらなきゃなことがないじゃないんだけども」

つんつんと、胸の前で指を突き合わせ、ぼそぼそとスバルはレムに答える。その態度にレムの薄青の瞳《ひとみ》が険しくなり、ますますスバルの勇気が萎《しぼ》んだ。

すると、スバルに助け船——否《いな》、単純に見苦しいと言いたげにプリシラが嘆息し、

「大したことではない。見ての通り、童の姿より多少手足が伸びたであろう。そのことで、童のときより関わりのあったものたちと顔を合わせづらいだけじゃ」

「大きくなっても足が短いは余計だよ！　どっちもその通りですけどね！」

淡々と心中をプリシラに言い当てられ、スバルは「き〜っ」と服の袖を噛《か》む。

スバルに控えている大仕事——それがプリシラの言う通り、元の姿に戻った事実を『プレアデス戦団』のみんなに伝えるというものだ。

剣奴《けんど》孤島以来、ずっと一緒にやってきた仲間たちだが、彼らには一度もスバルが縮んでいた事実を打ち明けていない。何なら、皇帝であるアベルの隠し子設定についても事実を明かしていないので、嘘《うそ》をつきっ放しということになる。

「打ち明けて、みんなに軽蔑されたら立ち直れねぇ……いっそ、ナツキ・シュバルツは名誉の戦死を遂げたって方がマシに思えてくる……！」

「そんな嘘をつくなら、私があなたを軽蔑します。いいんですか、私に軽蔑されて」

「それも嫌だぁ。レムに嫌われたら生きていけない……！」

　前門のレムと後門の戦団に挟まれ、心をボコボコにされるスバルが泣き言。その様子にため息をついたレムが、ふと自分を見るプリシラの視線に気付く。

　胸を強調するように腕を組んだプリシラは、「レム」と彼女に呼びかけ、

「しばし離れた間に顔つきが変わったな。懊悩《おうのう》の種であった治癒魔法も役立てていよう」

「はい、プリシラさんの言いつけを実践する機会が多かったもので。……それと、ありがとうございました。星が撃ち落とされたあと、私たちみんなに力を分けてくれたあの優しい火……あれはプリシラさんがくれたものですよね？」

「ふむ。何ゆえ、そう思った？」

「──。直感です。短い間でも、プリシラさんと一緒に過ごしたからでしょうか」

　水桶を胸に引き寄せ、レムはプリシラにそう答える。

　言葉と裏腹に確信に満ちたレムの微笑、それを見たプリシラもまた「ふ」と笑った。

「よいぞ。金剛石の芯が通ったようじゃな。褒《ほ》めて遣わす」

「あのあの、レム、実は街が危なかったときの星のあれ、撃ち落としたの俺とベア子なんだけど、それについてはどう？　どう？」

「は？」

「出しゃばってすみませんごめんなさいあとでベア子を褒めてあげてください」

プリシラに負けじと褒められたい気持ちが出て、レムに軽蔑手前の目で睨《にら》まれた。すごすごと引き下がるスバルだが、プリシラの言うことにも一理ある。

金剛石の芯という表現が似合うくらい、今のレムは堂々としていた。そこにはラムやペトラたちとの再会、それに友人のカチュアの存在が大きいのだと思う。

「あとは、俺が不在の間、プリシラと何してたのかあとで詳しく教えてくれ」

「……一通り、全部が片付いてからにしてください」

「あ、だったらケガ人の手当てとか手伝うよ。それも俺に持たせていいし」

戦団のみんなと話すのを先送りにしたいわけではないが、疲れもあるのに忙しくしているレムを放っておくなんてとんでもない。

そう申し出たスバルに、レムは「でしたら」と水桶《みずおけ》を一度差し出そうとした。

しかし——、

「——いえ。やっぱり大丈夫です」

「え!?　お、俺、なんか気に障ることした!?　気遣いすぎて気持ち悪い!?」

「そこまでではないです。そこまでではありませんが……あなたが私と一緒にくると、プリシラさんが一人になってしまいますから」

「いやいやいや、だったらプリシラもケガ人の手当て手伝わせればいいじゃん」

「正気ですか？」

「言いすぎだと思うけど俺も正気の発言ではなかった！」

信じ難《がた》いものを見る目を向けられ、スバルも反省。とはいえ、プリシラを理由にレムに手伝いを断られるのも変な話だ。そもそも、今スバルがプリシラといるのも、たまたまそうなっているだけで、深い理由があるわけでもない。

ベアトリスやスピカが構ってくれるなら、こうはなっていなかったはずの夜だ。

「でも、ベア子もスピカも精霊とか権能関係で有識者に捕まっちゃったから……」

「それならやっぱり、プリシラさんのお傍《そば》に――」

「レム、くだらぬ気遣いは不要じゃ。大体、凡愚など連れ歩いてなんとなる」

「ほら見たことかって言うのも変だけど、最初に連れ歩き始めたのはお前だからね！」

道化の役目を果たせと連れ出され、こうして叫ぶ羽目になるのは確かにピエロ。

ただ、そのスバルの訴えを余所《よそ》に、レムはプリシラをじっと正面から見つめた。そのままレムは、自分の中でも形にならない言葉をしばし探しあぐねていたが、

「私が、プリシラさんに一人になってほしくないんです」

「――。時間をおいて出てくる答えがそれか。貴様もわからぬ娘よな」

「でも、今はこの胸、痛まずに済んでくれています」

そのレムの答えは、スバルには意味のわからないものだった。

おそらく、スバルの知らない、レムとプリシラの間だけで交わされたやり取りの一部。

それを受け取り、プリシラは一拍置いて、小さく鼻を鳴らすと、

「せいぜい、たくましく励め、レム。鬼の娘よ。——貴様にしか果たせぬ役目、叶《かな》えられぬ願い、達成できぬ未来が必ずあろう」

「——。プリシラさん？」

「ゆくぞ、凡愚。レムの頼みゆえ、特別に連れていってやろう」

「釈然としないけど、どこに？」

威風堂々とスバルの都合を無視して、プリシラが扇で渡り廊下の外を示す。それはスバルが眺めた眼下ではなく、星の見える夜天でもなく、その中間——城壁だ。

籠城戦で都市の城壁はどれも被害を受けていたが、幸い、その壁は原形を留《とど》めている。

とはいえ、誰がいて、何があるというものでもなさそうな場所だが。

「レム、己の心に従え。貴様の心は波打っているが、その波紋は決して見苦しくはない」

「——ありがとうございます」

向かう先を示したあと、レムとプリシラがまたもスバルにはわからない話をする。

ただ、穏やかなレムの表情が、スバルにそれ以上深入りする理由を与えなかった。

6

人払いが済まされていたらしく、城壁の上には見張りの兵もいなかった。

『大災』との戦いを終えたばかりで、屍人《しびと》も全《すべ》てが退治されたわけではないことを考えれば、いささか以上に緊張感の足りない判断に思えるが――、

「じゃあ、どこの誰が姫さんの命令に逆らう勇気があんだって話よ」

と、スバルとプリシラを出迎えたアルが、空っぽの城壁の上に胡坐《あぐら》を掻《か》いていた。その彼の傍《かたわ》らには高そうな酒の瓶と、グラスが二つ置いてあって。

「戦勝祝いに酔っ払ってんのか？」

「馬鹿言え、姫さんを差し置いて先に始めちゃいねぇよ。ってか、兄弟が一緒にいるとは思わなかった。超珍しい取り合わせじゃね？」

「会う人みんなに言われるし、当の俺もずっと尻がムズムズしてるよ」

酔っていないと自己申告するアルは、しかし、声の調子が弾んでいる。それは酒の力ではなく、勝利の余韻がもたらすほろ酔いなのかもしれない。

実際のところ、プリシラと街中をあちこち歩き回って、スバルもそれを痛感した。

「みんな、やることがあるとかだけじゃなくて、これを夢にしたくねぇんだな」

「詩人だねえ、兄弟。けど、わからねぇじゃねぇや。朝よ、まだこねぇでくれってな」

眠って目覚めて、勝利が夢になるのが怖いなんてネガティブな考えよりも、全員が一丸

となって掴《つか》んだ勝利の一日を終わらせたくない気持ちだろう。

そう夜明け前の感傷を分け合うスバルとアル、その後頭部を不意に扇で小突かれる。

「ぎゃん！」と揃《そろ》いの悲鳴を上げて二人が振り向くと、プリシラの呆《あき》れ顔《がお》と目が合った。

「道化と凡愚が揃って、たわけたことばかり話しているでない。それよりも……アル、妾《わらわ》の言いつけ通りに受け取ってきたか？」

「お？　おお、心配いらねぇよ。宰相の爺《じい》さんに頼んで城壁の見張りをどけて、別嬪《べっぴん》の上級伯から酒ももらってきた。たぶん、目玉飛び出す値段だぜ、この酒」

「わかる。ラベルとか瓶の古さが値段を醸し出してる。俺、酒飲めないけど」

「わかる。仕舞《しま》ってた箱がいい仕事してたんだよ。オレもほぼ飲まねぇけど」

酒に無知な同士、スバルとアルが互いを指差してご愛嬌《あいきょう》。その二人の態度にプリシラは肩をすくめると、代わりに手慣れた仕草で酒瓶を手にし、コルクを外す。

そして、甘い酒気を孕《はら》んだ酒が、二つのグラスにゆっくりと注がれた。

「酒杯が二つしかない。貴様らは一つの酒杯を分け合うがいい」

「あ、オレ、どうせなら姫さんと間接キスする方がすみませんごめんなさい黙ってます」

すごすごと引き下がるアルだが、茶々を入れたくなる気持ちがわかるのでスバルは彼を責められない。ともあれ、プリシラが自分のグラスに口を付ける横で、スバルは少し悩んでから、預けられたグラスに口を付けることにした。

「お、未成年飲酒」

「こっちの世界じゃ合法……げほがほっ！」

酒が舌の上を通過し、鼻と喉に香りが抜けた途端にスバルがむせる。それを「わはは」と笑い飛ばしたアルも、スバルからグラスを受け取って酒を飲む。

グラスを持った手で兜《かぶと》の顎《あご》を持ち上げ、隙間から酒が流し込まれると――、

「げほがほごぼべっ！」

「俺よりむせてんじゃねぇか！　しっかりしろ、既成年飲酒！」

「揃ってやかましい。美酒の味わいもわからぬとは、敗れた『魔女』が嘆いていよう」

「謎に罪悪感湧《わ》くからやめてくれ……」

勝利の美酒も味わってもらえないなんて、要・謝罪ですとスピンクスが言い出すはずもないが、そんな気分でげんなりするスバル。

結局、スバルとアルがグラスの酒をちびちび分け合う間に、プリシラが一人で瓶の酒を半分ほどまで減らしてしまった。詳しい度数などはわからないが、結構強めに感じた酒をあれだけ飲んで、プリシラはけろっとした顔をしている。

「姫さんが酒豪なの、イメージ通りだろ」

どこか自慢げなアルに、まさしくその通りとスバルは言い返せない。と、ようやくスバルとアルの担当したグラスが空になると、プリシラが見計らったように、

「夜明けが近い。少々興が乗った。――アル、妾に付き合え」

「けほっ……え？　付き合えったって、何を……うお！」

そう言って、空のグラスと中身の減った酒瓶を手すりの上にどけると、プリシラはアルの手を取って立たせ、そのまま壁上の真ん中へ彼を誘《いざな》った。

戸惑うアルを引き寄せた彼女は、何事かと目を丸くするスバルに笑いかけ、

「ナツキ・スバル、歌え」

「無茶《むちゃ》振りが過ぎる！」

「あれだけの美酒で舌は湿らせてあろう。そら、役に立たねばレムに言いつけるぞ」

「ぐぬぬ、卑怯《ひきょう》な……！　わかったよ！」

かなり無理やり流れに乗せられ、スバルは腕を組み、頭の中でセットリストを構築。そうする傍《かたわ》ら、アルはプリシラをまじまじと見返し、

「姫さん、オレ腕一本足りねぇのよ？」

「だからなんじゃ。足が二本と妾《わらわ》への忠誠心があろう。──始まるぞ」

それを合図にしたわけではなかったが、プリシラの言葉と歌い出しが重なる。

そうしてスバルが選んだのは、元の世界由来のヒットソングではなく、この異世界に根付いている、スバルの好きな歌でもあった。

『剣鬼恋歌』はちょっと長すぎるし、歌っている最中《さなか》に泣いてしまいそうだから。

スバルが選んだのは──、

「──朝焼けを追い越す空」

ゆっくりと、ヴォラキア帝国の夜が終わり、星のちりばめられていた昨日を押しのけ、

新しい今日が騒々しくやってくる。

それを祝福するこの歌は、スバルが聞いたこの世界の歌の中で一等お気に入りだった。

「ふ」

楽器の演奏もなく、音を取っているのはあくまでスバルのアカペラの歌声だけ。

歌を生業《なりわい》にしている吟遊詩人のリリアナと比べられては形無しだが、それを受けて踊り始めるプリシラの舞こそが、歌うスバルへの最大の称賛に思えた。

「そら、踊れ踊れ、アル！　妾を退屈させるでない！」

「ええい、クソ！　こうなりゃヤケだ！　兄弟！　ビート上げてけ！」

──スバルの歌声を聞きながら、プリシラとアルが城壁の上でくるくると踊る。

プリシラの舞は華やかで、これを言ったらプリシラに怒られそうだが、グァラルでズィクルを誘惑したときのアベルの踊りと近しいものがあった。アルの不格好なダンスは盆踊りみたいに見えて、技術は拙いが、見ていて楽しい。

何より、プリシラもアルも、主従揃《そろ》って楽しんでいるのが見て取れて。

「────」

気付けばスバルも嫌々やらされていたはずなのに、歌いながら笑っていた。

朝焼けを追い越す空──それは必ずやってくる夜明けを謳《うた》った歌、その眩《まぶ》しさに焼かれて生まれ変わる世界への祝福、ある意味、焔《ほのお》に支配されたヴォラキアに相応《ふさわ》しい。

そして、炎のように生きるプリシラは、最もヴォラキアらしい女だった。

「――――」

終わり方がわからなくて、二回、三回とリピートしてしまう。そうしている間に二人の踊りの息が合い始め、また終わらせる切っ掛けを失う。その繰り返しだ。

そんな風にやっている間に、本格的な朝日が、城壁を緩やかに照らし始めた。

酒も入れてしまったし、今日――否《いな》、昨日は盛大に働きすぎた。きっと、今日は一度眠ったら目を覚ますことはできないだろう。

キラキラと、眩《まぶ》しい朝日の中、アルと踊るプリシラがやけに煌《きら》めいて見えて――。

「――姫さん？」

不意の、それは不意の、アルの呼びかけだった。

「――――」

直前までの、隠す気のない上機嫌と、隠し切れない慕情の滲《にじ》んでいた呼びかけ。それと異なる響きを交えたそれに、スバルの歌声もぴたりと止まる。

そしてスバルは目を瞬かせ、何度も、何度も目を擦《こす》った。

目を擦ったのに――、

「――あの歌女、リリアナ・マスカレードほどではないが、悪くない歌であった」

そう、背後から抱かれるようにアルの胸の内に収まるプリシラが称賛を口にする。

――そのプリシラの体が朝日に透けて、うっすらと消えゆこうとしていた。

7

「――――」

朝靄《あさもや》に包まれる城塞都市《じょうさいとし》、その城壁で愕然《がくぜん》と、スバルはプリシラを見つめていた。

血色のドレス、陽光を映した橙色《だいだいいろ》の髪、炎のような紅《くれない》の瞳《ひとみ》――いずれも、プリシラ・バーリエルという存在を形作るもので、何も変わっていないのに。

「ぷり、しら……？」

「貴様も知っていよう。妾《わらわ》の敵、スピンクスは帝国の滅びを妾に見せつけるため、妾を異なる位相へ閉じ込めた。そこより外に出るには、あの場を焼き尽くす他にない」

「――ぁ」

プリシラは、賢い。だから、スバルの震える声だけで、スバルが何を考えて、スバルが何を聞きたがっているのか理解し、スバルの疑問の答えを差し出してくる。

その整然とした答えで、スバルもわかった。わかってしまった。

「――――」

ユーガルド・ヴォラキアと、ヨルナと共にいた古い時代の皇帝と同じだ。

プリシラ・バーリエルは、自らの命と引き換えに異空間から舞い戻った。

その姿が朝日に透け、霞《かす》み、儚《はかな》く消えていこうとしている理由は明々白々だった。

――ここにいるプリシラ・バーリエルは、すでに屍人《しびと》なのだから。

「そんな……そんな馬鹿な話があるかよ!!」

呆然《ぼうぜん》と、立ち尽くすスバルが何も言えない代わりに、叫んだのはアルだった。

彼はプリシラを後ろから抱いたまま、兜《かぶと》の内の表情を歪《ゆが》めているとはっきりわかるほど声を震わせて、強く強く、右腕一本で彼女を強く抱きしめた。

なおも、ゆっくりと昇る朝日に殺されていくようなプリシラを、手放さないように。

「違う、違うんだ、姫さん、こんなのは……き、兄弟！」

「――！　そうだ。そうだ、違う、間違ってる。待ってろ、プリシラ、俺が……」

裏返ったアルの呼びかけに、ハッと顔を上げたスバルは視線を手すりに向けた。

『大災』を終わらせ、奥歯に仕込んだ毒の薬包は吐き出してしまった。だから、今すぐにやり直す術《すべ》を選ぶとしたら、城壁から飛び降りるのが一番――、

「やめよ」

「やめろってなんだ！　やめる、理由がねぇ！　俺はこんなの……！」

「――やめよ、ナツキ・スバル」

手すりに飛びつき、そのまま身を投げ出そうとしたスバルを引き止める声。だが、それに構わず、スバルは今一度、『大災』に挑むつもりでいこうとした。

したのに――、

「貴様とアルの権能は運命の条理さえ変える力があろう。だが、覚えておくがいい。たとえ貴様たちの力や祈りを以《もっ》てしても、変えられぬことを望むものもいる」

「なに、を……何を、言ってやがる。そんな、そんな場合じゃねぇ！　今すぐに――」

「ナツキ・スバル」

歯を食い縛ったスバル、その手すりに置いた両手の爪が割れ、血が滲《にじ》む。

プリシラの言い分を全部、何もかも無視して飛ぶべきだ。そう、『大災』を相手に何度も何度も命を使い、帝国の勝利を勝ち取ったスバルの心は叫んでいる。

だが、その叫びを押しのけるぐらい強く、プリシラの話に耳を傾けるべきとも。

その相反する理性と感情の衝突に動きの止まったスバルに、「兄弟！」とアルが叫ぶ。

絶対に手放さぬとプリシラを抱いたまま、彼は癇癪《かんしゃく》を起こした子どもみたいに震えて、

「兄弟！　頼む……頼む！　何も聞くな！　聞かなくていい！　やってくれ！　姫さんを……プリシラを助けてくれ!!」

「アルデバラン」

「――っ、やめろ、やめろ、プリシラ！　オレは聞かねぇぞ！」

悲痛に絶叫し、スバルに懇願するアルがプリシラに呼ばれ、嫌々と頭を振った。

プリシラはアルのことを、スバルにとっては耳馴染《なじ》みのある、しかし彼に対して使われるのは初めて聞いた呼び方をして、そっとその首を撫《な》でる。

後ろから抱きすくめられ、背後の男の首を撫でる姿は、まるで絵画の一枚――現実に留《とど》めておけないほど儚《はかな》いという意味で、まさしくそう思わせた。

「貴様たち二人は、帝国を救った。無論、他のものの奮闘はあろう。だが、費やしたもの

で貴様たちに匹敵するものなど誰もいない。妾《わらわ》はそれを称《たた》えよう」

そうして、嫌になるほど美しく微笑《ほほえ》みながら、プリシラは続ける。

スバルの訴えも、アルの悲鳴も、柔らかく語るプリシラの言葉を止められなかった。

その紅《くれない》の唇《くちびる》が、これまでのプリシラへの印象を焼き尽くすように、元からそうだった
と焼き払うように、都合のいい愛《いと》しさという焔《ほのお》で心を燃やしていく。

「これまでも多く、貴様たちがそうしてきたことはわかる。貴様たちは常に自身を他者よ
り高くへ置かず、今日まで過ごしてきたのだろう。故《ゆえ》に、一度として貴様たちは正当な報
酬を受け取ったことがないやもしれん。それを、妾が与えてやる」

そう言って、一度目をつむったプリシラが、その紅の双眸《そうぼう》にスバルを映した。

そして――、

「――大儀であった、ナツキ・スバル。そなたは、真の騎士である」

その一言を与えられた瞬間、スバルの膝《ひざ》から力が抜けた。

「――ぁ」

くたっと膝をついて、スバルはその場に立ち上がれない。わなわなと唇が震え、頭の中
があらゆる感情でごちゃごちゃに掻《か》き回《まわ》され、理解が追いつかない。

それなのに足の力が抜けたのは、確信したからだ。――魂が、理解してしまった。

プリシラ・バーリエルを、ナツキ・スバルは救うことができないのだと。

「アルデバラン、そなたにも……」

「やめろって言ってんだろ！　オレは諦めねぇ！　諦められるわけがねぇ！　だって、だってそうだろ!?　オレが、オレが諦めたら、お前は……姫、さんは……っ」

膝を落としたスバルから目を逸《そ》らし、アルがなおもプリシラに食い下がる。彼はスバルに頼ることをやめて、懸命に運命を変えようと声を張り上げた。

だが、その声は徐々に力と勢いを失い、弱々しく、鼻をすする音が何度も響く。その、言葉の続かないアルに、プリシラは微笑んだ。慈母のように。

皮肉にも、その微笑がヨルナのそれと重なり、二人の母子関係を証明する。そうしてプリシラは、泣きじゃくる我が子をあやすように、

「なんじゃ、図体《ずうたい》の大きな男がぴぃぴぃと泣《な》き喚《わめ》くなどと始末に負えぬ」

「――っ」

「はっはっは、よいよい、聞こえるぞ。妾にお嫁さんになってほしいと泣いておねだりするそなたの声がな」

「……ああ」

笑ったプリシラの言葉に、アルがか細い声で応じ、頷《うなず》く。頷きながら、彼はプリシラの体をさらに強く、手放し難《がた》いものを手放さないために抱きしめて、告白する。

それは、それは紛《まぎ》れもなく――、

「ああ、なってくれ、姫さん。オレの、姫さん……」

それは、誰がなんと言おうと覆せない愛の告白。

男がその体の全部に詰め込んだ愛《いと》おしさを、腕の中にいる女に丸ごと届けと伝える愛。

それを受け、プリシラの紅《くれない》の瞳《ひとみ》が揺らめいて、

「――そら見よ、また妾《わらわ》の勝ちじゃ」

言わせてみせたと、プリシラの微笑《ほほえ》みの質が変化し、見慣れたそれに変わる。

これぞプリシラ・バーリエルであると、勝ち誇ったその表情は強気で高慢、あらゆるものを自分のものと公言して憚《はばか》らない、傲岸不遜を絵に描いた美女。

その眩《まぶ》しさに誰もが目を焼かれ、存在を意識せざるを得ない『太陽姫』――。

「覚えておくがいい、自ら『英雄幻想』を背負うと決め、定められた運命に抗《あらが》う術《すべ》を持つものたちよ」

「貴様たちはこれから先も多くのものの傷を引き受け、痛みを分かち、涙を啜《すす》ることになろう。しかし、貴様たちの出会う多くのものは善良ではない。高潔ですらない。――完璧でも、ない」

「己の行いを悔やみ、肯定できなくなる日があろう。己の決断を嘆き、膝《ひざ》を屈する夜があ

ろう。己の願いに背き、面を上げていられぬ朝があろう」

「愛するものの愛せぬところを、愛せぬものの愛せるところを、貴様たちは幾度も目にしては同じ躓《つまず》きを得ることになる。そしてそのたびに思い出せ」

「妾という、プリシラ・バーリエルという、完璧な女が貴様たちを称《たた》えたことを」

――そう口にするプリシラから、スバルもアルも目を離せない。

誰もいない城壁の上で、『大災』と戦うために最も大きなものを差し出し、それに一片の悔いもないと微笑み、霞《かす》んでいく彼女から、目を離せない。

目を離せないから、見えてしまう。プリシラの存在が光に溶けていくのを。

そして――、

「かくも世界は美しい。故《ゆえ》に――世界は妾にとって、都合の良いようにできておる」

その言葉に偽りなく、世界から愛され、それ以上に世界を愛した女の姿が消える。

『太陽姫』と謳《うた》われ、炎のように生きたプリシラ・バーリエル。――次代の王を決めるルグニカ王国の王選、その候補者の、最初の脱落者が彼女だった。

プロローグ『アルデバラン』

——ここではない場所、かつてあったような時間、いずれ訪れるかもしれない世界、やがて消えるだろう夢、永久に終わることのない後悔。

「——後追い星、という意味があるらしい。同じ星座の星々の中で最も明るいにも拘《かかわ》らずそう呼ばれているなんて、ボクたちの期待を一身に背負って、それを裏切った君に対する皮肉が利きすぎた名前だと思わないかい？」

そう口にするのは、白い髪に黒い眼《め》、白い肌に黒いドレス、白い希望に黒い欲望、頭のてっぺんから足の爪先《つまさき》まで、全部を白と黒で色分けできる『魔女』だった。

『魔女』は親しげに微笑《ほほえ》みながら、その黒瞳《こくどう》には何の温かみもない。

そういう人だ。これは自分という個人に向けられた軽蔑や怒りではなく、元来、彼女がそういう人であり、そういう歩き方しかできない存在——『魔女』の証《あかし》。

他の誰とも違う、生まれついての『魔女』である彼女に、温《ぬく》もりは期待できない。

「おや、それは少々心外だな。確かにボクに人格的な欠点……多少、熱が入ると目の前が見えなくなるところがあるのは認めるが、それもボクのような容姿の子がするなら愛嬌《あいきょう》というものだろう？　体温だってある。温もりだって与えられるさ」

ムキになったわけではない。それも、そういう反応を真似《まね》ているだけだとわかる。

わかった上で、どうしても尋ねてみたくなった。本当に何も感じていないのか、本当に何も思わないのか、本当に自分のことを――。

「――愛は、何故《なぜ》減るのだろうか」

短い一言が、口にしかけた問いを容赦なく殺した。

それが聞かれたくなかったからなのか、聞かせたくなかったからなのか、それを確かめる気力さえも、一緒に。

「何故、減るのだろうか。失われない想《おも》いを、消えることのない輝きを、薄れることのない執着を、『愛』とそう呼ぶのではないのか。だとしたら、どうして？」

続く言葉が、すでに殺された気力と問いの亡骸《なきがら》に刃《やいば》を突き立てる。

振り上げた言葉の刃が、知りたいと願う『強欲』が、亡骸から血が流れるのも構わず、何度も何度も、何百、何千、何万、何億、それを繰り返して。

「君は擦り切れた。ボクたちの期待を裏切った」

責められることは、わかっていた。――否《いな》、違う。期待していた。

この期に及んで自分は、まだ誰かに繋《つな》がりを保証してほしいのだ。

消えない『憤怒』に、満たされぬ『色欲』に、渇いていく『暴食』に、見捨てきれない『傲慢』に、甘やかされたいだけの『怠惰』に、最も大事な『嫉妬』に背いて、なお。

「──君は『強欲』だ。当然だろうね。ボクがそうした」

『魔女』の静かな断罪は、優しさに似た致死性の毒。

あまりにも多くのものたちが、近付けば滅びは免れないとわかっていて、それでも目を逸《そ》らせず、声をかけることすら恐れ、かぐわしさの中で死にたがる猛毒。

ただ、その猛毒の中で生まれ育ったものにだけ、唯一、可能性があった。

そして、可能性さえあれば──、

「君はなんであろうと拾えると？　擦り切れて期待を裏切った君に、ボクたちがまだ期待を抱ける理由はなんだろう。何がある？　何が言えるんだい？　責めているわけじゃないよ、純粋に疑問なんだ。そしてまだ、ボクにできることがあるだろうかとね」

両手を広げ、白と黒の『魔女』が微笑《ほほえ》む。

「君に続ける気概があって、君のやる気が成果に影響するのだとして、ボクができることで君の手助けができるなら何でもしよう。望むなら、ボクの体を使ってもらっても構わない。貧相な体だが、君が諦めないための手伝いができるなら喜んで献上しよう」

笑いながらそう言えるのは、『魔女』がそれを何とも思わないから。

そうして考え始めれば堂々巡りだ。第一、そうではないことを自分は知ってもいる。

本当に、彼女が何も思わない感じないわからない、そんな存在だったら。

「──愛は、何故《なぜ》減るのだろうか」

今度は、それが拒絶だとはっきりとわかった。

期待されている役割も、果たさなくてはならないプロセスも、ちゃんと入っている。

あとは、実践するだけ。うまくいくまで、何百、何千、何万、何億――、

「――たとえそれが那由他の彼方《かなた》でも、オレにだけは手が届く」

自分は挑み続ける。可能性のある限り、挑み続けられる。

そうして、必ずやり遂げる。必ずや、『後追い星』に成り下がった自分が――、

「オレが必ず――お前を殺してみせる」


「――――」

その決意を、期待とも失望ともつかない眼差《まなざ》しで『魔女』は見守る。

うまくいくもいかないも、本来『魔女』は願わない。でも、これは違った。

慰めの言葉を、用意しよう。『後追い星』が燃え尽きて、その熱が地表に届かなくなってしまう前に、『後追い星』の心を救う言葉を、先生として託そう。

「運が……いや」

そう、口にしようとした言葉を訂正し、『魔女』が続ける。

あの、『後追い星』に相応《ふさわ》しい、自分の運命を慰める言葉、それは――、

「――星が悪かったんだよ、菜月《・》・昴」

《了》

あとがき

38巻、および本編八章最後までお付き合いありがとうございます、作者です。

今回のあとがきは本編の内容に触れざるを得ないので、まだ本編を読んでいらっしゃらない方はいったんストップ、回れ右して再見としていただければ幸いです。

はい、それではここからは38巻の内容に触れてOKの形でお話ししたいと思います。

――当初から、彼女の脱落はこの形になると決めていました。

全ての悲劇を覆せる『死に戻り』という力があって、それでもなお覆せないことが起こるとしたら、それは自分の命運を他者に委ねることを良しとしない、彼女の傲慢で高潔な在り方によるものだと。

とはいえ、もっと悲劇的な別れになるイメージだったのが、実際に該当のシーンに辿り着くとそうではなくなりました。それは作品を執筆していく中で、作者の中で物語も登場人物も膨らみ、存在が大きくなって、最初の想定の枠に収まり切らない生き方、終わり方でなければ納得がいかないと思わせてくれたからなのだと考えています。

読者の皆様が作品を育ててくれたおかげで、彼女に相応しい最期を用意できました。

本当に心からの感謝を。――彼女を書くのは、本当に楽しかった。寂しいです。

語りたい言葉は多かれど、紙幅には限界があります。恒例の謝辞へ移らせてください。

担当のI様、今回も大変な作業の中、描きたい内容に配慮してギリギリまで時間を作っていただき、ありがとうございました。おかげでいいものが書けたと、そう思います。

イラストの大塚先生、カバーイラストと口絵の迫力、そして最後の見開きの挿絵と、今回も絵の力を最大限に発揮していただき、感謝に堪えません。最後まで一度として弱い顔を見せなかった彼女の生き様を描くのにご一緒いただき、ありがとうございました。

デザインの草野先生、毎回の如く格好良さを更新していくカバーイラスト、その魅力を損なわない先生の仕事ぶり、今回は特に大事な巻なので本当にありがとうございます。

花鶏先生&相川先生の四章コミカライズはクライマックス目前、高瀬先生の五章コミカライズも序盤の見せ場に突入するなど、見応えのある展開を抜群の筆致で描いていただいております。皆様に負けないよう、原作も常に全力です！　ありがとうございます！

そして、MF文庫J編集部の皆様、校閲様や各書店の担当者様、営業様と今回もたくさんの皆様にご尽力いただき、ありがとうございました。本当にありがとうございました。

最後に、この物語を追い続け、そして彼女の最期を見届けてくれた読者の皆様に最大限の感謝を。その炎のような生き方が、皆様の心に強く残ることを願ってやみません。

帝国編は決着し、物語はまた次のステージへ。そこで何が起こり、どんな戦いが待ち受けているのか――次の39巻でお目見えできれば幸いです。ではまた！

２０２４年５月《大きな感謝を彼女に捧ぐ》

「ふむ、二巻続けて妾を呼びつけるとは、選んだものはよほどの命知らずか、あるいは妾なしでは生きてはゆけぬ慮外者のようじゃな」

「……確かに正気を疑いますね。この組み合わせは、要・相談です」

「貴様か、スピンクス。なるほど、確かに命知らずの目算が俄然高まったが……まぁよい。この場に同席し、妾に代わって次回予告をこなす栄誉を与えてやろう」

「よろしいのですか？　ワタシを隣に立たせて」

「すでに勝敗は決した。にも拘らず、妾が貴様の何を警戒する？　無論、それが必要となるほど貴様が無粋を極めるというならその限りではないがな」

「――。納得しました。あなたは嫌いですが、筋は通っているかと」

「当然であろう。そら、時間がないぞ。さっさと進めるがいい」

「はい。まず、次巻にあたる39巻は九月の発売予定です。ヴォラキア帝国編、そして『大災』編が終わり、新たな章の開幕となりますね」

「さて、あのものたちが妾抜きで何を始めるか。見ものというものじゃな」

「加えて、すでに発表されていますが、テレビアニメの第三期が２０２４年の十月から放送開始となっています」

「今しばらく先と。じゃが、言いたいことはそれだけか？」

「そうですね。テレビアニメの第1話ですが、90分SPという形の放送だそうです。第1話は全国の劇場で先行上映も決

定していると。要・注目です」

「ふん、やればできるではないか。それにしても、なかなか凡愚共も力を入れるべき点は弁えているようよな。その調子で足掻くがいいぞ」

「また、毎年恒例の『エミリアの誕生日生活２０２４』も開催が決定しています」

「半魔めの『誕生日いべんと』じゃな。詳しい内容は……後日発表じゃと？　妾を待たせるとは、城の所信表明で縮こまっていた半魔がずいぶんとふてぶてしくなったものよ」

「誰しも、変化があるというものでしょう。これ以外の情報についても、公式サイトやXでの発信を随時確認いただくのが大事かと。要・確認です」

「変化か。なるほど、貴様が口にするとなかなか説得力があったな。次回予告に関しても悪くない働きぶりであった。褒めて遣わす」

「――。あなたからの称賛を、嫌ではないワタシがいるのが理解し難いです」

「ふん、そう惑うな。太陽に近付けば焼かれると誰もが知っておる。それでも目を離せず、触れられるなら触れたいと思わせるのが太陽というもの。すなわち、妾の威光よな」

「では、世界は太陽を失う？」

「たわけ。貴様、まだわかっておらなんだか？」

「それは？」

「世界は妾にとって、都合の良いようにできておる。――忘れるな、貴様も、貴様らも」

「――要・熟考です」

MF文庫J

Re:ゼロから始める異世界生活38

2024年 6月 25日　初版発行

著者　長月達平

発行者　山下直久

発行　株式会社 KADOKAWA
〒102-8177 東京都千代田区富士見2-13-3
0570-002-301（ナビダイヤル）

印刷　株式会社広済堂ネクスト

製本　株式会社広済堂ネクスト

Printed in Japan　ISBN 978-4-04-683704-2 C0193

【 ファンレター、作品のご感想をお待ちしています 】
〒102-0071 東京都千代田区富士見2-13-12
株式会社KADOKAWA　MF文庫J編集部気付「長月達平先生」係　「大塚真一郎先生」係